A INVASÃO

PEADAR O'GUILIN

A INVASÃO

TERRA GRIS

LIVRO 2

Tradução

JANA BIANCHI

Editora Melhoramentos

Dados Internacionais de Catalogação na Publicação (CIP)
(Câmara Brasileira do Livro, SP, Brasil)

O'Guilin, Peadar
A invasão / Peadar O'Guilin; tradução Jana Bianchi. – 1. ed. – São Paulo: Editora Melhoramentos, 2022. (Série Terra Gris; 2)

Título original: The invasion
ISBN: 978-65-5539-458-0

1. Ficção de suspense 2. Ficção irlandesa I. Título. II. Série.

22-113876 CDD-Ir823

Índice para catálogo sistemático:
1. Ficção: Literatura irlandesa Ir823

Eliete Marques da Silva – Bibliotecária – CRB-8/9380

Título original: *The Invasion*

Tradução: Jana Bianchi
Preparação: Augusto Iriarte
Revisão: Laila Guilherme e Tulio Kawata
Projeto gráfico, diagramação e adaptação de capa: Bruna Parra
Capa: adaptada do projeto original de Christopher Stengel

1ª edição, agosto de 2022
ISBN: 978-65-5539-458-0

Atendimento ao consumidor:
Caixa Postal 729 – CEP 01031-970
São Paulo – SP – Brasil
Tel.: (11) 3874-0880
www.editoramelhoramentos.com.br
sac@melhoramentos.com.br

Siga a Editora Melhoramentos nas redes sociais:
/editoramelhoramentos

Impresso no Brasil

Do Lúcás

– ba chóir duit ceann acu a léamh, áfach…

Separar nós dois é como
Separar o filho da terra pátria
Separar o corpo da alma

Autor anônimo, *circa* 1150

Tradução do gaélico para o inglês de Gerard Murphy

Tradução do inglês para o português de Jana Bianchi

Os ladrões de túmulos

Aoife se arrasta para fora do catre e cai no chão congelante.

Que lugar é esse? Será que... Será que é lá?

A suposição quase traz alívio.

No entanto, ela não está na Terra Gris. Não ainda. A garota apalpa as paredes lisas e familiares do ginásio. Ao redor dela, o ar é preenchido pelos suspiros e roncos dos trinta e tantos alunos remanescentes da Escola de Sobrevivência de Boyle, pelo cheiro de corpos que quase nunca tomam banho e pelos estalos das camas improvisadas.

Talvez Aoife tenha pegado um resfriado, porque não consegue se levantar. Sua cabeça gira, o corpo se debate, as mãos cobrindo a boca quando uma onda de náusea a apunhala com força nas entranhas.

Ela vai melhorando até enfim apoiar as costas na parede, o suor frio cobrindo a testa.

– Não... – lamenta um garoto enquanto dorme.

– Por Crom, eles estão comendo minha cara! – diz outro.

É Krishnan, um rapaz de treze anos tão comprido que os pés ficam para fora do colchão e cujos dedos se retorcem e se contraem como se alguém os estivesse cutucando com alfinetes.

Os cabelinhos na nuca de Aoife se arrepiam quando nota que as crianças ao redor estão se revirando e se remexendo na cama, as vozes subitamente mais altas, como se todas estivessem tendo o mesmíssimo pesadelo.

– Vaza daqui – diz Aoife a si mesma.

Ela sente outro engulho. O suor frio parece chiar em sua testa febril.

Vaza daqui! Vaza daqui!

Mas as crianças adormecidas já estão se tranquilizando de novo.

Muitos rumores correm por aí desde os ataques dos sídhes à escola. Rumores de que a Irlanda e a Terra Gris estão mais próximas uma da outra do que jamais estiveram em séculos. À distância de um toque, dizem.

É por isso que o inimigo anda aparecendo com muito mais frequência do que antes. E Aoife acha que a regularidade desses ataques de náusea e medo que só afetam os jovens também está aumentando.

Mas eu lá sei alguma coisa?

Seja como for, decide sair, esperando que o ar gélido de Roscommon a faça se sentir melhor.

Aoife conhece o caminho mesmo no escuro, quase como se o fantasma da pobre Emma a guiasse noite adentro. Sai pela porta, passa pelo prédio dos dormitórios, chamuscado e às escuras, e segue pela passagem formada por duas longas fileiras de barracas nas quais os investigadores e arqueólogos estão morando. Eles não permitem que "civis" cheguem perto do Forte Feérico que estão escavando, mas Aoife já viu o medo que estampa seus rostos ao fim de cada dia de trabalho. Às vezes os resquícios de sua curiosidade lhe dão vontade de descobrir o que estão aprontando na floresta, mas depois a garota se lembra do que aconteceu quando fez algo parecido e irrompe em um acesso de choro. *Emma! Coitada da Emma!*

Um vulto escuro surge de repente diante de Aoife, que ainda se importa o bastante com a própria vida para arquejar.

– Sou eu. Nabil.

– Vou dar uma caminhada – diz ela, irritada por ter se assustado. – Você não pode mais me impedir.

Ele suspira, e ela sabe que foi a coisa errada a dizer: de todos os instrutores, Nabil é o que melhor cuida dos alunos, e foi uma das pessoas que mais salvaram vidas durante o ataque.

– Aqui, minha amiga – diz ele. – Leve minha lanterna. Pode me devolver pela manhã.

Isso a faz se sentir ainda pior por ter sido grossa, mas consegue murmurar um agradecimento. Em seguida ele vai embora, e ela se vê livre de novo.

O vento gelado faz seus dentes baterem. Está usando apenas a roupa de treino e uma capa de chuva fina que tem lhe servido de cobertor nos últimos dias. Ela costumava ter Emma para mantê-la quentinha, e lembra que sempre dizia à amiga para deixá-la em paz, para deixá-la dormir – como se as duas fossem ter a eternidade juntas! Como se nada pudesse dar errado! Como podia ter sido tão idiota?

O cemitério fica logo à frente. Funerais não são permitidos em escolas de sobrevivência, ou mal haveria tempo de fazer qualquer outra coisa. Os corpos dos alunos que morrem são enviados de volta para os pais, de modo que os poucos túmulos no território da escola são em sua maioria de professores e instrutores. Pessoas sem família ou cuja família não as quer.

E tem também os cadáveres tão horrivelmente alterados pelos sídhes que é preferível dizer aos pais que os cientistas de Dublin, após as análises necessárias, acabaram perdendo-os.

Os pais de Emma aceitaram a explicação. Sabem o significado dela e têm outra filha em casa com a qual se preocupar.

Aoife avança por entre as árvores, protegendo-se do vento. Suas bochechas, antes tão gordinhas, estão tão geladas que até doem. Ela não consegue sentir a mão que segura a lanterna. É quando começa a escutar os sons de alguém cavando. Nenhum animal produziria um ruído tão rítmico e metálico. Apenas pessoas. Pessoas violando o chão congelado de um cemitério na hora mais escura da noite.

Ela para de supetão. Como é possível haver alguém ali?

Já o segundo pensamento é furioso. *Caçadores de suvenir.* Vão arrancar o corpo de Emma de seu local de descanso apenas para deleitar os curiosos. *Como ousam profanar a Emma? Como ousam?*

Ela corre através da vegetação rasteira, disparando floresta afora e entrando no cemitério propriamente dito, o chão escorregadio e duro como mármore. Emerge logo ao lado do monte de terra sob o qual Emma está enterrada – não que haja como saber, já que não há lápides.

Para no lugar, confusa, ao ver que o túmulo está intacto.

Depois, sente os cabelos da nuca se arrepiarem de novo. Dá uma volta ao redor do próprio eixo, virando a lanterna por instinto. É antiga, dessas de dar corda. Ninguém mais fabrica baterias, e a luz que emana do objeto é bem clarinha e azulada, mas é suficiente para ver o garoto com as mãos erguidas para cobrir o rosto.

– Quem é você? – berra Aoife.

– Dubhtach, foi o nome que me deram. – Sua voz, de tão amigável e musical, faria inveja a um anjo. – Por causa do meu cabelo preto. Vês?

Aoife recua, as pernas bambas. Não é um garoto, é claro, mas um homenzinho. Ela agora se dá conta de que sua pele cintila de leve à luz da lanterna. Que tudo nele, dos dedos delicados ao maxilar quadrado, foi esculpido à perfeição pelo deus, ou demônio, que o criou.

E ele continua avançando, o sorriso largo e acolhedor.

– Deixa a ladra em paz – diz outra voz, essa de uma mulher. – Já temos o que viemos buscar. Temos de atravessar antes que fiquemos muito pequenos. E essa aí… Posso sentir. Veremos esta garota *muito* em breve.

Aoife arremessa a lanterna em direção à cabeça do homenzinho, que recua um passo, e ela aproveita sua distração para fugir como louca pela mata.

Quando volta uma hora mais tarde, junto com Nabil e Taaft, o cemitério tem buracos e restos mortais espalhados por todos os lados. Não há sinal dos sídhes, porém.

– Qual é o interesse deles por corpos apodrecidos? – pergunta Taaft. – Será que os malditinhos estão praticando rituais sombrios?

– Nunca ouvi nenhum relato disso – responde Nabil. Quando ele fala inglês, soa mais francês do que quando se comunica em sídhe. – Mas não gosto nada disso. É estranho eles se comportarem assim, não? Tem de haver um motivo.

– Vou voltar pra cama – diz Aoife.

O corpo de Emma está em segurança, é o que importa.

Ou será que não? A mulher sídhe disse que eles veriam Aoife em breve, e ela sabe muito bem o que isso significa. É engraçado pensar que mal temia a Convocação algumas horas atrás, e agora estremece só de pensar que sua hora está enfim chegando. A sensação fica ainda mais forte quando ela descobre que, enquanto estava fora, um dos poucos alunos restantes do Quarto Ano – Andy Scanlon – sumiu e reapareceu no catre com nadadeiras no lugar das mãos e uma camada de pele lisa onde antes ficava o rosto.

Ele provavelmente estava assim, deitado no escuro, o cadáver esfriando, enquanto Aoife escapulia.

Sem tanta sorte

Nessa está sentada numa das primeiras fileiras do ônibus, um dos braços em torno da mala, como se fossem melhores amigas. Ela vê a Irlanda passar rápido pela janela.

Hera e mato alto envolvem construções caindo aos pedaços, e até mesmo árvores se erguem triunfantes sobre os esqueletos de fábricas e escolas. A beleza da cena se sobrepõe a qualquer sensação de tristeza. No inverno, os vibrantes campos verdejantes são puro charme com sua capa de geada cintilante, e as colinas distantes não passam de pequenas pinceladas de tinta alva contra um céu azul e intenso.

Eu não devia estar aqui pra ver isso, pensa.

Nessa deveria estar morta. Mas não está, não está! Ela já pagou o que devia. Ninguém jamais precisou ir mais de uma vez à Terra Gris.

O veículo segue por cidades decadentes onde apenas velharias persistem; ver um ônibus ainda em funcionamento é algo tão raro que todas as conversas param e muitas pessoas acenam quando eles passam. Será que sabem que há a bordo uma sobrevivente recente? Fariam mais festa ainda se soubessem, e Nessa sorri ao pensar nisso. Sorri para tudo e todos, apreciando até mesmo as valas, as estradas bloqueadas por rebanhos e o mercado em Ardee.

Há outras crianças no ônibus, um grupo de pré-adolescentes de dez anos nascidos em janeiro e que estão indo para uma escola perto de Balbriggan. Ela decide que não vai pensar neles por ora, no fato de que noventa por cento deles vão ser assassinados pelos sídhes ao longo dos próximos anos. Nessa sobreviveu. Está indo para Dublin pela primeira vez na vida, para ver Anto, o rapaz que ama. Um jovem de catorze anos, assim como ela, que voltou da Terra Gris do inimigo com a vida e boa parte da sanidade intactas.

Ela já se sente meio acanhada, mesmo com as placas enferrujadas mostrando que ainda faltam muitos quilômetros de viagem. Será que os pais de Anto estarão lá? Será que vão se importar se ela o beijar? Será que vão se importar com os gravetos finos e delicados nos quais suas pernas se transformaram devido à pólio na infância?

Eles não vão se importar, decide. Embora provavelmente devam resistir caso ela tente levar o filho deles para Donegal. Nessa sorri, e seu rosto até dói, porque faz horas que carrega a mesma expressão.

Contudo, quando chegam a uma ponte suspensa perto de Drogheda, os passageiros descobrem que o caminho até Dublin está bloqueado por um micro-ônibus e um veículo do governo. O ônibus para de repente, e as crianças esticam o pescoço para ver o que aconteceu.

O motorista – que é praticamente uma barriga avantajada e um bigodinho grisalho – troca algumas palavras com uma velha policial antes de se virar para os passageiros.

– Todos precisam descer! – grita. – Não vai demorar, tá bom? Dez minutinhos.

Na estrada esburacada, há um grupo de adultos de sobretudo que bem poderiam ter saído de um filme.

– Formem uma fila! – diz um homem na frente. – Ah, não, esqueçam. Nem precisa.

Ele cobre os dez passos que o separam de Nessa. Os sídhes vêm matando adolescentes há vinte e cinco anos, o que significa que o homem alto talvez tenha idade para ter escapado de receber a Convocação. Mas não. A forma tensa como se movimenta sugere que ele jamais será capaz de relaxar de novo. Já esteve na Terra Gris. Deve ter sido um dos primeiros, ainda na época em que ninguém sabia o que estava acontecendo. Antes que houvesse psicólogos especialmente treinados para ajudar as vítimas a lidar com os efeitos do evento.

– É ela, não é? – sussurra ele, como se pronunciar aquelas palavras queimasse sua língua.

Alguns dos primeiros sobreviventes descontaram o trauma na comida. Outros começaram a usar drogas ou mergulharam em obsessões bizarras. Outros se transformaram em nada. Já aquele homem tem músculos que forçam as costuras do sobretudo ao limite; ele é do tipo que ainda treina diariamente, talvez a cada minuto, desde que voltou da Convocação.

– Sim, é ela – responde uma jovem, e Nessa arqueja ao vislumbrar a bela e triste Melanie no meio dos adultos.

A garota com um buraco no peito. Uma das poucas alunas da Escola de Sobrevivência de Boyle que não padeceu na destruição desta.

– Não estou entendendo – começa Nessa. – Senhor...?

– Detetive. Detetive Cassidy – diz o homem. – E quem não está entendendo nada sou eu. – Ele tem um heroico maxilar quadrado e olhos azuis tão intensos que parecem capazes de derreter uma geleira. – Como...? Como alguém como *você* pode ter sobrevivido à Terra Gris?

Nessa se nega a se encolher.

– Assim como você, detetive. Eu lutei contra os sídhes e venci.

Cassidy se vira. Puxa para longe da multidão a menor e mais trêmula das criancinhas de dez anos ainda não treinadas. A respiração aterrorizada do garotinho forma baforadas de vapor no ar gélido, mas tudo o que o estranho faz é murmurar algo no ouvido dele antes de empurrar o menino na direção de Nessa.

– O que... O que ele te falou? – pergunta Nessa.

Ela nunca esteve tão confusa. Deixou o casaco no ônibus. Precisa muito fazer xixi, e, acima de tudo, a euforia que sentia pelo encontro com Anto foi substituída por algo muito similar a *pânico*.

Do nada, o rapazinho de dez anos chuta a perna esquerda de Nessa, e o impacto do corpo contra o chão congelado expulsa o ar dos pulmões dela.

O homenzarrão para a seu lado.

– Vanessa Doherty – diz ele, a voz repleta de desprezo. – Você jamais poderia ter escapado dos sídhes. Não é capaz de derrotar nem esse moleque. Você está presa por traição.

Nessa sente os pulsos serem envolvidos por algemas e não consegue entender o que está acontecendo. E Anto? Ela precisa vê-lo!

– A Nação vai sobreviver – diz o detetive. – Já você, duvido que tenha a mesma sorte.

O novo recruta

A ESTAÇÃO DE ÔNIBUS CHEIRA A TABACO ORGÂNICO E BAFO ÚMIDO QUE emana das centenas de pessoas lutando pelos bilhetes para as raras rotas que ainda são oferecidas. Entretanto, independentemente do que estejam fazendo, todos param para encarar Anto. Culpa do braço gigante e bizarro. Ele o ganhou dos sídhes, é claro, e os indivíduos que o encaram com curiosidade jamais vão entender a dor que o rapaz sofreu nas mãos daquela feérica.

O trauma o segue aonde quer que vá. Ameaça sufocar Anto, extrair qualquer alegria do mundo. Mesmo assim, ele sorri. Nessa não vai permitir que isso aconteça. Em algum lugar, um ônibus a está trazendo para ele; ela e seu sorriso brilhante e intenso demais para ser apagado por qualquer sombra da Terra Gris. Ele mal pode esperar para mostrar Dublin a ela. Quer envolver a mão dela na sua, quer a cabeça dela em seu ombro como na noite em que Nessa arriscou a vida para escalar a parede do prédio até seu quarto. Ele já é capaz de sentir o calor do rosto dela contra seu pescoço.

Mas algo o faz tremer. Duas policiais estão se aproximando intencionalmente dele e de sua família. *Por favor*, pensa Anto, *que isso não tenha relação com a Nessa*.

Seus pais o levaram até ali para encontrar com a garota. Há dias ele não consegue pensar em mais nada, suportando as provocações da irmãzinha de nove anos e os comentários constrangedores da mãe:

– Ela vai dormir no quarto de visitas. E eu vou ficar de olho pra garantir que você não se engrace com ela!

Mas a mãe de Anto também já viu as guardas se aproximando, e é ela quem aperta o ombro dele. *Você é capaz de lidar com isso, filho.* É o que ela está dizendo, mesmo que não em palavras. E está certa. Nessa passou a vida sendo encarada, não passou? Anto não vai decepcionar a garota, então apruma as costas – sempre doloridas por causa do peso extra do braço gigante.

– Opa! – diz o pai de Anto. – Elas devem estar vindo pra dar outra medalha pra você, por todos os sídhes que derrotou em Boyle.

– Por favor, pai. Não quero falar sobre isso.

Anto ainda se lembra dos ossos quebrando. Dos gritos, das gargalhadas.

As guardas analisam o lado esquerdo do corpo do garoto e assentem. Nem se dão ao trabalho de confirmar sua identidade, e a mais nova – que não parece ter mais de cinquenta anos – não consegue se conter e murmura:

– Meu Deus!

A outra é mais profissional.

– O Estado precisa de seus serviços, senhor Lawlor.

– Acho que não estão falando de mim, né? – diz o pai de Anto, mas as mulheres o ignoram.

– O senhor precisa nos acompanhar.

– Não estou entendendo nada – diz Anto, que mal consegue forçar as palavras pela garganta. – Estamos aqui pra encontrar minha, hã… minha amiga, e…

– Vanessa Doherty não vai chegar tão cedo, meu bem. Fiquei sabendo que ela também recebeu uma missão.

Anto não vê Nessa desde que a garota voltou para casa para dar seu Testemunho e passar um tempo com a família. Ele tem dificuldade de lidar com os sonhos, e nenhum dos psicólogos o ajuda tanto quanto Nessa, embora ela não faça mais do que sentar a seu lado e ficar lá toda… serena. Será que é essa a palavra? Ela não se deixa abalar por nada. Exceto por ele, e é de uma forma boa, que a faz sorrir e falar sobre o interesse estranho por canções e poemas esquecidos.

– A senhora está dizendo que meu garoto tem uma missão, policial? – pergunta o pai de Anto, estufando o peito.

Ele não percebe a decepção completa do filho; já a mãe sente a respiração acelerada do garoto sob os dedos.

– A gente não tem permissão pra dar mais informações, senhor. Mas ele *precisa* nos acompanhar. Tem um carro esperando.

– Um carro! – exclama o pai de Anto, deliciado. Emocionado. – Ouviu isso, filho? Um *carro*!

– Eu não quero ir – diz Anto.

Ele não gosta de como a palavra "missão" soa. O que precisa é encontrar uma escola, uma escola de verdade cujos alunos não estejam mortos. Precisa aprender uma profissão e ter tempo para conhecer direito a garota que ama. O pai o empurra na direção das mulheres, mas Anto resiste.

– Você quer nos colocar em apuros, meu bem? – pergunta a outra policial. – E eu já disse, sua amiga não vem. Você não vai perder nada. – A expressão dela começa a fechar. Elas poderiam prender Anto, ou até mesmo seus pais. A Nação faz o necessário para sobreviver.

Que escolha ele tem?

É a primeira viagem de carro da vida de Anto. Eles pegam a velha M1 antes de adentrarem ruas mais estreitas, com o mar à direita, as quais mal servem ao propósito para o qual foram construídas.

Uma das policiais está sentada ao lado de Anto, no banco de trás.

– Bonito, né? O País de Gales costumava ficar em algum ponto por ali.

Agora, o horizonte simplesmente termina em uma muralha de neblina. Anto não gosta de olhar na direção dele. Já ouviu as histórias dos navios que seguiram para alto-mar, mas depois acabaram encalhando na costa, sem vida nenhuma a bordo.

A guarda deve estar pensando a mesma coisa.

– Onde será que foram parar os passageiros desaparecidos? – reflete ela.

Mas sabe a resposta: no inferno. Na Terra Gris. Ao menos é o que todo mundo diz. De certo modo, uma viagem de barco seria pior do que receber a Convocação, porque não haveria como voltar para casa – com ou sem vida.

– É pra lá que a gente os envia hoje em dia – diz ela. – A gente os coloca nuns barquinhos e deixa a correnteza empurrá-los até a neblina.

– Eles quem? – pergunta Anto.

– Ah, você sabe. – Ela dá de ombros, como se a resposta não importasse. – Criminosos. Traidores.

Prisão

A PORTA DA CELA ESTÁ ABERTA, MAS NESSA FICA PARADA ONDE ESTÁ, deitada no colchão encaroçado. Manchas de umidade marcam o teto, e centenas de nomes e datas escritos uns por cima dos outros preenchem as paredes, camadas e camadas de inscrições: A EFFIE ZARPOU. LEMBREM DA CATHY – QUE NUNCA SE ARREPENDEU. ESTE É O CARCEREIRO COM UMA OVELHA.

Lá fora, uma mulher grita. *É assim que me sinto*, pensa Nessa. *Exatamente assim.*

Mas ela não está morta, certo? Também não acordou no horror da Terra Gris. Em vez disso, foi levada à ala feminina do que parece ser uma prisão. Nem sequer sabia que existia um lugar como esse. A Nação não tem recursos para gastar com criminosos, não é?

Ela grunhe.

– Eu não fiz *nada*.

Mas ninguém escuta. Ninguém se importa com o fato de que ela deveria ser celebrada como uma sobrevivente, que deveria estar mergulhando o rosto no pescoço de Anto enquanto o ensinava a rir de novo. Não. Além da cela, tudo o que existe são gritos e zombarias e o choro de uma pessoa.

– Rosquinha! – grita uma mulher frenética, fazendo a prisão irromper em aplausos. – Rosquinha!

O soluço que se segue é afogado, desesperado, cheio de súplicas sussurradas que Nessa não ouve direito.

Ela joga a coberta fina para o lado e caminha rápido até a porta. A cena é digna de filme – um dos antigos, da época anterior às portas automatizadas nas prisões. Dois pavimentos de celas formam um quadrado ao redor da área central, que contém o que talvez seja uma mesa de pingue-pongue. É difícil dizer, com tantas mulheres apinhadas, pulando de um lado para o outro, inquietas, aos risos, enquanto outras ficam mais afastadas.

– O que está acontecendo? – pergunta Nessa a uma mulher grisalha e rechonchuda. – Não tem guardas aqui? Isso não é uma prisão?

A turba se abre e revela Melanie, o único rosto que Nessa conhece, deitada na mesa, aos prantos. Está sem a parte de cima da roupa – a camisa de brim que todas as detentas usam foi rasgada para revelar o buraco no peito do tamanho de dois punhos. Ela tenta se virar de bruços, mas duas mulheres musculosas forçam um ombro da garota contra a superfície enquanto as demais se revezam para enfiar a mão pelo buraco. Elas agitam os dedos do outro lado e fazem caretas. Alguém tenta passar a cabeça pela abertura, e Melanie grita de dor.

– Meu coração! – berra ela. – Um médico! Alguém chama um médico!

Há várias cadeiras resistentes de madeira encostadas nas paredes entre as celas. Nessa pega uma delas, ergue o móvel acima da cabeça e o bate contra a parede, o que resulta em uma perna de madeira arrancada. O estalo faz um silêncio recair sobre o recinto.

– Pelo Caldeirão! – exclama Nessa. – Vocês vão matá-la!

As duas mulheres grandalhonas que estão segurando Melanie a soltam e abrem caminho pela turba. A garota na mesa se encolhe como uma boneca de pano, e o que preocupa Nessa é que ela não faz esforço nenhum para esconder a deformidade.

Mas Nessa deveria se preocupar mesmo é com a própria integridade.

Todas as pessoas na prisão foram, em algum momento da vida, treinadas para matar. Sobreviveram a horrores além dos limites da imaginação humana – e, para algumas, a experiência ensinou que a vida não vale nada. Duas das mais fortes encaram Nessa: uma brutamontes ruiva com uma cicatriz na ponte do nariz e outra mais nova, bem pálida, o cabelo descolorido e arrepiado, o antebraço esquerdo deformado pela marca da mão de um sídhe.

– Por Lugh, Mary. – A de cabelo arrepiado fala na língua do inimigo. – Que coisa louca a aleijada, justamente ela, tomar as dores da esquisitinha, não acha? Considerando que foi a Rosquinha que a colocou aqui.

– Como assim? – pergunta Nessa.

– É mesmo, Ciara – diz Mary, a ruiva, sorrindo ao notar a confusão de Nessa. – A Rosquinha fez um acordo com os sídhes pra ser curada. Só confessou quando a casa caiu. Dizem que tem mais um monte de gente como ela. Traidores. Pessoas que *dizem* que sobreviveram à Convocação.

– Mas não sobreviveram, né, Mary?

– Não, Ciara, não mesmo. – Ela olha sem disfarçar para as pernas de Nessa. – É *impossível* que algumas tenham sobrevivido. Não sem fazer um acordo com o inimigo. Não tem outra explicação, tem?

As duas olham para Nessa, sorrindo. Estão com os ombros tensos, o que é um erro idiota! Demonstrar assim a intenção de lutar! Nessa nunca precisou refletir muito antes de dar um soco; nunca precisou pensar no assunto. Ela simplesmente age.

Ciara desmorona assim que é atingida na lateral da cabeça de cabelos arrepiados pela perna da cadeira. É o bastante para Nessa perder o equilíbrio, mas ela se agarra aos ombros de Mary e dá uma cabeçada violenta no nariz marcado da mulher. Ambas caem juntas; quando Ciara tenta se levantar, Nessa estende a mão e usa cada grama de força para apertar o braço deformado pelos sídhes. O som que a outra faz demonstra o tamanho da dor.

Finalmente guardas surgem de todos os lados, distribuindo chutes e espirrando jatos de algo que faz as mulheres gritarem e levarem as mãos aos olhos.

Dois homens colocam Nessa de pé e a levam às pressas até a extremidade do espaço, passando por um portão de segurança. Ela ainda está ofegante e não presta muita atenção para onde a estão levando. Continua pensando no que as duas grandalhonas disseram. Que Melanie fez um acordo com os sídhes. Nessa não consegue acreditar. Ninguém faria algo assim. *Mas Conor fez, não fez? Quantos outros podem ter feito também?*

É assustador pensar que o país esteja lotado de pessoas dispostas a trair amigos e familiares, entregando-os ao impiedoso oponente.

É quando Nessa, normalmente tão controlada, dá um berro tão alto que os dois guardas param de supetão.

– Qual é o problema dela? – pergunta um.

O problema é que só agora ela começa a entender quão suspeita deve parecer sua sobrevivência. Nessa arqueja, as pernas bambeando, e precisa de todo o seu autocontrole para não vomitar bile.

– Pronto, mocinha – diz um dos policiais. Mesmo soando tão gentil, não afrouxa o aperto no braço dela. – Vem. A gente está chegando.

Ela sente a garganta estreitar, como se alguém a esmagasse com o punho. Todo mundo achava que Nessa ia morrer, mas não é só isso. É muito, muito pior. Porque o inimigo – os sídhes – de fato a ajudou. Eles a *ajudaram*! Dá para contar em uma mão o número de pessoas que foram alteradas de forma positiva nos últimos vinte e cinco anos.

Nessa nunca vai conseguir provar que eles a transformaram em um ser à prova de fogo apenas para manterem a promessa que tinham feito a um aliado, a Conor. Eles a salvaram das chamas só para que ele tivesse o prazer de matar Nessa com as próprias mãos. É claro que acham que ela é uma traidora! Todo mundo deve pensar isso.

Os guardas a puxam como se ela fosse um saco de batata, até que a garota, reunindo as gotas de força de vontade que ainda tem, expulsa o medo da mente. Vai pensar em um plano. Primeiro, precisa recuperar o autocontrole.

– Eu estou bem – diz. – Consigo ficar de pé.

– Que bom, mocinha, mas, de todo jeito, a gente chegou.

Eles abrem a porta, e Nessa se depara com um escritório no qual um homem abatido está sentado atrás de uma mesa. Ele faz um gesto para que ela espere. Depois sorri, mas tem um telefone pressionado contra o ouvido, e o que quer que esteja escutando o faz franzir o cenho.

– Tentem fazer o coração voltar a bater – diz. As palavras sobem e descem com o sotaque cantado de Cork. Tufos de pelos brancos saem da orelha visível a Nessa, e há mais saindo das narinas. – Não me interessa quanto custa! Pelo amor de Deus, homem, ela tem catorze anos! É só uma menina... O quê...? Não estou acusando ninguém de nada. Pense assim: ela é a única testemunha que nós temos, e o ministro vai mandar nós dois para o mar se ela morrer.

Ele devolve o fone ao gancho e cobre os olhos com a outra mão por um instante. Os pelinhos no nariz se agitam. Depois, o homem força um sorriso e ergue o olhar.

– Caramba... – começa. – Que bagunça você aprontou, garota. – Ele tosse cobrindo a boca com um lencinho, e o guarda mais jovem, que continua segurando Nessa, aperta o braço dela com mais força, o que a obriga a resistir a uma careta. – Sem tanta brutalidade, rapazes, por favor!

– Com todo o respeito, o senhor não sabe o treinamento que eles tiveram – responde um deles. – São sempre perigosos...

– Eu sei, eu sei. Mas não a machuquem. Digo, não é como... – Seus olhos recaem sobre as pernas de Nessa. No entanto, tudo o que o homem diz é: – Esperem lá fora, rapazes. Por favor. – Depois que fica a sós com Nessa, continua: – Bom, eu sei quem você é, então deixa eu me apresentar. Sou o senhor Barry, o carcereiro. Como pode ver, estou no comando do lugar. Cuidando da última prisão da Nação. – Ele fica em silêncio, assim como Nessa, que é muito melhor nisso do que ele. Depois de alguns segundos, o homem acrescenta: – Normalmente, as pessoas perguntam.

– Perguntam o quê, senhor?

– Por que esta prisão ainda existe.

– Eu achava que não existiam mais prisões, senhor. Elas... Ah, eu ouvi rumores. – Ela engole em seco. – De que criminosos são enviados em barcos para o alto-mar.

Assim como os traidores.

Ele assente devagar.

– Isso não precisa acontecer com você, certo?

Com a boca seca, ela o encara, sem ousar responder.

– Você é tão novinha... É claro que quer viver! E, em tempos mais tranquilos, seria assim. Ninguém pode culpá-la por... por qualquer *sacrifício* que tenha feito.

– Eu não traí a Nação, senhor.

Mas ele está olhando para as pernas inúteis dela, e não seus olhos. Quando o carcereiro volta a falar, ela precisa se inclinar para ouvi-lo.

– Você é filha de alguém, e, por Deus nosso que está nos céus, como sinto saudades da minha, juro que não ligaria nem um pouco se ela fizesse o que fosse necessário para voltar viva de lá. Eu quero manter você viva também, senhorita Doherty.

– O senhor… pode fazer isso?

– Nosso país mudou muito desde a minha juventude, garota. Mas não faz sentido olhar para o passado, faz? Porque agora nós vivemos em um lugar muito, muito complicado. A Nação está desesperada para sobreviver. Assim como você durante a Convocação. E, assim como você, está disposta a fechar qualquer acordo ou cortar quantas gargantas forem necessárias para isso. Os doentes? São bocas inúteis para alimentar. Os animais de estimação? Uma fonte de alimento. Todas as lindas árvores cortadas para servir de combustível e todas as estátuas usadas como material para construir as estradas… E então temos esta prisão, de onde ladrões e foras da lei são mandados para… para…

Ele enxuga o suor da testa.

– Bom, você sabe para onde são mandados. – Ele enfim ergue o olhar e volta a forçar um sorriso. – Mas há mais nesta prisão do que apenas isso, garota. Aqui temos segundas chances também. Qualquer pessoa aqui que consiga provar seu valor ganha a oportunidade de ficar. Qualquer uma. Ora, a maior assassina da história da Irlanda vive debaixo deste teto, uma cientista. Infelizmente, ela é uma… uma…

Nessa nota que o homem morde a própria língua para não dizer o que estava prestes a falar.

– Não interessa o que ela é. Esse é justamente o ponto. O que interessa é que ela é genial, e que é a maior expert em sídhes do país. Ela matou muito e, Deus que me perdoe, vai matar mais. Mas, como precisamos dela… Bem, se a gente permite que pessoas como ela sobrevivam, por que não oferecer a mesma chance a uma jovenzinha que não teve escolha na hora de cometer um crime?

– Eu também preciso ser genial, senhor? Pra… pra viver?

– Não, garota. – Ele sorri. – No seu caso, é muito mais simples. Tudo o que a gente precisa é de informações sobre o inimigo. Você só precisa explicar o acordo que fechou com eles, e, juro pra você: para cada pedacinho de informação que der, o ministério vai lhe dar uma semana a mais de permanência. E eu vou brigar pra conseguir mais! Não quero que você se machuque.

– Senhor… – Nessa respira fundo. Sua vida está em jogo, mas ela crê estar diante de um homem razoável e misericordioso. – Só… Só tem um problema. Eu… Eu não tenho nenhum segredo pra contar pro senhor, porque não sou uma traidora. Eu preferiria morrer a…

– Por favor, não faça isso – diz ele, visivelmente perturbado. – Por favor… Escute. Escute, vou dar uns dias para você refletir. Vou… vou fazer o que estiver ao meu alcance por você, senhorita Doherty, eu prometo.

– Mas, senhor… – A voz de Nessa vacila. – É verdade, senhor!

– Não é! – grita ele. – Por que você não é honesta? Não quer viver?

Ela cambaleia para a frente, estendendo a mão na direção do carcereiro, porque ele se importa com ela. Ela enxerga o pesar, nítido em cada ruga do rosto envelhecido do homem.

– Se afaste! – exclama ele. – Guardas! Já chega de mentir por hoje. Guardas!

Os dois homens chegam e a arrastam porta afora.

INFESTAÇÃO

ANTO NÃO SABE POR QUE FOI PARAR NO INTERIOR DO PAÍS. APENAS algumas horas antes, estava esperando a namorada na rodoviária. Mas as guardas que o levaram até a cidade acabaram de fazê-lo entrar em uma construção baixa. O interior do lugar está quente e úmido devido à transpiração de duas dúzias de... soldados. É o que são. Homens e mulheres conferindo armas e estufando mochilas em gestos apressados.

Se fosse no passado, quando tinha menos de dez anos, a situação teria deixado Anto empolgado. Entretanto, ele passou dessa fase. Só o que importa é que Nessa não está ali. Os braços dele – feitos para lutar por ela, para envolvê-la em abraços – pendem ao lado do corpo, inúteis.

A corrente de ar criada pela entrada do rapaz atinge os soldados, que olham para ele. O ruído dos preparativos e o burburinho de conversas cessam de súbito. Anto sente o rosto enrubescer sob o escrutínio dos demais.

Já viu soldados antes. Teoricamente, não poderiam usar cabelos longos como os daquelas pessoas, ou enfiar nos cintos tantas lâminas de aparência nefasta. De acordo com sua experiência, costumam ser velhos rechonchudos que vigiam armazéns, que escoltam comboios de comida até cidades decadentes. Já estas pessoas, embora pareçam ter passado dos trinta anos, tenham várias cicatrizes e dedos e até orelhas faltando, são tão atléticas quanto qualquer adolescente. São ao mesmo tempo assustadoras *e* assustadas. Estranho... Já passaram pela pior experiência de sua vida, a Convocação. O que poderia preocupá-las agora?

Vestem um uniforme verde camuflado, meio esfarrapado, e todas exibem uma Cabeça de Cervo no peito. Pelo menos lembra um cervo, embora Anto nunca tenha visto veados com olhos vermelhos e penetrantes e dentes longos e afiados como os do emblema.

Uma mulher sentada à mesa mais próxima ergue o olhar e exala um suspiro dramático.

– Oi, mocinho, você está procurando o parquinho?

Ela caminha até ele. O corpo da mulher de meia-idade ostenta músculos consideráveis, e o rosto negro é severo; sua figura contrasta com a voz, ou melhor, o jeito de falar – que imita uma mulher branca de anáguas acostumada a jogar cartas e bebericar chá enquanto o marido administra seu império.

Ela faz menção de enxotá-lo para fora, mas seus olhos recaem sobre o braço esquerdo de Anto e se arregalam.

– Ora, ora – sussurra. – Você é *mesmo* um rapazinho muito estranho. Corless!

A última palavra sai num berro que faz Anto pular no lugar.

O grito invoca um brutamontes de aparência assustadora com uma cruz cinza-escura desenhada, ou talvez entalhada, na testa.

– Sim, sargento – retumba ele.

– Avise ao nosso bom capitão que recebemos um… um *garoto*. Por engano.

O homem sai praticamente marchando, obediente ao pedido afetadamente gentil da mulher. Quando ela se vira para Anto, ele vê três palavras tatuadas na vertical sob seu olho esquerdo. Já ouviu falar sobre esse costume, mas nunca tinha visto um exemplo na vida real. Devem ser os nomes dos filhos dela. Os que não voltaram para casa. Ele se força a desviar o olhar; não quer ler o que está escrito ali.

A sargento o fita com os olhos escuros.

– Mas que rapazote – murmura. – Não deve ter mais de quinze.

– Dezesseis – mente ele, sem a mínima ideia do porquê.

Talvez porque ela seja linda e assustadora ao mesmo tempo. Assim como os sídhes – mas, ao contrário do que acontece com eles, ela está claramente envelhecendo.

– Você foi treinado para fugir, mocinho – continua ela. – E que bom pra você! Mas aqui… – Até então ela estava falando inglês, mas muda para sídhe. – Mas, aqui, nós caçamos outro tipo de presa. Nós somos…

– Deixa ele em paz, Karim! – Outro homem, tão alto que sua cabeça roça no teto, acaba de chegar. É tão velho que a pele enrugada da testa quase cobre os olhos. Todos saem do caminho enquanto ele avança. Todos, exceto a sargento Karim. Ele não parece notar, e desvia dela como se ela não passasse de um móvel fora do lugar. – É o novo recruta.

– Recruta, capitão? Com certeza, não. Ele *diz* que tem dezesseis anos. O esquadrão de infestações não tem lugar para criancinhas, por mais fofas que sejam.

– E o que você tem a ver com isso, sargento? – pergunta o homem. Isso a irrita, Anto consegue perceber. – O que qualquer um de nós tem a ver com isso? A gente recebeu ordens de levá-lo conosco esta noite.

– Mas então ele vai ficar no caminhão, capitão.

– Claro. Por mim, o moleque pode até ser o nosso novo mascote.

O capitão aponta um banco vazio.

– Senta ali, filho, até a gente terminar de se preparar pra sair.

– Me disseram… Me disseram que eu tinha uma missão.

– Jura por Deus? Uma missão? Vou ser sincero com você, filho: fica fora da porcaria do caminho e faz exatamente o que mandarem você fazer. Essa vai ser sua missão. Entendido?

Não. Não estava nada entendido para Anto, mas ele obedece. Não consegue juntar lé com cré sobre o que está acontecendo. Não sabe qual é a das armas reluzentes ou a do humor dos soldados. Nem tampouco compreende a própria presença ali, porque o que Karim disse é verdade. Ele não tem serventia naquele lugar, vai demorar muitos anos até que tenha. Sua juventude é um recurso imensamente valioso em um país moribundo que não pode se dar ao luxo de desperdiçar as coisas.

Ele deveria estar aprendendo mecânica ou técnicas de cultivo. Devia estar se casando e tendo tantos filhos quanto possível – ou pelo menos é isso que o Governo gostaria que ele fizesse. É o que o Governo geralmente exige dos cidadãos, e, às vezes, a pressão que emprega para fazer com que isso se realize é considerável. Não que precisassem pressionar Anto! Agora que encontrou Nessa, ele quer fazer tudo isso.

A única coisa para que ele serviria num lugar como esse seria atrapalhar. A sargento Karim deixou isso muito claro.

– Muito bem! – grita o capitão.

E todos, exceto Anto, entendem o que ele quer dizer. As expressões ficam mais sombrias, e eles saem marchando pela porta e sobem em três caminhões, todos decorados com o perturbador cervo de olhos vermelhos. Dão a partida nos motores, e o cheiro de comida gordurosa emanado pelo biodiesel enche o ar.

– Venha, garoto – diz a sargento Karim.

Anto é enfiado dentro do último caminhão e empurrado como se fosse uma mala até acabar bem atrás da cabine do motorista. Consegue ouvir a voz do capitão pelo rádio.

– Avançar!

E, com isso, saem noite afora. Os soldados sussurram uns para os outros em uma mistura bizarra de inglês, sídhe e palavras inventadas. Um deles, um homem magrelo com as feições trêmulas de um ratinho, cutuca o braço gigante de Anto.

– Doeu?

Anto concorda com a cabeça. A sensação foi a de que o braço estava sendo arrancado – não só uma vez, mas durante todo o tempo em que a mulher sídhe o tocou. O sorriso dela ficava cada vez maior enquanto o torturava, sussurrando:

– Que maravilhoso! Um gigante! Eu queria tanto um gigante só para mim!

São as palavras que ele ouve em seus sonhos, e mais de uma vez acordou com o cheiro da própria urina.

Ele não quer contar nada disso para o homem magrelo, nem precisa.

– Meu nome é Ryan – diz o soldado. – Olha.

Ele se inclina no espaço abarrotado para mostrar dois esporões irrompendo das escápulas, que se contorcem como se tivessem vida própria. Anto sente que seu braço também tem – é como se não fosse uma parte dele, como se nem mesmo pertencesse a este mundo.

– Eles iam me transformar em um pássaro, mas eu consegui escapar – continua o homem, que estremece e se remexe no lugar, embora pelo menos duas décadas já tenham se passado desde o acontecido. – Os médicos não iam conseguir cortar as coisas fora sem me matar. Só consigo dormir de bruços.

Ryan se endireita e os dois se cumprimentam com um aperto de mão.

– Valeu – diz Anto, e está sendo sincero. Continua se sentindo inútil, mas parece pertencer ao grupo.

O comboio avança aos solavancos por estradas, passando por casas de fazenda iluminadas das quais Anto vê apenas vislumbres pela fenda na parte de trás da lona do caminhão. Não come há horas, e ninguém nem cogitou a ideia de lhe oferecer comida.

– Onde a gente está? – pergunta uma voz rouquenha.

É Corless, o brutamontes com a cruz na testa e a pele brilhante de tão suada.

– Meath – responde Ryan.

– As piores são sempre em Meath. – Corless esfrega a cruz na testa.

– As piores o quê? – quer saber Anto.

– Isso devia ser óbvio – diz Karim. – Infestações, claro. Mas não se preocupe, meu bem. Você vai ter o grande, grandessíssimo trabalho de cuidar do caminhão. De não deixar ninguém roubar nosso diesel.

Anto baixa a cabeça.

– Ela não é tão malvada – sussurra Ryan no ouvido dele. – Sério. Você vai ver. Ela é ótima.

Mas o soldado não tem a chance de dizer mais nada: é interrompido pela voz do capitão, vinda do rádio.

– Vamos parar às margens do campo à direita. Quero todo mundo fora do veículo. Apaguem todas as luzes. Hora da caminhadinha.

Um instante depois, o caminhão estaciona ao lado dos outros dois.

– Vamos descer – diz Karim. Enquanto todos se apressam para obedecer, ela se vira para Anto. – Fique aqui. Talvez leve a noite inteira.

– Tá bom.

– E não tente vir se esgueirando atrás de nós. Alguns aqui são um pouco assustados e podem acabar atirando em você. Eles ficariam *devastados* com o erro, é claro.

– Ah, claro.

Anto não é do tipo que se esgueira atrás de ninguém. Não é como a pobre da Emma Guinchinho ou da Megan. Vai ficar no veículo a noite toda, com a esperança de que pela manhã o mandem de volta para casa – ou pelo menos digam para onde Nessa foi. *Ai, onde será que ela está?* Ele mal teve tempo de pensar nela durante o dia.

Os soldados se apinham do lado de fora do caminhão, todos em silêncio, exceto pelos que murmuram orações. Anto se arrasta pelo banco vazio e espia pela abertura na lona. Com a lua cheia, consegue ver paredes de pedra cobertas por musgos e homens e mulheres escalando-as, desvencilhando-se de espinheiros sem nem sequer praguejar.

O que raios tem lá fora?, é o que Anto se pergunta.

O tempo passa. O suficiente para a Lua subir um dedo no céu. Anto está morrendo de fome.

Desde… Desde sua *experiência*, precisa de muito mais comida do que antes. Por causa do braço. Ou ao menos é o que os médicos dizem. Ele está com tanta fome que comeria os bancos de madeira e mastigaria os estofados de couro, mesmo sendo vegetariano. Mas, no fim, o que o faz sair do veículo é o frio. O caminhão não é aquecido, e nem passou pela cabeça dos soldados a ideia de deixar um cobertor para o garoto.

Ele pula algumas vezes na estrada coberta por uma fina camada de gelo. Gira o braço normal e faz os exercícios que os médicos lhe receitaram para as costas, soltando nuvenzinhas de vapor por entre os dentes trepidantes. A única distração é o vislumbre de uma lebre, depois outra, que passam correndo por um buraco na parede da construção antes de disparar pela estrada.

Anto dá uma risadinha. Coelhos não têm hábitos diurnos? Nessa saberia, já que é uma garota da roça. Ele acrescenta a pergunta à lista de piadinhas e brincadeiras que está guardando para quando se virem. Mas, de repente, as lebres vão parar no fim da fila de tópicos quando outras duas sombras surgem sob o luar.

– Texugos! – exclama ele. – Por Crom! Por Danú!

E então uma torrente de animais começa a se espremer pela abertura na parede: ratinhos campestres, uma raposa, mais lebres, algo que deve ser uma doninha ou uma marta ou sabe lá Crom o quê. Acima de Anto, há corvos e morcegos e pássaros de todos os tipos e tamanhos, e devagar, bem devagar, o deleite do garoto morre.

Esquadrão de infestações. Será que o nome se refere àqueles animais? Sem dúvida a vida selvagem no interior prospera, agora que tanto a população quanto as indústrias da Irlanda estão morrendo. Mas mesmo um garoto da cidade como Anto sabe que tem algo muito errado acontecendo ali.

A distância, muito além dos campos, ele escuta um barulho alto de algo sendo esmagado. Dois outros ruídos iguais se seguem, cada um acompanhado por um lampejo no horizonte. Depois, ouve pequenos estouros e estalidos, como galhos sendo quebrados. E em seguida o solo chacoalha sob seus pés. É um ritmo familiar, de certa forma: o pulsar aterrorizado de uma terra moribunda. E, sob o luar, o rapaz vê: uma mancha escura que cresce muito rápido, mesmo enquanto o tremor se intensifica.

É só outro animal fugindo, pensa. O que mais poderia ser? Quando a coisa chega à beira do campo, porém, a parede de pedra da construção em ruínas explode. Detritos do tamanho da cabeça de Anto esmagam a cabine do caminhão mais próximo, rasgando o metal e balançando o veículo nos eixos. Outros destroços atingem o chão congelado como balas de canhão, espalhando pedaços menores ao rolarem pela estrada.

Depois disso, o silêncio.

Não fosse o som de uma *respiração*. E um berro alto.

Quando dá por si, Anto está de joelhos, sem se lembrar do momento em que caiu. Tem sangue escorrendo de seu couro cabeludo, e ele entende que um pedaço da construção deve tê-lo atingido. Arrasta-se para longe dos destroços, fica de pé e espia por cima da borda da parede.

O primeiro caminhão saiu incólume, mas o segundo foi jogado no outro campo. Anto não dá a mínima – e como poderia? –, sua atenção está inteiramente voltada para o touro. A cabeçorra poderosa balança de um lado para o outro no que deve ser fúria, enquanto um muco grosso escorre pelas narinas, cada uma maior do que um punho fechado.

O garoto já viu micro-ônibus menores que o animal.

O luar faz a pelagem da criatura resplandecer. Parte é suor, porém também há algo mais escuro que escorre e forma uma poça ao lado do touro, que dá um passo – para longe de Anto, graças a Deus! –, e depois outro. Está mancando. Mas um tiro vem da escuridão dos campos, e Anto pensa ter visto o projétil atingir o traseiro do animal. O touro ruge. Anto grita ao ouvir o som, cambaleando para trás quando a criatura gira no eixo e o vê.

Ele ataca, um tanque feito de músculos. Os chifres retorcidos são maiores do que Anto. O touro abre passagem entre os destroços até o garoto, que se lança para fora do caminho da fera e desembesta para longe. O monstro escorrega na estrada congelada; derruba outra parede antes de rodopiar e correr de novo na direção do rapaz. Outros tiros atingem o animal, piores do que ferroadas, cada um gerando um jato de sangue; ele ruge e rodopia tentando encontrar o inimigo, mas não encontra nada além do garoto.

– Não sou eu – diz Anto.

Ele está acostumado ao horror, mas não é isso que sente quando o touro avança em sua direção de novo. A fera não está mais correndo apenas porque não aguenta. Por outro lado, não parece que vai desistir.

Mais projéteis esburacam sua pelagem. Ele começa a espumar pelo focinho, e deve estar pensando – se é que um ser desse é capaz de pensar – *Vou derrubar pelo menos um. Vou derrubar pelo menos um antes de morrer.* E Anto chora ao testemunhar a coragem e a dor do bicho, porque não é nada diferente do que acontece com uma criança caçada na Terra Gris. Ele se identifica com o animal. É claro que se identifica. Porque um touro daquele tamanho não é algo natural. É tão natural quanto o próprio garoto. Deformado por mãos cruéis para se transformar em um monstro. Transmutado em algo violento e perigoso.

A criatura dá outro berro, um som de dor, de rancor pela traição, de fúria. E ataca mais uma vez, a cabeça tombada para a frente com todo o peso e poder de uma bola de demolição. Anto coloca o braço gigante na frente do peito e é jogado na direção das paredes de pedra no campo do qual o monstro emergiu.

Suas roupas se rasgam ao raspar contra o chão coberto de gelo. Ele está sangrando em vários lugares do corpo. Mas, em um movimento que orgulharia Nabil, rola e fica imediatamente de pé, encarando a pobre fera.

Ela cambaleia, deixando um rio de fluido escuro atrás de si. Outro líquido escorre dos olhos tristes do tamanho de punhos.

– Ei, garoto – diz alguém. Karim, ele acha. Ela está falando em uma voz baixa e calma. – Que tal sair do caminho? Devagar, pode ser? Sem movimentos bruscos. Só... dá um passinho pro lado e deixa o resto com a gente.

– Não – diz ele.

Em vez de sair do caminho, ele anda *na direção* do touro, o braço agigantado estendido, mas não em uma ameaça. Quer mostrar algo para a criatura. *Eu sou você. Sou como você.*

– Garoto! – exclama Karim, a voz tomada pela raiva. E por um tom de ameaça também. – A gente vai atirar. Juro por Crom!

E ela atira. Todos os sentidos de Anto entram em alerta absoluto. Ele consegue ouvir até mesmo o som da coronha dos fuzis se chocando contra os ombros de quem os dispara. As correias de couro roçando na roupa.

O monstro para e analisa o braço de Anto, em dúvida entre chifrar o garoto ou recuar. Os olhos, aqueles olhos gigantes, são como poços de dor e loucura e uma esperança moribunda.

Depois, como um enorme saco inanimado, o bicho simplesmente desmorona no chão, emitindo um lamento longo e lento. Ele ainda não desistiu da vida. Um dos olhos gira para acompanhar Anto quando o garoto se ajoelha ao lado da cabeça do touro.

– Eu sinto muito – diz ele, acarinhando a pelagem do animal. – Sinto tanto, mas tanto...

No campo atrás dele, uma das mulheres ri.

– Por todos os santos! Se quer um bichinho de estimação, arruma um cachorro!

Eles levam Anto de volta para o único caminhão ainda em funcionamento, e a ausência de mais veículos faz com que a maioria dos soldados precise seguir a pé.

– Nunca mais fique no nosso caminho! – diz Karim. – Eu devia era quebrar esse seu rostinho lindo. – Ela parece perfeitamente capaz disso. Como se já tivesse prática, inclusive. Depois bufa. – Você está tremendo. Corless, dê o seu casaco para ele.

– Mas ele ainda está sangrando!

– É por isso, meu bem, que eu não vou dar o meu. Agora, entregue o casaco.

Corless abre a boca para se opor mais uma vez, porém vai até o menino e coloca o casaco sobre seus ombros.

– Eu odeio Meath – resmunga o homenzarrão. – A merda sempre fede ali.

O casaco é quente o bastante para amenizar os tremores de Anto, que acha estranho o fato de que as duas únicas sargentos que conheceu são mulheres. Taaft e Karim. Ambas baixinhas; ambas de língua afiada. Mas o jeitão de Karim é, ele acha, uma carapaça necessária que envolve um interior feito de amor genuíno. Também serve para manter afastada a loucura da visita que fez à Terra Gris, e talvez também a tristeza pela perda dos filhos. O cinismo de Taaft, suspeita Anto, é totalmente genuíno.

Mas, por ora, tudo o que Anto quer é saber mais sobre o touro.

– Como... Como ele ficou daquele jeito? Animais também recebem a Convocação?

É Ryan quem responde:

– Ele só estava pastando, cara. Só isso. – Ele encolhe os ombros magros, tomando o cuidado de não roçar os esporões no encosto do banco. – Deve ter algum Forte Feérico por aqui. Talvez ninguém tenha percebido porque ele se mistura à paisagem. Ou talvez os fazendeiros da região não tenham dito nada sobre ele no censo. Talvez para evitar ter as terras confiscadas.

– Mas... Mas se tiver um Forte Feérico por aqui, a essa altura outros animais também teriam entrado em contato com ele.

– Ah, com certeza. Acho que sim. – Ryan se ajeita no assento, mordendo os lábios com os dentinhos pequenos e retos. – Tipo, sabe lá Crom a quantidade de animais que foram expostos. Mas é muito aleatório. A única coisa que eu digo é: a gente é chamado pelo menos uma vez por mês agora. Tipo, antes era só uma ou duas vezes por ano.

Corless assente.

– Bom, você saberia por que as ocorrências estão aumentando se lesse os Testemunhos.

– Ah, tá! – Ryan agita as mãos magrelas. – Você é que não devia ler aquilo, amigo. Ler aquilo deixa a gente depressivo.

– Bom, se você *se desse ao trabalho* de ler, Ryan, saberia como os sídhes falam o tempo todo que os mundos estão cada vez mais perto um do outro. Meu palpite é que, quanto mais próximos eles ficam, mais a maldade da Terra Gris contamina a Irlanda e zoneia tudo. *Esse* é meu palpite.

– Mas o touro não era maldoso – diz Anto. – Ele não queria fazer mal a ninguém. Só estava com medo.

– Eu também não quero fazer mal a ninguém – diz Corless. – Mas você não devia ter protegido a criatura. A gente está em guerra, cara. A gente está vivendo por um fio. – E depois, em um gesto bizarro, o homenzarrão bagunça os cabelos de Anto.

– Não se preocupem, meus amores – diz Karim. – Da próxima vez que o garoto resolver expressar sua natureza dócil, vou ter prazer em meter um socão nessa carinha perfeita dele. Mas ainda não sei por que ele foi mandado pra cá. Acho que nem nosso grande capitão sabe. Isso tudo é ridículo.

– O Anto é bem corajoso – diz Ryan, que parece nunca olhar diretamente para Karim. – Isso não dá pra negar, sargento. Ficar entre o esquadrão e a presa.

– Coragem não serve de nada pra mim – diz ela –, se ele não for capaz de fazer mal nem a uma mosquinha.

Anto baixa a cabeça. Almeja a admiração do grupo, sente o ímpeto de se gabar dos sídhes que matou quando achou que Nessa tinha morrido. Mas seu corpo inteiro estremece de nojo ao pensar nisso. Fecha os olhos, tentando pensar em Nessa e assim relaxar pelo resto da viagem.

A Doutora

NESSA ACORDA COM UM CHEIRO DE BAFO AZEDO, UM PESO SOBRE O peito.

Há um rosto pressionado contra o dela.

– Eu poderia acabar com você – diz uma voz aguda.

Uma língua pálida umedece lábios rachados, e por um instante é como se Nessa estivesse de volta à Terra Gris, com uma criatura empoleirada em sua barriga. Uma cabeçada seria a melhor estratégia, a melhor forma de se livrar, mas ela não tem espaço para pegar impulso. E a oponente está prendendo seus braços ao chão.

– Mas você está certa, lindinha – diz a estranha. Uma mulher. – Por que eu lutaria com *você*? – Ela sai de cima de Nessa. – Você e a Annie aqui vão virar melhores amigas, não vão?

– Você é... Você é a Annie?

A mulher sorri, apertando os seios fartos.

– Bom, com essas belezinhas aqui, não tinha como eu ser o Jeremy ou o Michael, né? – Ela parece ter uns quarenta anos, e Nessa nota que faltam três dentes em sua boca. Cada respiração a faz soltar um leve assobio chiado. – Eles me trouxeram faz uma hora. Você estava dormindo muito bonitinho, linda, e me disseram pra eu apagar a luz, mas não apaguei.

– Que... Que horas são? – pergunta Nessa em inglês.

A mulher vem de uma era em que o sídhe quase não era falado, quando a língua do inimigo ainda estava sendo lentamente decifrada e menos de três a cada cem adolescentes chegavam à vida adulta.

– A gente vai dividir *tudo*, você e a Annie aqui. A gente vai ser *melhores* amigas.

Melhores amigas? Nessa tem vontade de rir da ideia. Sua melhor amiga é Megan – *era* Megan. O terror ruivo. Uma pessoa ótima de ter por perto. Ou assim teria sido, se Nessa não tivesse sido obrigada a passar a maior parte do tempo preocupada com o que a amiga aprontaria a seguir. Na escola, Nessa nunca falava mal de ninguém. Nem precisava, porque Megan sempre era mais rápida, a língua perigosa como um chicote embebido em ácido. Mas era engraçada também; era sempre engraçada.

E, depois que a garota morreu na Convocação, Nessa teve em Anto alguém a quem recorrer. Calado depois de sua visita à Terra Gris, mas ainda encantador por baixo da nova postura, sempre adorando e protegendo Nessa – embora tenha sido ela quem cuidou de fato dele. E ela pode continuar cuidando. Sabe que pode. *Ah, por Crom!* Sente a garganta apertar.

– É isso mesmo – diz a mulher mais velha, entendendo errado a linguagem corporal de Nessa. – Você vai estar segura com a Annie aqui.

Nessa se pergunta se os guardas não viam a luz através da gradezinha na porta da cela, mas nenhum deles aparece – assim como não vieram quando Melanie estava praticamente no centro de uma rebelião.

Eles não se importam com a gente. O pensamento a faz estremecer e se lembrar da ameaça do carcereiro.

A mulher estranha não tem intenção alguma de permitir que Nessa volte a dormir.

– A Annie aqui acordou você, lindinha, porque achou que você ia querer ver as visitas da madrugada.

– Ver quem?

– Ah, é sua primeira vez neste lugar. – A mulher sorri. – Mas a Annie aqui já viu de tudo, viu sim. Então agora vou apagar a luz, tá bom? A gente tem uns minutos pra acostumar os olhos pra poder ver o que precisa ver. Mas não fala nada, lindinha. Nada de falar daqui pra frente, tá bom?

Nessa concorda com a cabeça. A cela cai numa escuridão profunda, e o único som é o assobio chiado da respiração de Annie.

Quanto tempo ficam esperando assim? Nessa não sabe dizer. Uma hora, talvez até duas. Seja como for, aqueles treinados para serem caçados aprenderam a ter paciência infinita para o caso de haver predadores vasculhando a escuridão.

– Nada de falar – sussurra Annie.

A luz de lanternas surge no fim do corredor central. Vultos se aproximam de uma das celas, empurrando um cilindro sobre rodas. Enfiam um tubo pela grade e giram uma torneirinha. Nessa escuta o sibilar de gás sendo dosado.

Instantes depois, dois corpos molengas são carregados para fora da cela antes de a porta ser fechada de novo.

– Pra onde vão levá-las? – pergunta Nessa, temendo o pior.

– Ah, algumas são mandadas de volta pra família, tipo a Annie aqui da última vez. Mas depois disseram que eu tinha feito coisa errada de novo, mesmo eu sabendo que qualquer pessoa poderia ter pegado aquela bicicleta. Deixaram ela largada, sem cadeado! *Largada!* – Ela não está mais preocupada em sussurrar, e de outra cela uma voz sonolenta grunhe uma ordem em sídhe para calar a boca.

– E as outras? As que não vão pra casa?

– São expulsas. Amarradas num barquinho e largadas no mar. Às vezes o barco volta vazio. Às vezes, nem volta.

Nessa tenta suprimir um calafrio.

Nessa achou que nunca mais dormiria depois daquilo, mas agora as pancadas de um cassetete contra a porta fazem tanto ela quanto Annie acordarem sobressaltadas.

– Malley, você fica na cama! Se tirar um pé pra fora da coberta, eu o quebro. Doherty, você vai ver a Doutora.

– Quem?

Annie boceja, já se virando para voltar a dormir.

– O que quer que você faça, lindinha, não encosta em nada – murmura ela.

Nessa se veste e então é levada a um grupo de outras cinco detentas. Uma é a jovem de cabelo arrepiado com a qual brigou no dia anterior. Ciara? É esse o nome dela? Qualquer que seja, ela fuzila a garota com o olhar enquanto esfrega o braço machucado, lembrando da dor que Nessa lhe causou. Há outra mulher, de vinte e tantos anos, com a pele amarelada e um rosto neutro. Parece normal, totalmente normal, mas Nessa – assim como várias das outras presentes – não consegue parar de encará-la. O que há de errado com ela? Tem pelo menos dez anos a mais que Nessa, que tem catorze, mas o sorriso incerto da mulher é tão… tão *inocente*.

Uma fila de guardas protegidos por armaduras acompanha as prisioneiras. Carregam cassetetes. Estão sempre alertas. Nessa sabe que eles precisam estar mesmo. Ninguém entre dez e quarenta anos pode ser considerado inofensivo. Os guardas mantêm distância e guiam o grupo por um caminho labiríntico até chegarem a uma enorme porta de metal inteiramente marcada, arranhada, corroída por ácido e, em vários lugares, bem chamuscada. Um dos homens fala em um rádio de comunicação desgastado:

– Cadê ela?

A resposta vem chiada e interrompida por estalos:

– Atrás da mesa. Consigo ver na tela.

– Tem certeza de que ela não manipulou as imagens como da última vez?

– Eu não tirei os olhos dela.

O guarda morde o lábio.

– Beleza, rapazes. Mantenham as máscaras de gás de prontidão caso ela tente alguma gracinha de novo.

Os guardas concordam com a cabeça e pegam os cassetetes enquanto um deles puxa as trancas, abrindo a pesada porta tão rápido quanto consegue.

O que tem aí dentro?, Nessa se pergunta, o coração acelerado. E aí ela se lembra do que o carcereiro lhe disse sobre a maior assassina da história da Irlanda viver nesta prisão. O que ele disse mesmo? "Ela matou muito e, Deus que me perdoe, vai matar mais." Nessa se pergunta se estão ali para serem mortas.

O guarda faz as prisioneiras adentrarem um amplo espaço lotado de equipamentos, cadeiras e instrumentos metálicos afiados. Nessa analisa a sala à procura de um monstro, mas tudo o que vê é uma pequena e frágil mulher com o cabelo grisalho preso em um coque bagunçado.

A porta bate atrás das prisioneiras. Nenhum dos guardas entrou.

– Sentem, moças – diz a mulher, em um tom amigável. – Onde se sentirem à vontade.

– Pela lança gordurosa de Lugh, quem é você? – pergunta Ciara em sídhe.

– Eu não vou tolerar essa língua esquisitinha. Falem em inglês nesta sala. Ou alemão, se for o caso.

– O que é alemão? – A garota de cabelo arrepiado parece abismada.

– É um país que fica ao lado da Inglaterra – responde outra prisioneira. – Eles lutaram numa guerra, acho.

– Não – retruca Ciara, revirando os olhos. – Não, por Crom... Qualquer um sabe que é a Espanha que fica do lado da Inglaterra.

Nessa olha ao redor, contemplando o espaço que é metade lixão, metade laboratório. Há equipamentos espalhados por todos os lados, os mecanismos internos expostos. A poeira cobre as canecas nas prateleiras, colheres grudadas dentro delas pelo mel cristalizado. Os únicos objetos limpos que Nessa enxerga são os crânios que formam uma coleção. Todos pertenceram a humanos um dia – é perceptível –, mas, pouco antes de seus donos morrerem, os sídhes brincaram com eles. Alguns assumiram características de crocodilo, outros de vaca, de cobra ou de babuíno. Um ainda parece completamente humano, a não ser pela espiral endentada marcada no osso por um dedo preguiçoso; Nessa engole em seco quando o vê, imaginando o terror e o desespero da vítima em seus minutos finais.

Enquanto isso, a mulher de aparência estranhamente inocente com a pele amarelada caminha até uma das mesas. Pega uma caixa. Em seguida, um estalo é ouvido, alto o bastante para sobressaltar a todas, e ela é lançada para trás, caindo largada no chão.

A mulher mais velha reprime um bocejo. Ela não parece uma assassina.

– Sugiro que não encostem em nada. Enfim... – Pigarreia, enquanto a vítima grunhe, vomita e se apoia nas mãos e nos joelhos. – Vocês podem me chamar de Doutora Farrell. Ou só de Doutora mesmo.

Ela manca até a parte da frente da mesa; uma criatura frágil, seus ossos provavelmente quebradiços, o cabelo bagunçado.

O carcereiro Barry disse que ela era a maior especialista em sídhes do país. Um recurso tão valioso que se faz vista grossa para os crimes que cometeu.

A Doutora cutuca a mulher no chão com uma bengala metálica.

– Seu nome?

– É... É Fonseca, senhorita. Angela Fonseca.

A Dra. Farrell arregala os olhos.

– Ah! Você é aquela lá. Que bom que não morreu ainda. Sentem. Todas vocês, sentem!

– E por que a gente faria isso?

– Seu nome?

– Ciara. Não que seja da sua conta, por Crom. – Sua boca parece feita para se contorcer em uma careta de desprezo. – Eu não aceito receber ordens. Não aceito. Me basta aquele marido inútil e a coisinha maldita por Crom que suportei em nome da Nação.

– Que adorável da sua parte. Agora faz o que eu mandei, Ciara.

– Por quê? – Ela se levanta, musculosa e imponente, encarando a doutorazinha de cima para baixo. – O que dá a vocês, velhotes, o direito de mandar?

Uma névoa fina é aspergida pela ponta da bengala da Dra. Farrell. O bico dos sapatos do uniforme da garota simplesmente derrete, e Ciara recua, gritando e segurando o pé.

– É a única pergunta que vou responder – diz a Dra. Farrell, e Ciara se retorce no chão. – Os velhotes estão no comando porque os únicos que sabem alguma coisa aqui somos nós. Por exemplo, como produzir ácido a partir de bissulfato de sódio e sal de cozinha. Vocês só aprenderam a sobreviver e a ter bebês, e não são lá grande coisa nem nisso!

– Você… – Ciara ainda não está pronta para desistir, mas há lágrimas escorrendo por seu rosto. – Você não falaria assim se… se tivesse *ido* pra Terra Gris.

– Sim, acho que deve ser muito desagradável. Agora, vou explicar o que vai acontecer. Vocês todas são peculiares de alguma forma e, desde os ataques às escolas de sobrevivência de Mallow, Bangor e Boyle, são suspeitas de serem traidoras da Nação.

À exceção de Nessa, que observa com atenção, e de Angela Fonseca, ainda no chão, as demais protestam em voz alta.

– Eu não estou nem aí – diz a Doutora. – Guardem as reclamações pra quando forem mandadas pro mar. Escutem: as mulheres que cooperam comigo têm uma chance de serem retiradas dessa lista. Na pior das hipóteses, o carcereiro Barry vai esperar mais uma semana antes de se livrar de vocês.

Ela pergunta o nome das demais prisioneiras. Quando chega em Nessa, porém, faz uma pausa.

– Perninhas finas – diz ela. – Eu sei quem *você* é. Já falo com você.

Ela chama as mulheres uma por vez até uma mesa sobre a qual instrumentos médicos e científicos brigam por espaço e as examina sem muita delicadeza. Ciara grita quando a Doutora cutuca a marca da mão de um sídhe estampada em seu braço.

– Espera perto da porta – diz a mulher mais velha. – No seu caso, foi puro acidente.

A próxima prisioneira diz que seus olhos mudaram de cor na Terra Gris. A Doutora a perfura com agulhas até ela chorar e analisa as lágrimas. Mas também a dispensa e lhe diz para esperar perto da porta. No fim, apenas Nessa e Angela seguem sem ser examinadas.

– Você é a próxima, menina da pólio. Estava ansiosa por esse momento.

A mulher mais velha tem um sorriso de bruxa no rosto, porém Nessa não vai lhe dar o prazer de vê-la se retrair. *Não gosto de você*, pensa, mas também se esforça para não deixar esse pensamento transparecer, controlando-se para não se encolher conforme amostras de pele e sangue são coletadas com uma empolgação descabida. Mas a Dra. Farrell está fazendo tudo no automático. Os olhos só brilham mesmo quando pega um bico de Bunsen e o acende.

– Pro seu bem, garota, espero que tenha contado a verdade no seu Testemunho.

– Eu contei.

Ou quase. Nessa deixou de lado a parte sobre como Conor morreu. Seu relato termina no momento em que saiu nua do dormitório em chamas, e, como na maior parte dos Testemunhos, ninguém se importa muito com o que acontece depois. Os psicólogos é que lidam com isso.

– Coloca a mão no fogo, garota.

Nessa obedece e mantém a mão no lugar, sem sentir dor. Tudo o que sente é um calorzinho gostoso e cócegas fraquinhas.

– Meu Deus! Isso está a uns oitocentos graus. Os sídhes devem ter amado você para te dar um presente desses.

– Não foi o caso.

– Não tire a mão daí, ainda não acabei. Agora, garota, me responda o seguinte: para onde vai o calor?

A resposta é que vai para os ossos de Nessa, espalhando-se bem devagar pelo esqueleto. Ela pode liberar o calor a hora que bem entender. Ou mantê-lo nos ossos. Poderia cuspir aquela energia no rosto da Doutora se fosse do seu feitio, mas não é.

– Sei lá – mente. Ao falar, precisa tomar cuidado para não derrubar o termômetro preso entre os lábios. O mercúrio nem se mexe. – Para o ar, talvez?

– Não seja idiota! Estou medindo a temperatura ao seu redor. Acha que não planejei tudo quando fiquei sabendo que você viria? Não, não, não é para o ar. Me responda, garota, ou você vai ser colocada em um barco.

– Já falei! Eu não sei, Doutora. Por mim, pode ir para o céu, pra Terra Gris ou…

– Espera! – A Dra. Farrell arregala os olhos, a respiração de repente acelerada. – A Terra Gris! Esse seria um ótimo truque! Ele vai para a Terra Gris!

E Nessa percebe que possui algo que a Doutora realmente quer: um mistério. A mulher pode ser um monstro, mas ama o próprio trabalho a ponto de ser obcecada. Contanto que a mantenha intrigada, Nessa vai conseguir ficar longe de qualquer barco – que pode ou não a levar de volta ao inferno. Entretanto, o calor está acumulado em seus ossos, e a energia uniformemente distribuída está ficando intensa demais. Ela vai precisar liberá-la logo, e, nesse caso, de que valerá o mistério?

– Estou cansada de ficar com a mão assim – diz Nessa, fazendo o possível para soar entediada. – Posso tirar?

A Dra. Farrell assente e fecha o registro do gás.

– Vou chamar os guardas para levar as outras para as celas. Mas vocês duas – ela quer dizer Nessa e Angela – vêm comigo. Vou apresentar vocês para Sua Excelência, o Embaixador. – Seus olhos brilham, e ela até esfrega as mãos como uma vilã de filme. – Sim, é sempre um primeiro passo interessante… Mal posso esperar para ver o que ele vai dizer sobre vocês!

Ela pega um telefone antigo – tem até um discador! – e murmura no fone por alguns minutos. Instantes depois, a porta de metal se abre. As outras são levadas e pronto. As três são deixadas ali, com a mulher mais velha resmungando consigo mesma, fazendo anotações com um toco nojento de lápis mastigado na ponta.

– É incrível – diz Angela para Nessa. Ela tem a voz de um ratinho, rouca e fina ao mesmo tempo. Não chega a fitar a garota mais nova nos olhos. – Aquilo que você faz com o fogo.

Nessa sorri. Angela falou em sídhe; como a Doutora parece não estar mais prestando atenção nelas, Nessa responde na mesma língua:

– Eu sei. Por que ela não testou você?

A moça abre um sorriso triste. Tem um rosto comum, e ainda assim Nessa não se livra da sensação de que há algo profundamente errado com ela. Tem olhos escuros e repletos de pesar, e se move como um pintinho perdido – cheia de incertezas, preocupações e anseios.

A jovem dá um suspiro profundo e sofrido.

– Eu… Eu já contei pra um monte de gente, e tenho certeza que você também não vai acreditar em mim, mas… eu nunca recebi a Convocação.

Nessa sente o próprio queixo caindo e faz um esforço para fechar a boca. Perguntas sobem por sua garganta, mas ela as reprime, como faz com o fogo aninhado nos ossos. *Todo mundo* recebe a Convocação durante a adolescência. Todo mundo. Há alguns poucos casos famosos de pessoas que conseguiram passar ilesas pelo décimo oitavo aniversário, mas estas são as que têm o pior fim. Ficam esperando e esperando, a tensão aumentando dia após dia à medida que as chances de acontecer diminuem. Alguns desses retardatários chegaram a se matar, apesar do aconselhamento para que continuassem treinando, aguentando firme…

– Eu tenho vinte e cinco anos – diz Angela, e tudo o que Nessa consegue fazer é piscar. – Não posso me casar. Não tem… Não existe nenhum mecanismo legal, entende? Não posso ser aprendiz de nada. A Nação não quer pagar pela minha educação. Acham que ou estou mentindo sobre a Convocação… ou que ela ainda vai chegar. Eles não acreditam em uma palavra que digo.

Nessa não é muito do tipo que abraça, mas sente o ímpeto de envolver a garota nos braços.

– Eu acredito em você, Angela. – É o melhor que consegue fazer. E acredita mesmo. Aqueles que receberam a Convocação ostentam um certo olhar, o qual não tem nada a ver com a inocência estampada no rosto daquela jovem. – Não chora. Talvez nunca aconteça. Você já passou da idade, afinal.

A conversa é interrompida por uma campainha alta. Uma voz soa em um alto-falante no teto.

– Doutora, é o carcereiro Barry. Me disseram que você quer levar essas duas para ver Sua Excelência.

– Quero. Vou aprender muito com isso.

– Bom, então fique longe da saída. Você sabe como proceder.

A porta se abre de novo, por tempo suficiente para que alguns pedaços de corrente sejam jogados para dentro.

O carcereiro continua:

– Doutora, você vai precisar usar as algemas. Por motivos óbvios. E vai usar a bengala que os guardas vão te entregar. Não tente sair com a de metal.

A Dra. Farrell bufa.

– O que faz vocês pensarem que quero escapar? Nas outras vezes, eu voltei por vontade própria.

– Pessoas morreram nessas outras vezes. Elas tinham família.

– Um grande feito da parte delas, sem dúvida. – A Doutora boceja. – Certo, garotas. Vocês estão prestes a descobrir um dos maiores segredos da Nação. Como se o inimigo já não soubesse! Venham.

O pesadelo

Anto acorda com alguém jogando água em seu rosto. O líquido escorre pelas bochechas na escuridão absoluta.

– Você estava gritando – diz uma voz. – Acordou todo mundo. – Não há raiva na entonação. Todos na Irlanda já aprenderam a lidar com pessoas como Anto.

– Valeu – sussurra o rapaz.

Ele está ofegante. Sente a garganta arder, e os lençóis grudam na pele suada. Sente vontade de gritar de novo, porque o braço lateja no ponto exato em que *ela* tocou primeiro. Aquela sídhe. Tão linda, ela. Anto consegue ver o rosto deslumbrante da feérica pintado na escuridão. Uma deusa, uma verdadeira deusa. É tudo o que pode fazer para não choramingar.

Seu braço cresceu sob o toque da mulher. Mas como? Não é como se o resto do corpo do garoto tivesse ficado menor para compensar. A matéria vinha de outro lugar. Da própria Terra Gris, uma colônia do mal abrigada em seu corpo.

Nessa devia estar ali. Com ele. O simples ato de pensar nela já ajuda. A lembrança afasta a imagem da outra mulher e faz a respiração do garoto voltar ao normal. Nessa despertou nele muitas projeções adoráveis de futuro. Uma casa com um cachorro. Ar puro, e ninguém para ficar encarando o braço desfigurado de Anto. Seus olhos começam a fechar de novo. Nessa. Ela o ancora de tal forma que nenhum ataque sídhe seria capaz de privá-lo da alegria.

Ele cochila, mas acorda e senta de supetão, engasgado. *Nessa! É claro! Ela está em perigo!* É por isso que ele está aqui, é por isso! O Governo o quer fora do caminho; e, se a pessoa mais importante da vida de Anto precisa de ajuda, então "fora do caminho" é o *último* lugar onde ele deveria estar.

Não seja idiota!, diz parte dele. *Deve ter outra explicação.* Anto passa o resto da noite tentando encontrar alguma.

Anto é o último a chegar ao refeitório. Não é muito diferente do da escola, tirando o fato de que aqui há muito mais homens do que mulheres, e Anto não faz a menor ideia de onde deve sentar. Ele equilibra desconfortavelmente a bandeja com a mão normal e olha ao redor, procurando um rosto familiar. Várias pessoas o encaram, por alguma razão.

Ele vê Karim, parecendo muito mais velha na luz da manhã do que no dia anterior. Está sentada com outra mulher, os rostos próximos, a conversa animada não deixando espaço algum para um mero garoto. Contudo, quando ele passa, a amiga de Karim se vira para Anto, que a reconhece como a dona da voz que, na noite anterior, sugeriu-lhe adotar um bichinho de estimação.

– Bom... – começa ela, o rosto brilhando com quase tantos piercings quanto a avó de Anto costumava usar. – Não acredito que você não atirou no garoto depois daquela gracinha com o touro, sargento. E depois ainda ofereceu a ele o meu lugar no caminhão!

– Olha pra ele, Ellie – diz Karim. – É fofinho demais pra matar.

Ellie dá uma piscadinha, e com isso as duas mulheres baixam a cabeça e o deixam sozinho no meio do refeitório.

Homens em uma mesa próxima dão risadinhas. Outros balançam a cabeça ou reviram os olhos. Alguns cutucam o companheiro ao lado.

– Ei, Toureirinho, senta aqui!

É Ryan, mandando ver numa grande cumbuca de mingau de aveia. Está inclinado para a frente na cadeira por causa da sensibilidade dos esporões das asas, e metade de cada colherada cai sempre que ele se contorce. O homem também parece cansado, como todos os demais. E velho. Nada daquilo tira o sorriso do rosto de Ryan. Anto se espreme entre ele e o robusto Byrne – que, apesar do sobrenome irlandês, parece chinês e murmura um cumprimento em sídhe com um forte sotaque nortenho.

– A gente ficou sabendo que você é daquela escola que foi queimada em Roscommon – diz ele.

Isso explica as encaradas. Anto concorda com a cabeça, lembrando dos gritos e dos mortais atacantes sídhes, do tamanho de crianças.

– Você já deve saber, mas a gente escutou que a escola era um ninho de traidores. – Ryan interpreta errado a expressão de Anto. – Ah, não você! A gente sabe que *você* não é um, cara, ou teriam colocado você num barco, né, Byrnie?

– É – concorda Byrne, embora não pareça ter tanta certeza.

Três homens na ponta da mesa nem tentam esconder que estão prestando atenção na conversa. Um deles é Corless, cujo casaco enorme Anto sujou de sangue na noite anterior.

– Um ninho de...? – balbucia Anto. Qualquer um que tenha passado certo tempo em uma escola de sobrevivência sabe bem que os rumores podem sair do controle, por mais modestos que comecem. Ele nega com a cabeça. – Só tinha *um* traidor. Conor Geary. Ele era da minha turma. Eles... Eles o transformaram em rei pra que Conor revogasse o tratado que exilou os sídhes na Terra Gris. É a única coisa que os impede de voltar pra Irlanda.

– Isso! – diz Ryan. – Horrível. Mas faz sentido que haja outros traidores. Os sídhes pegam as pessoas na Terra Gris, machucam as pessoas... Você e eu sabemos muito bem como é, né? O único jeito de acabar com a dor é concordar em trabalhar pra eles. – A mistura truncada de inglês e sídhe é difícil de acompanhar, o que faz com que Anto quase perca as próximas palavras do rapaz. – E agora estão falando que tinha uma garota traidora também. Da sua escola. Trabalhando com o tal do Conor. O cozinheiro daqui ouviu isso do primo dele, que estudava lá.

Corless assente enfaticamente da extremidade da mesa.

– Aposto que tem espiões até dizer chega!

– Isso – repete Ryan. – Tipo, não dá pra saber o que realmente acontece com a gente na Terra Gris. Não tem nenhuma testemunha pra dizer que a gente se manteve leal. Mas em você dá pra confiar, Anto.

Todo mundo naquela escola deve a vida a você. É o que a gente ficou sabendo hoje de manhã, né, Byrnie?

– É.

Byrne – ou melhor, Byrnie – parece incomodado com a conversa e engole a comida rapidamente. Depois, sem falar mais nada, vai embora.

– Um carinha gente boa, ele – diz Ryan. – O problema dele é esse tipo de conversa, não você. – Depois, nota a preocupação no rosto de Anto. – Você está bem, Toureirinho?

Anto não sabe se está bem. Sua mente está concentrada no pensamento de que havia uma garota traidora também. É claro que não é Nessa! Nessa não faria isso. Não seria capaz! Mas as pessoas vão desconfiar dela, sem entender como alguém escapou com pernas tão fracas. Devem estar se perguntando por que os sídhes fizeram modificações que garantiram a sobrevivência da garota. Quantas vezes isso já aconteceu? Nenhuma, a menos que se considere o coitadinho com buracos na cabeça que diz ser capaz de prever o futuro. Ou uma aberração como o próprio Anto.

Enjoado, ele se força a engolir a comida, que não desce por nada. Os músculos da garganta do garoto se apertam, e seu estômago parece ter se transformado em uma pedra fervente.

Nessa. Ele está aqui por causa da Nessa. Chegou a essa conclusão na noite anterior. Com Megan morta, ninguém a conhece como ele. Na escola, alguns a chamavam de "nariz empinado", porque ela escondia as emoções. Mas Anto já sentiu o coração de Nessa bater acelerado, já ouviu a respiração dela ficar mais intensa enquanto se beijavam. Sob a fachada distante, havia uma garota, não algum tipo de monstro.

Ninguém mais nota o desconforto dele, porém Ryan parece ter percebido algo, porque muda de assunto e tagarela sobre o lugar no qual nasceu, e conta que seu pai, velho e surdo, ainda cria cavalos de tração para substituir tratores pelo país inteiro.

Anto não está prestando atenção. *Preciso dar o fora daqui. Preciso encontrar Nessa.*

Poderia roubar um carro se soubesse dirigir, ou se o braço enorme não fosse atrapalhar – o que certamente seria o caso. Uma bicicleta seria melhor, mas para onde iria? Com o país inteiro sendo uma possibilidade, não saberia por onde começar a busca ou mesmo a quem pedir ajuda.

O som de uma corneta soa nos alto-falantes instalados sobre a porta principal do refeitório.

– É o sinal pra se apresentar – diz Ryan. – Melhor você vir também. O capitão vai avisar se você não for necessário.

Os soldados cansados se reúnem diante de um dos caminhões, que precisou fazer várias viagens na noite anterior para buscá-los. O capitão, com a respiração formando nuvenzinhas diante do rosto, está empoleirado na caçamba.

– Certo – começa. – Parece que os acontecimentos da noite não foram um caso isolado. Nossos camaradas em Kerry, Antrim e Waterford também receberam chamados. Já são vinte no mês, dez só na última semana. Meu Deus.

– Por Danú! – sussurra Ryan.

Ele não é o único, e o capitão concorda com a cabeça.

– Pois é, rapazes. Pois é. Há boatos se espalhando entre os civis. Sobre fazendeiros desaparecidos e coisas do gênero. Mas é… – Ele vacila, e mesmo Anto, que conheceu o homem no dia anterior, vê que nem o capitão acredita no que está prestes a dizer aos membros do próprio esquadrão: – Bom, não vamos mais atender nenhum chamado. Me disseram que… – Ele pigarreia. – Me disseram que vamos repassar nossos deveres e estas instalações para a guarnição local. – Ele quase cospe as duas últimas palavras.

– A polícia vai fazer o nosso trabalho? – Quem pergunta é Karim, na dianteira do grupo. – E o que vai acontecer com a gente?

– A gente tem um problema maior pra resolver – diz o capitão. – Em Sligo. A gente precisa ir até lá e dar um jeito.

– Nem ferrando! – exclama uma mulher. – Não tem como a minha mãe atravessar metade do país pra morar perto de mim. E o pessoal de Donegal? Eles já estão por lá! Eles que resolvam!

– Chega! – diz o capitão. – O esquadrão de Donegal *vai* resolver. Eles também vão estar lá, de boa vontade. Todos os esquadrões do país vão participar. Preciso que vocês façam as malas. Nem eu sei o que tem por trás disso, mas não tem essa de ligar pra mamãe ou pra sei lá que outro parente. O que sei é que é um problema dos grandes, entenderam? O pessoal nos quartéis está com medo, muito medo. – Ele pigarreia, algo que faz constantemente. – Enfim, vocês têm uma hora. Um ônibus está vindo nos buscar. O caminhão vai levar as malas.

Anto agarra Ryan pelo braço.

– Você vai pra Sligo?

– *A gente* vai, garoto. Isso inclui você. E não, antes que me pergunte, não faço a menor ideia do motivo. Mas o capitão... Ele parece desesperado. Essa é a palavra.

Anto concorda com a cabeça.

– Vou pegar minhas coisas – diz.

Não que tenha o que pegar. Na verdade, está pensando que talvez possa aproveitar o caos dos preparativos para partir e procurar Nessa. Mas ele ainda não sabe onde, e nem mesmo como começar.

Ryan ainda está falando com ele:

– Você conhece bem a área lá, né, cara? Não é muito longe da sua escola.

O garoto se detém no lugar. É verdade – seguindo pelas estradas de terra, o vilarejo de Sligo fica a menos de uma hora da escola que o ensinou a sobreviver na Terra Gris. Alanna Breen, que literalmente escreveu a bíblia sobre os sídhes e conhece os ministros do governo pelo primeiro nome, ainda mora lá.

Anto tem um lugar para onde ir, afinal de contas, um lugar onde começar a busca. Mas, antes, é melhor voltar e terminar o café da manhã. Vai precisar de toda a força de que puder dispor para encarar o que vem pela frente.

O Embaixador

Os guardas se afastam, e Nessa se depara com a porta mais estranha que já viu. Parece saída de um velho livro de histórias populares – e Nessa já leu muitos, pois os professores insistiam.

Há diversas ferraduras penduradas na madeira nodosa, bem próximas umas das outras. Fitas foram enfiadas nas frestas entre as tábuas, e, no topo, alguém prendeu uma oração para Santa Brígida escrita à mão.

A Dra. Farrell bufa.

– Simplórios supersticiosos – diz. As palavras exalam desprezo, mas no fundo há um tom de empolgação. Ela deve estar pensando que vai aprender algo, e não é o tipo de pessoa que se importa com quem vai pagar o preço. – Só o ferro faz diferença aqui.

Como se para provar o ponto, a porta se abre para revelar um pequeno cômodo feito inteiramente do metal brilhante, com outra saída adiante, feita do mesmo material da porta diante da qual se encontram. Guardas empurram as três mulheres para dentro, espremendo-as para que caibam. É como um caixão, pensa Nessa, e a impressão fica ainda mais forte quando a porta se fecha e elas são mergulhadas numa escuridão total.

– O que está acontecendo? – pergunta Angela, um toque de pânico na vozinha fina.

Nessa está sentindo a mesma coisa. Precisa se esforçar para impedir que parte das chamas escape dos ossos, nem que seja para oferecer um pouco de luz, para confirmar a si mesma que não morreu. No entanto, instantes depois, a segunda passagem se abre e as mulheres adentram um espaço muito maior, onde o carcereiro Barry e outros quatro guardas as esperam. O carcereiro abre um sorriso tranquilizador, porém Nessa percebe que ele não faz menção alguma de se aproximar – na verdade, ele recua um passo quando a mulher mais velha manca pelo recinto.

Uma das paredes é inteiramente espelhada, e diante dela há quatro cadeiras. *Que estranho*, pensa Nessa, que vê o próprio rosto cansado encarando-a, o cabelo um tanto mais comprido do que já esteve em anos.

– O que estão prestes a ver é um segredo de Estado – diz o carcereiro Barry. – Fui claro, moças? Se algum dia voltarem à sociedade, não vão falar nada sobre isso, nem mesmo pras suas mãezinhas. Nossa Nação não hesitaria em mandar vocês e elas juntas em um barco. Entendido?

Nessa e Angela concordam com a cabeça, mas não é o bastante para o carcereiro Barry.

– Preciso que respondam em voz alta, moças.

– Entendido – declamam elas em uníssono.

– Ótimo. – Ele esfrega o bigode grisalho, o rosto solene. – Daqui a pouco vou apagar as luzes, e o espelho vai se transformar em uma janela para a cela de outro prisioneiro. A pessoa do outro lado não é capaz de ver vocês. Por mais que diga o contrário. Só dá pra ver daqui para lá. E ele também não pode ouvi-las, a menos que a gente ligue o sistema de alto-falantes. – Ele se vira para a Doutora. – Tem certeza de que precisamos fazer isso?

– Eu preciso aprender – diz ela. – E seu trabalho é me permitir isso.

Os guardas, todos homens jovens, sentam as prisioneiras nas cadeiras encostadas na parede oposta ao espelho. Tomam um cuidado especial para não encostar na Doutora, usando os cassetetes para apontar-lhe seu assento. Ela obedece de imediato e entrega a bengala de madeira sem reclamar. Até sorri, a expressão ansiosa e empolgada.

– Quero que ele fale com as cobaias – diz ela. – Mas não de cara.

– Certo – diz o carcereiro Barry. – O espetáculo é seu.

Um dos guardas gira um botão, e o cômodo é mergulhado na escuridão. E, de repente, elas o veem. O outro prisioneiro.

Sua pele é completamente enrugada e marcada por sulcos. As pernas não passam de gravetos artríticos cheios de calombos, e a cabeça está tombada para trás no pescoço fibroso, como se o homem estivesse olhando através do teto de metal da prisão para o céu. Devagar, embora não tenha como saber que as mulheres o observam, ele baixa o queixo e as encara. Todos os músculos no corpo de Nessa se retesam; ela bate a cabeça na parede atrás de si. O maxilar está tão cerrado que dói, Nessa pisca sem parar. Ela precisa sair dali! Precisa de uma arma! Ela sente o fogo na garganta.

Quando enfim recupera as palavras, diz:

– Aquele… Aquele homem é um sídhe.

Não há como confundir os olhos, a pele que cintila debilmente sob as luzes da cela.

– Gentil da sua parte informar – zomba a Dra. Farrell.

– Mas ele é um *idoso*!

– Pelo jeito, você era a primeira da classe.

É Angela quem se levanta. Angela quem se aproxima do espelho. Ninguém tenta impedi-la. Pelo contrário, a Doutora se inclina para a frente, uma expressão no rosto que poderia ser ganância ou cobiça. O monstro, o sídhe, tomba a cabeça para um lado.

– Maravilhoso! – sussurra a Dra. Farrell. – Ele consegue sentir sua presença.

E de fato parece sentir, porque também se levanta e caminha até o espelho. Ergue as mãos, mas… não! Seus braços terminam em tocos na altura dos pulsos.

– Que crueldade – sussurra o carcereiro Barry. A tristeza dele parece genuína.

– Um desperdício – concorda a Doutora. – A gente poderia ter aprendido tanto se tivesse mantido as mãos dele…

Ele aperta os tocos contra o vidro, nos pontos exatos onde Angela apoiou as mãos.

– Se afasta! – grita Nessa.

– Não fala bobagem – diz a Dra. Farrell. – Mesmo que ele pudesse tocá-la, que mal poderia fazer? Você, carcereiro. Ligue os alto-falantes. Só de lá pra cá, por enquanto.

Nessa se levanta e puxa Angela pelo uniforme.

– Não fala com ele!

O carcereiro Barry hesita, estreitando os olhos para a mulher. Mas depois manda ligarem os alto-falantes.

E elas começam a escutar a voz do inimigo.

– Ah, tu és especial, *sim* – ele diz para Angela. As palavras saem vacilantes por causa da idade. – Será que és tu que não nos escutas – pondera – ou nós que não te vemos? Mas cá estamos, tu e eu. Posso *sentir-te* através desta pedra.

É quando Nessa percebe algo.

– Ele está falando em inglês – diz ela.

Eles tinham chamado o sídhe de "o Embaixador", não é mesmo? Ela gostaria de saber há quanto tempo ele é mantido prisioneiro. Como a Doutora o capturou, se é que foi o caso. Ou será que ele está ali por vontade própria para… negociar?

Nessa tenta acordar do devaneio e pega a mão de Angela para puxá-la. Assim que a garota encosta na outra, o sídhe cobre a boca como se estivesse horrorizado.

– Não! – arqueja, e começa a bater no vidro com o toco dos punhos. – Não! Uma promessa quebrada! Ai, não!

Ele recua aos tropeços, um olhar de puro enjoo no rosto. Depois se recompõe. E força um sorriso como o que os companheiros pareciam exibir o tempo todo na Terra Gris.

– Pequena – continua, os olhos fixos exatamente na direção de Angela. – Me diz o que queres. – Ele começa a tossir e precisa fazer um esforço para voltar a falar. – Conta-me com o que mais sonhas. Se cumprires uma promessa, talvez possamos consertar a que não foi concluída. A Deusa me mostrou o caminho. Posso sentir.

Angela, fascinada, abre a boca para responder, mas Nessa a interrompe:

– Você não pode falar com ele! – chia.

– Não mesmo – concorda a Doutora Farrell. – Ele não pode nos escutar.

– Você não deve – diz Nessa, agarrando a mão de Angela para puxá-la para longe. – Porque ele...

Ela não tem a oportunidade de terminar a frase. De alguma forma, a Doutora conseguiu se livrar das algemas e as usa para golpear a cabeça de Nessa, que cai quase inconsciente no chão.

O carcereiro Barry grita, indignado, mas os guardas obedecem prontamente quando a Doutora diz:

– Abram nossos alto-falantes.

– Me diz o que mais queres – repete o sídhe em sua voz vacilante.

Como se hipnotizada, Angela responde:

– Eu quero... – começa ela. – Quero sobreviver à Convocação.

– Não... – murmura Nessa, a visão borrada. Ela precisa se levantar. Não pode ficar caída! Uma chama diminuta lhe escapa dos lábios, mas ninguém está olhando, nem mesmo o carcereiro. E ninguém escuta quando ela repete: – Não fala com ele...

– Queres voltar da Terra Gris com vida? – O Embaixador sídhe está pressionando o corpo contra a divisória.

– Sim!

– Então teu desejo é uma ordem, pequena. – Ele parece conter outra tosse. – É uma promessa. E, ao mantê-la, vamos poder reparar a que foi quebrada.

E Nessa sabe que ele está falando dela. Pois os sídhes juraram a Conor que o deixariam matá-la, mas em vez disso foi ele quem morreu.

– Você nunca me contou por que os sídhes são tão obcecados por promessas – diz a Doutora.

O Embaixador ri.

– Cara ladra, o problema é que tu te negas a acreditar na resposta.

– Porque ela não faz sentido! – grita, raivosa. – É uma bobagem supersticiosa como aquelas ferraduras na porta. Tem que ter uma explicação racional. *Sempre* tem uma explicação racional!

Um surto de tosse o impede de continuar, e ele escorrega as costas pela parede oposta.

– Ele não passa do próximo ano – murmura o carcereiro Barry. E então se lembra de Nessa. – Alguém ajude a pobrezinha, alguém!

Dois guardas colocam Nessa de pé, e as luzes são acesas. A mente dela está começando a clarear, embora sangue morno ainda escorra do ponto onde a Doutora a golpeou.

– Bom – diz a mulher mais velha, os olhos brilhando. – Aposto que acharam isso interessante.

Nessa precisa se segurar para não transformar a megera em uma pilha de cinzas. Mas não vai ceder ao ódio, especialmente agora que sua sobrevivência está em jogo.

No caminho de volta, arranjam outro par de algemas para a Dra. Farrell. As duas jovens caminham lado a lado e conseguem conversar de novo. Angela sorri como se um enorme peso tivesse sido retirado de seus ombros.

– Você não devia ter chamado a atenção pra você – diz Nessa.

Ela está suando. O calor não vai se contentar em continuar estocado em seus ossos por muito mais tempo. Ele quer sair, mas não há um lugar seguro ao qual ela possa direcioná-lo.

– Como assim?

– Quero que você faça uma coisa pra mim, Angela. Quero que você prometa que, se um dia for parar na Terra Gris, vai correr como se não houvesse amanhã.

– Correr? Por quê? Eu não sei se algum dia vou receber a Convocação, mas, se receber, ele prometeu que vou sobreviver, não prometeu? E, bom, ele é, você sabe, o Embaixador.

Nessa a pega pelo cotovelo, apertando forte com a mão poderosa.

– Ele disse que você iria *sobreviver*. Mas não disse em qual condição voltaria pra casa. Você precisa ser clara ao falar com um sídhe, precisa sempre especificar...

– Ai, por Crom! – O horror surge no rosto de Angela quando ela entende o que acabou de fazer. – Mas eu não estou em forma. – Ela arqueja. – Não treino faz dois anos.

– Me escuta – diz Nessa. – Você pode fazer o que eu fiz. Ameaçar se matar. Eles têm mais medo de quebrar uma promessa do que de perder a diversão com você. É a pior coisa do mundo pra eles.

– Mas… Mas por quê?

– E lá sei eu! Nem a Doutora tem ideia, você a ouviu! O Embaixador, ele ficou… *enojado* quando sentiu minha presença. Eu devia estar morta, mas não estou. E agora ele quer corrigir isso.

Angela cobre a boca com as mãos presas por algemas.

– Eu… Eu coloquei você em apuros? Você me disse pra ficar longe dele, mas eu não consegui. *Não consegui* de jeito nenhum. Mesmo quando a janela era um espelho, eu o sentia me puxando para ele, como se tivesse um gancho na minha barriga. E eu *queria* ir até ele, na verdade. E agora… agora… eu…

Sim, pensa Nessa. *Você concordou em receber a Convocação. Você pediu por isso. Por que alguém pediria por isso?*

– Talvez – diz Nessa em voz alta – você nem receba a Convocação, certo? Você é adulta agora. Já passou da fase.

Mas nem ela acredita nas próprias palavras. E, enquanto é levada de volta à cela, onde na outra cama Annie dorme ruidosamente, não consegue parar de se perguntar o que o Embaixador planeja para ela.

O Reino das Batalhas

Os alunos remanescentes da Escola de Sobrevivência de Boyle estão correndo pelos campos, os anos todos misturados.

– Mais rápido! – grita Taaft.

Lena Peekya está na liderança, mesmo tendo doze anos. Aoife, que nunca foi a melhor atleta, está uns dez passos atrás dos três pré-adolescentes do Primeiro Ano. E, ao lado dela, sem nem ofegar, trota Liz Sweeney.

– Vaca perturbada – sussurra Liz Sweeney, o que soa muito pior em sídhe do que em inglês. – Sua tetuda azeda.

– Isso... – Aoife mal consegue falar. – Isso não tem... nada... a ver... com você.

– Eu tenho o direito de estar brava. Tipo, não é como se eu gostasse de você. – Como se houvesse alguma dúvida! – Mas você está desertando. Cada aluno que vai embora faz a escola perder um pouco mais de força.

– Mas... eu já estou por aqui... disso...

– Mais rápido, Aoife! – grita Taaft. – Mais rááááápido!

A escola já está morta, até onde Aoife percebe. É uma questão de dias até os alunos serem distribuídos entre outros colégios. Isso está claro. Se não fosse pela vontade dos investigadores de manter no mesmo lugar os alvos dos interrogatórios, isso já teria acontecido.

Mas Aoife não vai esperar. Sua Convocação está próxima – o sídhe no cemitério falou. Sabe que não vai sobreviver. Por Crom e Danú, ela mal consegue correr na frente do Mitch Cohen, com seus doze anos e suas perninhas finas! Ou do desajeitado e enorme Krishnan, que, na ausência de pedras ou cadarços, consegue a proeza de tropeçar no nada.

Ela decidiu que vai encontrar um jeito de se matar no instante em que vir espirais no céu. Ou antes – seria melhor ainda. Não quer arriscar ser pega; e, se os rumores sobre Melanie forem verdadeiros, ela também se recusa a ser uma traidora, matando amigos e familiares por uma vida que não mais inclui Emma.

– Ir embora é covardia – diz Liz Sweeney.

Elas já estão se aproximando da borda da mata. O ar gélido faz os pulmões de Aoife queimarem. Os pés descalços pisoteiam o gramado coberto de geada, as solas anestesiadas. Ela quer é ir para casa. Se tudo o que lhe resta é um dia ou uma semana, ela se nega a passar esse tempo sob o treinamento sádico de Taaft e as cutucadas de Liz Sweeney. Vai sentar na velha poltrona do padrasto por uma noite ou duas e depois, quando a mãe sair para resolver algo na rua, vai visitar o médico e pedir o comprimido ao qual qualquer criança com mais de doze anos tem direito.

Emma, pensa, *vou me juntar a você loguinho. Vou…*

Lá na frente, Lena Peekya dá um grito e para de supetão. Seu rival, Bianconi, o Javali, tromba nela e os dois saem rolando pelo chão.

Taaft fica furiosa com a trapalhada. Ao contrário de todos os demais, a ex-fuzileira pode usar coturnos, embora os dela não passem de pedaços de couro costurados juntos.

– É melhor vocês terem uma ótima explicação pra isso! – grita a instrutora, mas até ela para de falar quando, de queixo caído, vê o que há adiante.

Mulheres estão surgindo do meio das árvores. São esquisitas. Tem algo estranho nelas, porém Aoife não consegue identificar de primeira devido aos olhos lacrimejantes por causa do ar frio. Mas seu estômago sabe, e se embrulha com força.

Bianconi, o Javali, choraminga e se arrasta para trás sobre as mãos e os pés; já Lena Peekya cede à curiosidade e avança.

– Fica longe, garota! – grita Taaft. – Fica longe… *dessas mulheres*.

Mas não há "mulheres". Não no plural. A respiração de Aoife parece a fumaça de um trem a vapor forçado a trabalhar demais e se acumula diante de seu rosto. O ombro dói com o aperto dos dedos de Liz Sweeney.

Ela só vê uma mulher ali, a pele negra como a de Krishnan.

No entanto, ao contrário do aluno desengonçado do Quarto Ano, aquela... aquela pessoa tem três cabeças. Todas estão voltadas para baixo. Aoife vê que uma delas pertence a um idoso de ascendência africana; a do meio é de uma mulher de pele macilenta e traços chineses; e a terceira é de uma criança ruiva, com uns oito anos de idade.

Aoife é incapaz de fechar a boca. Ela não consegue piscar, respirar ou pensar. Porque aquilo... aquilo é algo da Terra Gris, algo que não pertence a este lugar. Não ali em meio às árvores, não em contraste com o branco brilhante da geada e das frutinhas vivas dos arbustos de azevinho. Impossível! É horrendo e errado!

– Todo mundo deitado no chão – diz Taaft. – Está me ouvindo, Peekya?

Os três pares de olhos da criatura se viram para encarar a garota de doze anos, e cada íris é de uma cor diferente.

– Eles chamam isso de arte – sussurra Liz Sweeney.

E os sídhes de fato consideram. Aoife nota que a pele clara da cabeça da criança se mescla em degradê à pele mais escura. As rugas do idoso formam padrões: redemoinhos delicados e linhas ondulantes. O inimigo se importa com aquele tipo de detalhe, e acha lindo.

– Vou atirar – diz Taaft. – Deita, Peekya. É uma ordem. Deita agora!

Acostumada a obedecer às chicotadas da voz de Taaft, a garota se joga no chão.

A sargento se esgueira, o horror substituído pela máscara sem emoção de uma assassina treinada. As três cabeças olham para ela sem expressar medo ou curiosidade.

É quando o trio de bocas se abre, e algo que parece mágica acontece: as três vozes falam ao mesmo tempo, em uma sincronia perfeita. Mas é mais do que isso, porque o timbre de cada uma foi escolhido de modo a combinar com o das outras para formar um acorde também perfeito, como o emitido por um violão ou um piano. O corpo complementa a mensagem com as mãos finas, de dedos longos, que gesticulam e pontuam cada frase.

– Eu sou o Arauto da Paz – diz, em sídhe, a magnífica voz.

– O que... O que essa coisa falou? – pergunta Taaft, mas nenhum dos estudantes tem a iniciativa de traduzir. Ainda assim, ela baixa a arma e empurra o pequeno Cohen para o lado. – Vai buscar o Nabil. Traz todo mundo que você encontrar, e diz que preciso de gente armada aqui. Vai!

Aoife se surpreende consigo mesma. Ela é a única aluna corajosa o bastante para falar. Talvez porque já esteja decidida a acabar com a própria vida, ou talvez porque sinta dó da mulher – da *coisa* – diante de si.

– O que você quer? – pergunta a garota.

As três bocas sorriem.

– Meus mestres restabeleceram o Reino das Batalhas, em cuja fronteira teu assentamento está instalado. – Através dos séculos, a Irlanda foi lar de centenas de reinos ancestrais, alguns com nomes mais estranhos do que aquele. – Atribuímos a ele um novo governante. Um rei humano...

– Um traidor! – diz Aoife.

– Um rei. Escolhido pelos humanos que nos servem. Um rei! Sem o qual o povo da Deusa não seria capaz de retornar. O tratado foi revogado, e a Terra das Muitas Cores já está em festa com a chegada dos meus mestres!

– Eles que venham – diz Liz Sweeney. De todos ali, ela foi a que chegou mais perto do reino feérico. Ficou à distância de um toque no dia em que subiu no monte com Nessa. Ela nunca mais foi a mesma. – Quando seus mestres encolherem, vamos pisoteá-los como se fossem baratas.

As três bocas sorriem.

– Os que encolhem o fazem porque ainda não estão inteiramente neste mundo. Mas os caminhos estão abertos agora. A era dos milesianos, aqueles que vós chamais de "irlandeses", chegou ao fim. Muitos do povo de Danú cruzaram o Portão adequado, e mais chegarão com o passar do tempo. Enfim! Enfim poderão envelhecer de novo e esperar pela morte cercados pela beleza de seu lar roubado.

"De agora em diante, as fronteiras do Reino das Batalhas serão expandidas até que a terra retorne aos legítimos donos. Em doce celebração, meus mestres vos fazem a seguinte oferta: aqueles que desejarem adentrar os montes por vontade própria não serão feridos."

– O que essa coisa está falando? – quer saber Taaft de novo.

Cohen já está longe, quase de volta ao ginásio e às ruínas queimadas da escola.

Liz Sweeney ri.

– Você acha que algum de nós iria pra Terra Gris por vontade própria? Que a gente ia trocar nosso mundo pelo seu?

Aoife fica enjoada só de pensar. Queria poder ver o médico agora mesmo e pegar logo o comprimido.

– Se ficardes aqui – cantarolam as cabeças –, meus doces mestres farão com que fiqueis tão belos quanto eu.

Aoife estremece. Não é a única. Só Taaft parece aturdida, querendo matar algo mas incerta quanto ao que fazer.

– Ainda não respondestes – continuam as cabeças.

– Ah, a gente vai responder! – grita Liz Sweeney.

Ela dá um passo adiante, mas Aoife a agarra pelo braço.

– Não! Não!

– A gente vai responder, sim, pode deixar! E a resposta é não! A resposta é nunca! A resposta é…

Na floresta, uma trombeta soa. Nenhuma das crianças ali jamais ouviu aquele som. Passaram a vida sendo preparadas para ele, é claro. Mas nunca passou pela cabeça delas que ouviriam no próprio mundo o profundo toque de desespero.

– Voltem! – grita Taaft, no instante em que algo começa a se esgueirar para fora da mata. – Voltem pra escola! Corram, seus merdinhas! Corram!

E todos correm, exceto duas pessoas: Aoife, congelada no lugar por causa do som da corneta de caça, e Lena Peekya, bem à frente do grupo.

Uma serpente se aproxima. Tem a pele humana e branca e o rosto de um homem com olhos chorosos. A garota do Terceiro Ano levanta em um salto, como foi treinada a fazer; antes mesmo que termine de se erguer, porém, a cabeça da "serpente" dá o bote e a pica. Lena grita, mas é a aluna mais rápida entre os que sobraram no colégio e dispara.

Aoife se vira para segui-la, descobrindo em si uma velocidade que não sabia possuir. Ora, e não é que consegue ultrapassar Lena? Há uma fileira de guardas e instrutores mais à frente, já empunhando armas automáticas, e Aoife quase chora de alívio quando os vê.

Nabil está entre eles, os olhos arregalados de horror – o que faz Aoife correr ainda mais rápido, aterrorizada com o que quer que esteja às suas costas. Mas a única coisa ali é outra humana. Lena Peekya, a pele pálida maculada por bolhas cheias de veneno, os membros inflando como balões. Para sua sorte, Aoife está virada para o outro lado e não os vê estourar.

Visita

Durante o dia, as portas das celas ficam escancaradas para a área comum. Mulheres jogam pingue-pongue com uma bolinha amassada, mais velha do que a maioria delas, enquanto a última estação de rádio do país enche o ar com a voz de Elvis e de Lisa Hannigan, com jazz e rap, hip-hop e metal. E depois entra Emmett Tinley, a voz milagrosamente retumbante cantando sobre um amor perdido em Chicago.

Annie cantarola junto, estragando as notas mais agudas, afogando os tons mais graves em um chiado asmático. Mas, antes que ela arruíne por completo a canção para Nessa, a própria música falha uma vez, depois de novo, e de novo. O microfone do radialista ainda está aberto por alguma razão, e ele sussurra:

– Caramba, caramba. Ah, por Deus! – E depois solta um soluço sofrido. – Essa é a última cópia. A última de todas. – E grita e chora, batendo com força em algo até o áudio ser cortado.

Ciara, a do cabelo arrepiado, quebra o silêncio que se segue com uma gargalhada.

– Outro piradinho da cachola, né, garotas? Esses velhos malditos... São mais frágeis que ovos. Quem vê pensa que a Terra Gris está esperando por eles, né?

Sentada sozinha em um canto, Angela Fonseca baixa a cabeça, com vergonha.

Nessa já sente falta da rádio. Na prisão, não há poesia para distraí-la do calor nos ossos. Nem Megan para fazê-la rir. *Ai, por Crom!* Nunca foi de se sentir solitária, mas só consegue pensar nisso agora. Até seu corpo está sentindo a diferença: anseia pelos exercícios da escola e pelas pratadas da gororoba nada atraente, porém nutritiva, que lhe serviam de combustível.

Precisou insistir para ir para uma escola de sobrevivência. Rejeitou o veneno que médicos oferecem a pessoas como ela – as sem esperança, as condenadas. Não! Não, Nessa estava determinava a viver. E venceu, não venceu? Sobreviveu à Terra Gris, contra todas as expectativas.

Mas seu sucesso é toda a evidência de que as pessoas precisam de que ela traiu a Nação. Se não arrumar uma maneira de ser útil, o carcereiro Barry vai colocá-la em um barco e mandá-la de volta para o que deve ser... para o que *só pode* ser a Terra Gris, de onde ela nunca voltará.

Como?, ela se pergunta. *Como alguém que já leu os Testemunhos pode mandar outra pessoa de propósito praquele lugar?* É quando vê Melanie espiando da porta da própria cela, sem ousar sair.

Nessa sente a respiração acelerar, e o calor estocado nos ossos aquece sua pele a ponto de fazer gotas de suor brotarem na testa. Melanie. Foi Melanie quem a colocou neste lugar, que a sentenciou à morte em vez de à felicidade nos braços de Anto.

– Tudo bem aí, garota? – pergunta Annie, mas tudo o que Nessa vê é um túnel com Melanie na outra extremidade.

– Aonde você está indo?

Ela atravessa com dificuldade a área comum. Suas roupas estão fumegando, e as mulheres se afastam do calor que seu corpo emana.

– Qual é o problema dela? Por Lugh, isso é contagioso?

Melanie continua no lugar e ergue o queixo, quase como se oferecesse o pescoço. É uma garota bonita – ou era, pelo menos. Agora parece mais com uma modelo das revistas antigas, só pele e osso.

O corpo humano não foi feito para guardar calor, e não liberar a energia está cobrando um preço de Nessa. O fogo quer sair, e, se existe alguém que merece provar dele, é a traidora da Melanie.

– Pode fazer o que quiser comigo – diz Melanie. – Eu não aguento mais. Não aguento mais os ataques do coração. Não vou sobreviver ao próximo mesmo...

No entanto, Nessa passa direto por ela, pela garota que destruiu sua vida.

– Fecha a porta! – diz com dificuldade. – Fecha… a… porta.

A menina mais velha obedece, bloqueando a visão das outras lá fora, que soltam um muxoxo decepcionado ao notarem que o tão esperado confronto não vai acontecer. Nessa cai de joelhos e enfia a mão na privada imunda no canto da cela, transformando a água em uma nuvem de vapor.

– Pelo Caldeirão! – exclama Melanie.

A cela fica parecendo uma sauna, como nos filmes, e Nessa se larga como uma boneca de pano contra a parede oposta.

– Por quê? – pergunta Nessa.

Melanie acha que entende a pergunta e senta na cama de baixo do beliche.

– O que fiz foi errado. Cooperar com os sídhes. E eu tinha consciência disso. Mas queria viver. Como você. Você deve entender. Só que mais tarde, na escola, quando vi que eles quase ganharam… com a *minha* ajuda. Quando vi que eles estavam matando todo mundo… Ai, Crom! Ai, Dagda! Eles teriam nos destruído. Todo mundo! Todo mundo!

– Todo mundo exceto você?

– Exceto alguns milhares, acho. Eles iam curar a minha ferida e me deixar viver a vida. Mas eu sabia… sabia o tempo todo que iam matar o papai. Todo mundo. O que fiz foi errado, eu precisei confessar. Precisei avisar sobre… sobre mim. Sobre pessoas como eu. Sobre você. – Ela endireita as costas, expondo o pescoço de novo daquele jeito. – Não estou nem aí se você quiser me matar, Nessa. Até uma mosca seria capaz agora. Mas pelo menos eu os ajudei a pegar *você*. Finalmente fiz a coisa certa.

Nessa nem sabe por onde começar. Quer gritar que é inocente, mas de que vai adiantar se as paredes ainda estão pingando os efeitos da magia do inimigo? Ninguém vai acreditar que ela não tem culpa. Ninguém vai acreditar nela, e, se ela não sair da prisão nos próximos dias, ou se não inventar boas mentiras críveis para aumentar seu tempo de vida, vão mandá-la de volta para a Terra Gris – dessa vez para sempre.

Alguém grita na área comum. Será que viram o vapor? Será que isso significa que ela foi pega? Mas a voz áspera de Ciara está berrando para que alguém lhe arrume um relógio.

Outra mulher, mais perto da cela, responde:

– Pra que a pressa? A gente vai ter a resposta daqui a três minutos, de um jeito ou de outro.

Alguém recebeu a Convocação. E só pode ter sido uma pessoa em toda a penitenciária feminina.

Angela

Angela está sentada contra a parede quente da prisão. Tem os olhos fechados. Quando a cadeira na qual se apoia desaparece, seu primeiro pensamento – que dura apenas um segundo – é que as valentonas de sempre a puxaram. Mas sua bunda bate na lama congelante, e ela se vê escorregando e depois rolando por uns três metros até cair sobre uma planta com aparência de musgo, que amacia o impacto e substitui o gelo da lama pela cálida textura atoalhada da vegetação. Ela abre os olhos e descobre a verdade. Um guincho, não mais do que isso, lhe sobe pela garganta. Afinal de contas, ela é um ratinho. Uma mera presa.

– Preciso correr – diz a si mesma.

Nos últimos dois anos, o máximo que fez foi sair para correr de vez em quando. Não treinou técnicas de luta – e, mesmo quando praticava esse tipo de coisa, seu jeito melindroso e seu longo tempo de reação faziam os instrutores balançarem a cabeça e afirmarem que ela era um caso perdido.

Mas há duas coisas que fazem valer a pena para Angela se levantar e correr. A primeira é que a sorte é um fator que às vezes resulta em sobrevivência – diversos Testemunhos já demonstraram isso. A segunda é a promessa sagrada feita pelo Embaixador sídhe. Sim, eles ainda vão querer machucar Angela. Claro que vão. Mas é algo em que se apegar, não é? Vai ter que ser.

Ela rolou para dentro de uma concavidade no chão. Acima dela estão os famosos redemoinhos de luz prateada. Poucas vezes na vida

Angela se sentiu tão confortável – não fosse pelo cheiro acre e pelos caçadores que devem estar a caminho, poderia muito bem dormir ali. Mas não. Não. É hora de ficar de pé! Hora de se mexer.

O musgo abaixo tem outras ideias, contudo. Gruda em sua pele nua onde quer que toque. Angela consegue libertar um braço e dá um grito de horror, pois tentáculos minúsculos se enterraram em sua pele e começaram a sugar seu sangue. Ela chora enquanto liberta o resto do corpo; não está sentindo dor, porém, pois a planta anestesiou sua pele antes de começar a se alimentar.

Angela se arrasta para fora da reentrância – cheia de ossos, ela vê agora: esqueletos humanos presos a ossadas de animais de quatro patas.

Do topo da pequena colina, tem o primeiro vislumbre da Terra Gris. Vê uma floresta branca como marfim à direita, as árvores encalombadas como se estivessem cheias de furúnculos. À esquerda há uma planície repleta de animais de algum tipo, que se encaram com olhar de desafio. Ela não consegue identificar exatamente de que espécie são, o que é ótimo.

Mas de repente um som corta o ar, uma trombeta de caça. Os nefastos donos desta terra sabem que ela chegou. E estão mais do que desesperados para dar boas-vindas ao novo brinquedinho.

Com outro gemido, Angela dispara na direção oposta, para as árvores.

Entre o momento em que deixou a escola e aquele em que foi adotada pelos resquícios do sistema prisional, Angela se mudou para a casa do pai italiano. Ninguém nunca a aceitou como aprendiz, e o escasso dinheiro vinha da permissão que concedia a especialistas para que a cutucassem e balançassem a cabeça duvidando de sua sobrevivência.

– O que seus amigos acham? – perguntou certa vez uma cientista, o rosto cimentado com uma maquiagem descamante.

– Eles estão mortos – respondeu Angela antes de pedir desculpas pelo choro ruidoso.

Ela não era nada. Não era ninguém, e sua vida parecia menos útil do que um saco cheio de ar.

Agora, enquanto deixa uma trilha de sangue ao correr pela lama congelada da Terra Gris, sente saudades do paraíso que era a cozinha decadente do pai, com as fotos da mãe e dos irmãos e irmãs mortos, todos mais aptos no momento da Convocação do que ela jamais estaria.

À frente, vê que as árvores alvas como osso são ainda mais estranhas do que pareciam a princípio. Não passam de colunas encaroçadas de madeira irrompendo do chão. Nenhuma tem galhos ou folhas, e variam em altura de dois a sete metros. Oscilam com o vento, e há gotas de umidade acumuladas nos troncos cheios de caroços, como se quisessem dissuadir a garota de escalar. Ela se detém de repente, todos os sentidos em alerta.

– Não seja idiota, Fonseca – repreende a si mesma, ofegando por ar. – Claro que parece que tem algo errado. Aqui é a Terra Gris. *Tudo* aqui é errado.

A trombeta de caça toca de novo. Ela ousa olhar por sobre o ombro, e lá estão eles! A poucas dezenas metros, um grupo de vultos avança muito mais rápido do que Angela. Cada passo que dão é gracioso, e a brisa traz até ela risadas felizes e infantis. E ela já está exausta! Como raios vai escapar? Angela ajoelha e ameaça fraquejar, mas lembra das palavras de Nessa. O que precisa, caso queira se salvar, é de um lugar alto de onde possa ameaçar se atirar e, assim, quebrar a promessa do Embaixador.

Ou posso encontrar alguma coisa afiada, pensa. *Algo com que possa me cortar.*

Ela se lança na direção das árvores, a poucas centenas de passos. Sob seus pés, o chão treme como um tambor. Aracnoárvores jovens tentam agarrá-la, e flocos de cinzas rodopiam no ar como neve escura.

É só quando ela já está entre os troncos que percebe que os calombos sob a casca pulsam, e que as árvores começaram a se alongar, a se estender, curvadas ao máximo. Sem que tenha havido qualquer mudança na intensidade do vento!

Até que uma "árvore" logo à frente, três vezes mais alta do que Angela, se projeta em sua direção como um chicote. Há uma boca na ponta! Ela vê um lampejo do órgão quando o galho desce a toda.

É brilhante e vermelha, e fios de saliva voam dela. A língua dardeja na velocidade de um relâmpago. A garota grita, e os reflexos do treinamento que recebeu há muito tempo fazem com que salte para o lado bem a tempo. Mas outra "árvore" tromba com a primeira, permitindo que uma terceira se incline e dê o bote com a língua áspera.

Angela recua aos tropeços. Um dos troncos está bem diante de seu rosto, o caroço sob a casca tremendo, e a garota grita de horror quando reconhece a forma de mãos humanas empurrando a superfície como se estivessem desesperadas para se libertar. Angela contorna rapidamente o tronco horrendo quando outra língua voa na direção de seu rosto. Sente o vômito queimar o fundo da garganta. Está com a respiração acelerada, em pânico. Mas ainda há ar o bastante em seus pulmões para gritar quando os calcanhares são enlaçados e ela é derrubada, o rosto batendo com força no chão.

Angela se agarra ao tronco cálido mais próximo.

– Deus, me salve! Meu Deus, me salve. Danú! Crom! Jesus!

Pelo menos uma das deidades está ouvindo, porque o aperto no calcanhar cessa de uma vez e um líquido quente respinga suas pernas.

Há um sídhe sorridente bem ao lado dela, um homem com belos olhos enormes e pele brilhante.

– Vem, ladra! – diz ele antes que uma língua o envolva pelo pescoço.

Ele não consegue falar mais nada. A língua o puxa para longe, rápida como uma flecha, e o arrasta com força para a garganta vermelha de uma árvore. O sucesso do monstro parece apenas aguçar a fome do resto da floresta. As árvores querem Angela, os pescoços alvos curvados para ela, zumbindo com um anseio urgente.

Mas a cavalaria já chegou. Uma princesa sídhe impossivelmente adorável se joga contra a parede de línguas que tenta alcançar Angela.

– Corre, ladra! – ela grita, aos risos, mesmo enquanto seu corpo é literalmente destroçado.

A humana obedece, voltando pelo caminho por onde veio em vez de se embrenhar na floresta. A cada passo, há sídhes que entregam a própria vida para salvar a dela, cortando as línguas com lâminas de osso, sorrindo, morrendo e berrando de júbilo.

Entretanto, o sacrifício deles talvez não baste: o musgo que a recebeu mais cedo roubou tanto sangue quanto energia de Angela; o terror fez o resto do trabalho, deixando a garota exausta.

Por mais bizarro que pareça, contudo, já não é pela própria vida que ela luta, e sim pelos heroicos sídhes, seus inimigos. A tragédia no fato de seres tão belos perecerem para salvar uma inútil como ela pesa em sua consciência. Então Angela se força a continuar, mais ainda do que quando estava na Escola de Sobrevivência de Ballinasloe. Consegue se afastar das últimas "árvores" e se ajoelha diante de um sídhe.

– Tu não podes descansar, ladra! – exclama ele. Tem o maxilar anguloso de um herói. – De pé, de pé!

A mente dela está muito confusa para entender o que ele quer dizer. Não percebe que ainda não saiu do alcance das criaturas.

O sídhe salta em sua direção e a empurra, e outra língua que tentava capturar a garota acaba vitimando o feérico. Antes que ele seja puxado para longe, Angela agarra os punhos finos do ser e ancora os pés em algumas rochas.

– É uma árvore grande – diz o sídhe, amável.

E ele está certo. É um titã, vários metros mais alta do que qualquer outra, a língua larga como o tapete vermelho por onde desfilavam celebridades em um ou outro paraíso da época de seus pais, a qual então se enrola no torso do sídhe e, como uma cobra constritora, o aperta com força, fazendo as costelas estalarem como gravetos.

Angela olha o salvador nos olhos e enxerga tanto alegria quanto dor. *Por que a gente os odeia?*, pergunta a si mesma. Ela sabe a resposta, é claro; ainda assim, só nos últimos poucos segundos, vários heróis inimigos morreram para protegê-la.

– Tu não és forte o bastante para este lugar – sussurra o sídhe quando a língua se prende melhor a seu corpo, que colapsa e estala. Sangue escorre por entre seus lábios perfeitos. – Ainda tens boa parte do dia pela frente, mas... Argh... Ha! Ha! Urgh... Mas tu podes ir embora daqui antes se... se encontrares o lugar exato onde chegaste e... Ah, por Danú! A glória!

Ele consegue afastar as mãos dela e desaparece tão rápido quanto uma mosca capturada por um sapo. E Angela se vê sozinha, chorando por aqueles que extinguiriam a espécie dela. Mas as lágrimas não impedem que volte se arrastando por onde veio. "Tu podes ir embora daqui antes", disse seu salvador. Antes. Não precisa passar o dia inteiro ali. Como é possível?

Apesar do ímpeto assassino dos sídhes, ninguém os considera mentirosos. E não foi isso que o Embaixador prometeu? Que ela voltaria viva para casa?

Angela para, ofegando, o corpo nu coberto de sangue e saliva das árvores. E se tivesse se deixado matar? Isso significaria não uma, mas duas promessas quebradas pelos sídhes – isso não é algo bom para o futuro da Nação? E Nessa? A sobrevivência de Angela de alguma forma permitiria que o inimigo ameaçasse aquela garota gentil.

Mas ela pensa nas línguas vermelhas. Nas goelas horrorosas. Nos caroços vibrantes, digerindo devagar as coisas no interior dos troncos brancos como osso. E chora de horror ao pensar no que quase aconteceu consigo. Vai ajudar Nessa da forma que puder. Sim, vai, sim. Mas não *dessa forma*. Vai ajudar vivendo.

– De pé, Fonseca. Agora.

A mãe – que Deus a tenha – costumava falar consigo mesma de forma exatamente idêntica, e é sempre a voz dela que Angela escuta quando dá ordens a si mesma. É algo que ajuda. Põe-se de pé para seguir os próprios rastros deixados na lama, assim como o dos sídhes que vieram em seu resgate. A princípio fica confusa, pois a pequena colina da qual rolou quando chegou à Terra Gris parece ter dobrado de tamanho. Quando se aproxima, porém, vê que a terra compactada foi substituída por pilhas imensas de terra solta, como se um batalhão inteiro tivesse escavado o lugar – e de fato, quando se arrasta por sobre os montículos, vê que a colina agora é um túnel estreito que desce na direção de uma escuridão absoluta.

"Tu podes ir embora daqui antes", foi o que o sídhe disse, "se encontrares o lugar exato onde chegaste." E ali, no lugar exato, há um túnel.

Quem o cavou no pouco tempo que Angela passou longe? Deviam estar cavando ainda. Mas por que não havia terra sendo jogada para fora?

Ela pondera a possibilidade de passar o resto do dia na Terra Gris, mas a distância duas criaturas do tamanho de leões estão correndo em sua direção. Já não tem a força necessária para sair correndo, e também é impossível esconder o rastro de sangue que deixou – então Angela Fonseca entra no buraco, na direção da escuridão sufocante.

E teria se dado muito melhor se tivesse encarado os leões.

O GRANDE MASSACRE

É DE MANHÃ. ANTO ESTÁ ESPREMIDO EM UM ÔNIBUS CAINDO AOS pedaços com outros quarenta e três homens e oito mulheres. O interior do veículo cheira a fritura, e, quando a fumaça é liberada pelo escapamento, obscurece as outras dezenas de membros do Esquadrão de Infestações do Norte de Leinster que vão embarcar no caminhão remanescente.

Ao redor dele, todos especulam sobre os motivos de estarem sendo enviados para o outro lado do país. Até aquele momento, os esquadrões de infestações da ilha nunca haviam sido reunidos, e mais de uma vez ao longo da estrada eles cruzam com comboios desorganizados seguindo na mesma direção. Anto se delicia com as mascotes pintadas nos caminhões. Vê porcos com chifres, vacas com patas de aranha, uma série de animais nada naturais que fazem o cervo de olhos vermelhos dos novos colegas parecer decididamente dócil.

– Ouvi falar que os sídhes descobriram um jeito de entrar – diz Ryan. – Ouvi que é disso que se trata. De uma invasão.

Anto estremece. Sabe o que isso significa.

– Eles encontraram outro rei – diz.

– Como é que é, garoto? Um rei? A gente não tem rei no país.

– Mas… antes a gente tinha. Na época em que o tratado foi fechado pra manter os sídhes *lá*. Naquele lugar. Eram dezenas de reinos na ilha. Talvez centenas. Os sídhes só precisam de um traidor assumindo um desses reinos pra que o tratado possa ser revogado.

Mesmo depois de tudo o que aconteceu, Anto ainda não crê que haja um ser humano tão cruel a ponto de libertar o inimigo. Com certeza, sob a dor da tortura, pessoas prometem qualquer coisa – mas depois, para realmente levar a cabo a promessa, é preciso ser um monstro.

– Ha! – diz Ryan. – Verdade? Bom, então espero que o tratado *tenha mesmo* sido revogado, porque eu mal posso esperar!

– Mal pode esperar? Você não… Você não tem medo?

Ele e Ryan sentiram na pele o toque da mão do inimigo. Só de pensar nisso…

Ryan entende o que deve estar se passando pela cabeça do garoto, porque apenas sorri.

– Escuta, cara, é o seguinte. Aqueles malditos foram embora há mais de dois mil anos. Não estão lá grandes coisas, entende? As mãos podem até ser poderosas, mas não conseguem disparar setecentos tiros por minuto como a gente!

– Sua arma dispara setecentos tiros por minuto?

– Ha! Ha! Bom, não. Está mais pra trinta, mas você entendeu, né? E eles vão entender também, acredita em mim, cara. Trinta tiros vão ser mais do que suficientes.

Suficientes pra quê?, Anto pondera. Ele se lembra dos disparos acertando o corpo do pobre touro e da sensação dos ossos sendo esmigalhados com um apertão do gigantesco punho esquerdo. É difícil entender como positiva qualquer uma dessas coisas. E, ainda assim, parte dele se empolga com o pensamento. Como se ele *quisesse* machucar e massacrar.

– Ryan… Você acha que, depois que os sídhes te pegaram na Terra Gris, depois que encostaram em você, você…?

– Eu o quê, garoto?

– Acha que ficou mais… violento?

Ryan dá de ombros e faz uma careta de dor quando os esporões roçam no encosto do assento.

– Talvez. Ou talvez tenha sido o fato de perder três filhos.

– Eu… Eu sinto muito.

– Valeu, cara. Respondendo à sua pergunta, só digo uma coisa: muita gente volta da Terra Gris com sede de sangue. Mas qualquer horror faz isso com você. O povo que vive uma guerra leva décadas pra se livrar das impurezas que ela deixa.

Anto assente, infeliz.

Mesmo assim, pensa. *Mesmo assim. Se os sídhes forem derrotados de uma vez por todas, não haverá motivo pra manter a Nessa numa prisão, não é?* Seria o fim da Convocação. A Nação estaria a salvo!

Ele visualiza a imagem em seus pensamentos, como nas cenas dos filmes com gente dançando nas ruas e fogos de artifício. Imagina Nessa, os dois de mãos dadas. Um beijo de empolgação compartilhada enquanto, ao redor deles, soldados sorriem ao ver o casal de adolescentes perdidamente apaixonados. *Apaixonados.* É, essa é a palavra, e é a verdade também!

Os ânimos estão lá no alto conforme o ônibus passa por casas tomadas pela vegetação e árvores de galhos pelados. Alguém começa a cantar as canções das noites de bebedeira; Anto se junta ao refrão e acompanha com o olhar a longa fileira de veículos que levam os soldados para o norte. Não consegue evitar o medo, porém – quando foi que o decadente governo da Irlanda fez tamanho esforço? E será que o desaparecimento de Nessa tem alguma conexão com o que está acontecendo? Parece uma coincidência grande demais ela ter sumido justo nesse momento.

Ele se distrai olhando pela janela: para as ruínas das casas e os campos congelados, para as matas indomadas e as torres normandas. Quem vivia ali? Será que algum dia voltarão para casa?

A coluna continua avançando.

O exército mal chegou ao Condado de Leitrim quando Corless, quase na frente do ônibus, interrompe a cantoria para dizer:

– Viram aquilo? Com certeza não estava ali quando passei por aqui a caminho do funeral do meu pai...

– Do que ele está falando? – quer saber Ryan.

Mas Anto, que fazia com frequência o mesmo caminho até a escola, vê imediatamente o que há de diferente. Estão em uma parte ascendente da estrada, com campos ricos se estendendo dos dois lados. Por que agora há uma colina ao norte? Uma colina *nova*. Toda a superfície dela é coberta por um muco fumegante, e não há nenhum broto ou folhinha de grama crescendo na área. E onde está a camada de gelo que cobre o resto da paisagem?

O motorista, um homem esquelético, para o ônibus, ignorando as buzinas furiosas dos veículos que vêm atrás.

– Todo mundo pra fora – diz Karim em voz baixa e calma, como se sugerisse uma caminhada dominical. – Levem as armas.

Mas, de repente, a colina se desintegra. Terra explode para todos os lados, escurecendo as janelas, trincando os vidros, balançando tanto o ônibus que Anto cai com tudo em cima de Ryan.

Os soldados cambaleiam para fora, pelas portas da frente e dos fundos, mas, uma vez na estrada, só lhes resta encarar de queixo caído a coisa que se escondia sob a colina – que era *a própria* colina. Ninguém consegue desviar os olhos.

O monstro é alto como um edifício. Os quatro membros aparentemente delicados e dotados de muitas articulações devem ter a espessura de uma dúzia de vigas soldadas. Mas são seres humanos que compõem o corpo da criatura. Milhares deles fundidos, todos vivos, gemendo, gritando e implorando.

Bem no topo distante, um sídhe minúsculo se equilibra. Anto o vê apontar para os veículos lerdos dezenas de metros adiante, e a seu comando a terrível montaria avança a toda velocidade na direção da pista.

Em dois passos, ela chega ao comboio. Uma das "patas" da coisa esmaga um ônibus. Um caminhão é delicadamente afastado para o lado – visto a distância, é um mero chutinho, mas sua força é suficiente para lançar o veículo aos campos.

– Atirem! – grita Karim. – Atirem naquele troço!

A voz dela faz o esquadrão de infestações sair do transe. Aquelas pessoas estão acostumadas a monstros, não estão? De todos os defensores da Nação, elas são as mais aptas a lidar com essa batalha. Eles se ajoelham, miram e atiram. Uma chuva de balas destrói as pernas do monstro e a parte inferior do torso. Muitos dos homens e mulheres que formam a criatura morrem em explosões horrendas de sangue. Alguns são "apenas" feridos; os gritos são horríveis, e a agonia é óbvia quando o condutor sídhe, depois de destruir irreparavelmente uma dúzia de caminhões, incita a montaria a dar a volta e encarar os atacantes.

Karim agarra Anto pelo braço normal, o direito.

– Sai da estrada, garoto. Aqui não é seu lugar. Vai!

Ele obedece de imediato, porque não está armado e sabe que é inútil ali. E também está com medo, sem dúvida alguma. E, se tem uma coisa boa que as escolas de sobrevivência da Irlanda ensinaram aos jovens, é que não há vergonha nenhuma em ser covarde. Eles precisam, acima de tudo, permanecer vivos. Os psicólogos que se encarreguem de lidar com a culpa depois, mas para isso é preciso primeiro voltar para casa.

Anto salta uma vala e se joga no meio dos arbustos segundos antes da chegada da criatura. Ela é tão grande que seus quatro membros não cabem na estrada, e um deles atinge uma área a poucos metros de onde o garoto está. Os humanos que formam a base da perna estão mortos, esmagados contra a terra congelada. Outros foram alvejados pelo esquadrão de infestações: homens e mulheres, garotinhos e garotinhas com os corpos flácidos como pedaços de pele solta. Mas o pior não é isso. O pior é o olhar de agonia no rosto dos que ainda estão vivos. Todos gemem e gritam. Tantos choram que Anto é banhado pela chuva de lágrimas salgadas e de sangue que cai do grande corpo aracnídeo acima dele.

– Ai, por Crom! – grita ele. – Ai, por Lugh!

Está enjoado. Paralisado pelo medo e pela pena, pela vergonha e pelo horror. Por que não pode ajudar aquelas pessoas? É forçado a olhar para o outro lado, para a estrada. E pensa que, em algum lugar em Sligo, há alguém que revogou o tratado e permitiu que aquilo acontecesse. Alguém, um traidor – uma pessoa pior do que os próprios sídhes, pois estes apenas seguem sua natureza.

A troca de tiros está mais intensa. Uma das pernas começa a oscilar, mas não é suficiente para salvar o esquadrão – a pata mais perto de Anto passa por cima dele, atravessa os arbustos e acerta em cheio os homens e as mulheres na estrada. Uma dúzia se vai em um piscar de olhos. Na volta, mais vinte são varridos do mapa. Byrne está ferido.

Ryan o arrasta para longe. Karim e Ellie atiram para cima, na barriga da criatura. O capitão grita o que parece ser uma ordem para bater em retirada antes de a perna o achatar.

O esquadrão se dispersa, em pânico.

Mas Karim ainda está no meio da estrada, o rosto contorcido em uma careta de ódio. Ela continua atirando e recarregando, mesmo quando uma das patas pisa bem à sua direita.

O sídhe empoleirado sobre o monstro faz a montaria seguir pela estrada, onde as poucas unidades restantes já estão abandonando os veículos e correndo para se salvar.

– Atirem no condutor! – grita Karim. – Alguém atire nele!

Ela mesma está tentando, mas o inimigo deitou bem no centro das costas do ser, e ninguém consegue mirar direito nele. A fera ataca as pobres unidades que estão mais atrás.

O que resta do esquadrão de infestações se reúne.

– Granadas – diz Karim. A afetação em sua voz, que sumira no calor do momento, está de volta. – Se a gente puder arrancar nem que seja uma daquelas pernas, o bichão vai desmoronar. E aí vamos poder nos divertir com aquele condutor desgraçado.

Eles se espalham aos trotes pela estrada, vasculhando bolsos e bandoleiras. Anto vai junto, sabe-se lá por quê. Simplesmente não consegue evitar. Eles saltam sobre os corpos e dão a volta nos destroços de um trator esmagado. O vagão de suprimentos que o veículo puxava foi tombado, espalhando latas de comida para todos os lados, e Anto pensa que a uma altura daquelas o exército da Irlanda provavelmente já não tem caminhão nenhum. Talvez esse seja o fim do próprio exército, derrotado em uma única batalha. O pensamento o deixa enojado. Está se esforçando para manter o ritmo dos soldados; embora tenha uma grande vantagem em termos de idade, ninguém mais ali carrega um peso extra equivalente ao do próprio corpo na forma de um membro distorcido pelos sídhes.

O esquadrão vai deixando Anto para trás. Seu amigo Ryan corre meio arqueado. Karim, Ellie, Corless e dois irmãos de sobrenome Murphy lideram o avanço.

É possível ver apenas o topo do monstro além da curva da estrada, mas Anto escuta as explosões. O asfalto chacoalha sob a sola das botas mal ajustadas do garoto.

E de repente o inimigo está cambaleando de volta na direção deles, jorrando um fluido gosmento pelos buracos abertos por morteiros no torso. Ele se move ainda mais desajeitadamente do que antes, com uma das pernas mais curta. E o membro danificado quer liquidar de vez o esquadrão. Os Murphy desaparecem sob um pé ensanguentado. Outro homem é chutado para longe nos campos, como se fosse uma bola de futebol. No movimento de rebote, Karim é jogada para o lado, onde jaz encolhida e ferida. E Anto sabe, tão bem quanto o próprio nome, tão bem quanto conhece o rosto de Nessa, que as impetuosas patas traseiras da criatura vão obliterar a sargento como se ela nunca tivesse existido.

O jovem corre mais rápido do que jamais correu na vida. Mergulha, o braço enorme quicando na superfície da estrada como uma pedra chutada. Ele agarra Karim no caminho, e os dois rolam para o lado antes que ele tenha tempo de registrar a dor. E, no instante em que começa a senti-la, Karim, com seu rosto coberto de arranhões e cicatrizes, enfia algo em sua mão boa. Uma granada.

– Shó… Shó… puxa o pino, mochinho… Puxa e joga.

Ele obedece. O procedimento é simples. O pino se solta. Com o braço gigante, todo machucado e sangrento, ele mira e joga o objeto. A granada forma um arco no ar.

– Era pra mirar… nas patas… – consegue balbuciar Karim.

Mas as reclamações morrem quando a explosão joga o condutor sídhe para fora das costas do monstro. Os poucos soldados remanescentes do esquadrão ficam parados, olhando de queixo caído.

– Por Crom! – diz Corless. – Esse lançamento deve ter sido de uns sessenta metros! – E ele nem considera a altura necessária para acertar o monstro por cima.

– Impossível – sussurra outra pessoa.

E a criatura, agora sem condutor e completamente ferida, coxeia pelos campos na direção de um pântano.

Anto fica observando por um instante, até que Ryan grita. O homem de trejeitos de pássaro só percebeu agora que a sargento está ferida e corre na direção dela. Ela o detém com um olhar assassino que faz enrugar os nomes dos filhos tatuados na bochecha. Depois, vira-se para Anto.

– Vem – balbucia. – Vem aqui, garoto.

Ele faz uma careta quando ela agarra seu rosto com as mãos ásperas. Mas tudo o que faz é dar um beijo no meio de sua testa. Depois desmaia.

– Você é um de nós agora – diz Corless, parado ali perto. – Ela faz isso com todos os novos recrutas. Você está dentro.

Mas dentro do quê? Do esquadrão de infestações?

Não sem Nessa. Ele precisa encontrar a garota mais urgentemente do que nunca.

Ryan continua no ponto em que ficou quando Karim o fuzilou com o olhar, o corpo agitado por tremores. Outros membros do esquadrão jazem esmagados e espalhados pela estrada.

E também há um sídhe morto ali, o corpo destroçado pela granada. Foi Anto quem fez aquilo? O braço dele foi o responsável?

Outro pensamento lhe ocorre. Está a apenas um dia de caminhada da escola. Ninguém está em condições de impedi-lo de ir embora. Ainda assim, suas pernas se recusam a cooperar.

Ele não se move até Corless o segurar pelos ombros.

– Aquele lançamento foi de arrasar, garoto. Mas agora vem. Você precisa tomar uns pontos nesse ombro e tirar um belo de um cochilo.

– Sim – murmura Anto.

Eles todos precisam dormir, não é mesmo? É nessa hora que ele vai escapar.

Dedos

Três minutos e quatro segundos. É o tempo que as pessoas ficam desaparecidas durante a Convocação. Depois voltam, vivas ou mortas; distorcidas de forma horrorosa ou chocadas e inteiras. Mas sempre voltam.

Ou costumavam voltar.

Nessa vai até a porta da cela de Melanie e encontra Annie parada, escutando a contagem final. Ciara está com o relógio que havia pedido e enuncia alto os últimos segundos.

– Três... dois... um...

A contagem deve estar errada, porque não há sinal de Angela. Mais minutos se passam, e uma comoção se espalha pelas prisioneiras, pois já não há dúvida. Angela recebeu a Convocação – o que mais faria uma pessoa desaparecer na frente de tantas testemunhas, as roupas caindo em uma pilha no chão? Recebeu a Convocação, mas não voltou.

– Voltem! Todo mundo nas celas! AGORA!

Os guardas já estão próximos, protegidos por uma barricada de escudos, cassetetes e sprays de pimenta a postos. Mas não é uma rebelião, então ninguém resiste.

– Ela era velha demais – diz Annie. – Coitadinha! Foi por isso que não a devolveram. Isso nunca aconteceu antes.

Nessa não tem certeza. Apesar dos vinte e cinco anos de Testemunhos, há inúmeros buracos e mistérios no que diz respeito aos sídhes e à Terra Gris.

Annie continua diante da porta da cela, a respiração chiando, os olhos grudados na fechadura.

– Ah, olha só! – diz ela.

Nessa avança para se juntar a ela. Mal conhece Angela, e mesmo assim está muito incomodada.

– O que é aquilo?

– Um aspirador de pó. Você nunca viu um?

– Só nos filmes. A gente não tem mais tanta eletricidade em Donegal.

O equipamento ruge como um gigante torturado.

Ai, pobre Angela. Elas acham que os sídhes te transformaram numa nuvem de poeira e que podem aspirar seus grãozinhos…

Mas Nessa está certa de que a explicação é outra.

– Tudo bem aí, lindinha?

– Tudo – responde Nessa.

A verdade é que ela precisa forçar a palavra a passar pelas mandíbulas coladas. Todos os músculos de seu corpo estão tensos, prontos para lutar, apesar da ausência de ameaças visíveis. Ela sabe que o não retorno de Angela faz parte de um esquema cujo resultado pretendido é a destruição da própria Nessa. Um resultado que vai fazê-la sentir inveja de quem apenas virou nuvem de poeira. Foi a promessa, não foi?

– Annie – sussurra ela. – O chão… O chão está tremendo?

– Não, gata. Não. A Annie aqui não está sentindo nada. – Mas de repente a mulher grita: – Ai, mãezinha do céu! – E cai para trás, pois um guarda acabou de aparecer na porta da cela.

– Você. Doherty. Vem comigo. Annie, vai pra sua cama e fica lá.

– A Annie aqui não gosta de ficar trancada sem ter ninguém pra conversar.

– Bom, então lê um livro, pra variar.

Ambos sabem que não há livros na prisão.

Os guardas nem se dão ao trabalho de algemar Nessa dessa vez. Estão em cinco, e ela é uma adolescente de catorze anos com deficiência, mas que se nega a reclamar quando eles andam rápido demais.

Da última vez que visitou o carcereiro Barry, os guardas entraram no escritório com ela – o carcereiro não é idiota, afinal de contas. Mas agora só a empurram para dentro e fecham a porta. O carcereiro está com o próprio guarda-costas, e o sangue de Nessa ferve de ódio quando ela o reconhece: o detetive alto e musculoso que a tirou do ônibus que deveria levá-la até Anto.

Os olhos impressionantemente azuis do homem não piscam, afundados no crânio. Ele precisa se barbear e tomar um banho. O estado do sobretudo sugere que o detetive dormiu, trabalhou e comeu com a peça por uma semana. O cômodo inteiro fede a suor, e, como ela, o homem parece irritado.

– Detetive Cassidy – diz o carcereiro Barry, enxugando a testa. – Acho que você já conhece...

– Doherty! – diz o detetive. – Doherty. Ainda não te colocaram num barco?

– Ela ainda tem dois dias pra confessar – responde o carcereiro. Ele é alto o bastante para olhar o detetive nos olhos, mas mantém a mesa maciça entre eles, agarrando a borda com as duas mãos. – A pobre garota já foi informada sobre como pode conseguir uma extensão de vida. Ela...

O detetive dá duas passadas largas e para bem diante de Nessa, que se recusa a sair de seu caminho. Talvez ele pretenda erguê-la pelo pescoço? Vai perder um olho se tentar, porque ela não é o tipo de garota que perde tempo tentando se desvencilhar ou chutando o ar como uma boneca de pano. Não é *mesmo* esse tipo de garota. Ela já está planejando como machucar o gigante.

Para a própria sorte, o homenzarrão não comete o erro de tocar em Nessa.

– A Nação não tem dois dias pra perder esperando sua confissão – afirma ele. – Por todo o país, traidores estão nos apodrecendo por dentro. Só esta semana, a gente descobriu três. O primeiro era um veterano de uma escola, acredita? Voltou ileso da Terra Gris e estava preparando veneno de dedaleira pra matar os alunos. Os outros dois ainda não tinham recebido nenhuma ordem. Mas um tinha um contato, o maldito! Uma idosa com uma sídhe morando dentro dela...

Como o Frankenstein, pensa Nessa, *da escola*. O pobre homem não passava de uma fantasia de carne usada por um espião sídhe. O detetive assente quando percebe a constatação no rosto dela.

– Eu não sou tão paciente quanto o carcereiro – diz ele. – Se não me contar quem é seu contato agora mesmo, quebro seu pescoço.

O carcereiro Barry dá um tapa na mesa.

– Você não vai fazer isso!

– Vou.

– A… a Nação… A Doutora! A Doutora está interessada nela.

– Ah, claro que está! Mais uma traidora com a qual estamos gastando nossos recursos! Mas a Doutora não é a única interessada na garota, não é? – O detetive Cassidy avança na direção da mesa em um movimento intimidador e inesperado. – Você disse que o Embaixador também falou com a menina. Especificamente com ela. O que ele disse?

– Foi… Foi baixo demais. O equipamento não gravou as palavras.

– E aí, traidora? – Cassidy volta a encarar Nessa. – O que o Embaixador disse pra você?

– Ele quer que eu morra. Assim como você.

– Que conveniente ninguém ter ouvido isso!

– A Doutora deve ter ouvido. A Angela também…

– Angela, aquela que já era? Ela recebeu a Convocação e nunca mais voltou!

Cassidy se vira para o carcereiro Barry. Brande o punho poderoso em uma direção aleatória.

– É hora de colocar a tal da Doutora num barco. Hora de me deixar interrogar esse dito Embaixador. Não dá mais pra gastar recursos nessa prisão. As coisas estão ficando insanas lá fora.

– Acho que as infestações estão se intensificando um pouco – sussurra o carcereiro.

– Um pouco? Um pouco?! – A voz do detetive exala desprezo. Está com um dedo enorme apontado para o carcereiro, que se protege atrás da mesa como se ela fosse a muralha de uma fortaleza. – Vou interrogar essa traidora. Aqui. Agora. Vou quebrar os ossos dela até ela dizer a verdade.

– Não vai!

Nessa olha ao redor do cômodo à procura de uma arma e vê várias, mas estão todas sobre a mesa do carcereiro – pesos de papel, abridores de carta, uma caneta-tinteiro, um vidro de nanquim. Longe demais de seu alcance.

– Isso é loucura – diz ela. Nessa é boa em controlar a própria voz, mas não consegue evitar as manchas de suor sob os braços ou o suor que certamente está fazendo sua testa luzir. – Você acha que eu traí meu próprio povo na Terra Gris pra salvar minha vida? Se sou tão covarde assim, com certeza admitiria tudo pra vocês agora, não? Teria feito isso no dia em que cheguei.

– Esses traidores são espertinhos! – diz o detetive. – Falam qualquer coisa pra se safar.

– Então por que eu não estou falando nada? – pergunta Nessa. – Por que não invento qualquer merda?

E ela hesita, confusa, pois é verdade. Por que não inventa qualquer coisa? Por Crom, como ela quer viver! Seu encontro imediato com os horrores da Terra Gris só confirmaram isso.

Ela não devia ter se permitido uma distração, porque no mesmo instante Cassidy a agarra pelo pescoço e a puxa para perto.

– Que estranha essa pele que seus mestres sídhes deram pra você.

Nessa tenta atingir o detetive nos olhos, é claro, rápida como um chicote. E ele, na mesma velocidade, evita os arranhões antes que ela consiga tirar uma única gota de sangue dele.

Afinal de contas, é um homem que sobreviveu aos horrores da Terra Gris em uma época em que ninguém estava preparado para eles. Ele a vira de costas, um braço enorme pressionado contra o pescoço dela, a mão esquerda dela envolta pela dele.

– Nós não somos animais aqui! – grita o carcereiro, mas Cassidy o ignora.

– Quem é seu contato? – grunhe o detetive, apertando a mão dela. – Só quero um nome. Quem é?

Ele já fez aquilo antes. A pressão é suave no começo, e vai aumentando bem aos poucos.

– É um idoso – diz ele. – São sempre idosos. Alguns têm a língua cinza. Suam muito, como você agora, e às vezes esquecem por um tempo quem deveriam ser. Você conhece alguém assim, não?

Nessa solta um gemido, não consegue evitar. Os ossos da mão estão sendo esfregados uns contra os outros, a dor subitamente tão intensa que é quase tudo em que ela consegue pensar. *Fala um nome. Qualquer nome.*

– O… carcereiro – responde ela. – O carcereiro Barry! – repete, enquanto o homem protesta, ultrajado.

– Ótima tentativa. Ele é um tolo, mas não tão suscetível assim.

– A… Doutora…

– Escuta, garota – diz ele. E ela não tem escolha senão ouvir, porque ele sussurra em seu ouvido. – Eu vou quebrar seu dedo mindinho agora, entendeu? Você traiu a Nação, precisa…

Ela balança a cabeça com todas as forças, acertando o homem no rosto, mas ele não a solta, embora xingue, a voz grossa e trêmula.

– Ótchimo movimento, garota. – Cospe sangue. Depois cumpre a promessa. Ela ouve o estalo por três longos segundos antes de registrar a dor. – Não mente pra mim. A gente queima eles, entendeu? A gente queima esses idosos, idosas. Se você der um nome, a gente vai botar fogo na pessoa para garantir. Não queira acrescentar assassinato à sua lista de crimes.

– Vocês o quê? – Lágrimas escorrem pelo rosto de Nessa. – O que vocês fazem com eles?

– Me dá um nome. – Ele aperta o dedo quebrado dela.

As pálpebras de Nessa palpitam, o maxilar quase se deslocando de tanta dor.

– Um nome, garota.

– Pra… Pra vocês queimarem a pessoa…? Não! Não! – E ela entra em pânico, anos de controle se dissolvendo enquanto ele aperta forte seu dedo anelar. – Por favor! Eu não… – Mais um estalo.

– Um nome. Só um. Qualquer um. Pense, vou precisar parar de te machucar pra ir atrás do seu contato. Vai ser uma folga pra você. Só um nome.

Um revólver surge. O carcereiro Barry é quem o empunha, apontando para a cabeça de Cassidy.

– Para com isso agora mesmo, detetive. Eu vou... Eu vou atirar.

– Ele não vai – Cassidy diz para Nessa. – Ele não é como você e eu. Ele não viu aquelas coisas e nunca vai ver. A menos que seja pra lá que velhos fracotes vão depois de morrer. – Ele prende o dedo médio dela entre os dele. – Não vou quebrar esse aqui. Vou arrancar pela raiz.

– Cassidy! – berra o carcereiro.

Todo mundo sabe que ele não vai apertar o gatilho, o que nem sabe fazer, e que a única voz que importa ali, a única mesmo, é a que sussurra no ouvido de Nessa.

– Pode se despedir do dedo. Vai, se despede.

– Por favor – diz ela. Ela não se lembra de nenhuma outra palavra em inglês. – Por favor. Por favor.

Ele fala com muita, muita gentileza.

– Um nome, e juro que paro.

Ah, como ela quer obedecer! Já até pensou em alguns candidatos. O fazendeiro ranzinza que mora perto de sua casa e ameaçou soltar os cachorros em cima do pai de Nessa por uma ofensa qualquer. A Sra. Breen, da escola. O vendedor de passagens de ônibus na rodoviária de Letterkenny. O lojista meio surdo da Devenny's. Qualquer nome que ela proferir em voz alta vai colocar um ponto-final nisto – e, se acreditasse que Cassidy acharia uma forma inofensiva de testar os dedurados, ela os apontaria sem pestanejar. Mas esse maluco vai matá-los. Ela sabe. Sabe que ele vai queimar os idosos vivos em nome da sobrevivência da Nação. Ele é esse tipo de pessoa; o tipo de pessoa que é responsável pelas coisas agora.

– Por favor...

E, para a surpresa de Nessa, a pressão cede. Quando ela dá por si, está com o rosto contra o chão gelado, a dor nos dois dedos quebrados estocando como faca a cada batida acelerada do coração. O chão pulsa também, como que em simpatia por ela, como se um gigante o martelasse sem parar.

– Ela é inocente – diz Cassidy, depois dá uma gargalhada. – Que loucura! Não tem outra explicação. O que ela disse mais cedo é verdade:

esses traidores são todos uns covardes. É por isso que traem a gente, pra começo de conversa. – Ele ajusta o cinto do sobretudo. – Certo, agora vou pro próximo. Pode soltar a Doherty. Já terminei com ela.

– Eu não posso soltar a garota – diz o carcereiro, miserável. – A Doutora… O Embaixador…

Cassidy cospe. Literalmente.

Seus coturnos param bem ao lado do rosto de Nessa.

– Bom trabalho, garota – diz. – Continue servindo a Nação e talvez a gente se encontre de novo algum dia. Tenho mais sobreviventes pra interrogar. Pelo país inteiro.

Ele vai embora em meio a uma lufada de ar fedorento, e certo tempo depois é substituído pelo carcereiro Barry e pelo médico da prisão.

– Devo dar um analgésico para ela? Tenho alguns ibuprofenos… Fora da validade, é claro…

– Por favor. – É a voz de Barry. – Dê o que puder. Ela… Ela não merece isso. Aquele monstro já partiu em sua moto para torturar outra pessoa.

Nessa fecha os olhos, e lágrimas escorrem até o chão. Mas, como uma boa aluna da Escola de Sobrevivência de Boyle, sabe que ficar deitada significa morrer, e luta contra as ondas de dor para se levantar de novo.

Está atordoada, com uma sensação estranha, uma que nem todos os ossos quebrados do mundo são capazes de afastar. A sensação de que Angela não está perdida de fato, e sim a caminho de casa neste mesmo instante, e cada vez mais perto.

O TÚNEL

O MÉDICO FAZ COMO SOLICITADO E CUIDA DOS FERIMENTOS DE NESSA – dois dedos em talas desajeitadas. Ela está se sentindo febril. Cambaleia ao ser escoltada pelos guardas do escritório do carcereiro até a ala feminina da prisão.

– Tudo bem aí, moça? – pergunta um dos homens.

– Fala em inglês! – avisa outro guarda. – Ou vão achar que você está conspirando com ela.

– Ah, por Crom!

Ela nem responde. O médico não lhe deu o remédio, no fim das contas. Em vez disso, deu chá de salgueiro, tão amargo que Nessa quase vomitou. Ajudou um pouco com a dor, mas os dedos ainda latejam, assim como a cabeça. A impressão é de que há um exército preso dentro de seu crânio, quebrando tudo para se libertar.

Nessa está tudo menos inconsciente quando eles a jogam na cama.

– Cuidado! – diz o guarda amigável. – Ela está com os dedos quebrados!

Annie também está na cela.

– Acabou? – a mulher pergunta para o guarda. – Posso ir agora? Eu já fiz minha parte. – Ela começa a sussurrar. Provavelmente acha que Nessa está inconsciente. – Já contei tudo o que ela falou, não contei? Não é pra Annie aqui ficar mais nesta prisão. Não é culpa minha se ela não disse nada importante, é?

– Acerta isso lá com o carcereiro.

A porta se fecha enquanto Annie despeja todos os palavrões de cunho sexual que costumavam chocar os membros da geração dos pais de Nessa.

Talvez ela dê de ombros – Nessa não consegue ver –, mas minutos depois está agachada ao lado da garota, resfriando sua testa com um pano úmido, a respiração chiada e malcheirosa. A sensação do paninho em seu rosto é deliciosa. Nessa consegue abrir os olhos e agradece.

– Não entendi nada, benzinho – diz a mulher. – A Annie aqui não fala essa língua dos feéricos.

– Desculpa. – Nessa está voltando ao normal. – É gaélico, não sídhe. Por um momento… – Por um momento, ela achou que estava em casa com a mãe.

– Eu sabia falar um pouco de gaélico – diz Annie. – Por causa da escola, sabe? Eles sempre faziam a gente escrever sobre as viagens à praia e os piqueniques. Que piada! Quando a Annie aqui era criança, gritava se a mãe tentasse arrancar seu fone de ouvido pra levá-la pra praia. Mal sabia eu!

Nessa escuta apenas uma parcela do que ela diz, pois a maior parte de sua atenção está em outra coisa.

– Annie – diz. – Annie, está sentindo isso? Está sentindo os… os impactos? As batidas?

– Que bobagem, benzinho. Você só está com febre. A Annie aqui provavelmente vai pegar essa doença de você, e aí o que vai ser dela? Eles não desperdiçam remédio com uma doidinha que nem eu! Agora que meus filhos se foram e ninguém confia mais em mim pra consertar motores, loguinho vão me levar pra nadar.

– Annie, a gente precisa sair daqui. – As palavras se encavalam. – A gente… precisa… dar no pé… agora.

– É o que digo pra eles, lindona. Mas eles me dão ouvidos? Estou presa neste lugar por causa de uma bicicleta velha!

Nessa tenta resistir à onda que parece levá-la embora.

– Por favor, Annie – diz, mas fala em gaélico de novo enquanto afunda no travesseiro.

• • •

Mais pancadas. Marteladas também. E altas altas altas. A dor nos dedos quebrados não a deixa descansar, rouba sua atenção ao latejar pelo braço, até o ombro. Pelo Caldeirão, que dor horrível. E tem a náusea, também, de um tipo particular que Nessa conhece muito bem. Mas de onde?

Ela usa o braço bom para se apoiar e senta na escuridão, a testa escorrendo suor, o coração disparado de medo. Ouve Annie roncando na cama ao lado.

Sua visão gira. A garganta arde, e ela enxerga na mente o Forte Feérico em Boyle, e se lembra de estar com Liz Sweeney se arrastando até ele. Quanto mais avançavam na direção daquele enorme portão de pedra, mais enjoadas ficavam. E o que havia para lá do portão? A Terra Gris, é claro. Ela não tem mais dúvidas.

Nessa, que odeia demonstrar medo, geme na noite e empurra os cobertores com a mão não machucada.

– Preciso dar o fora daqui. Annie? Annie, acorda! Acorda!

– O que foi, lindona? O que aconteceu?

Nessa cambaleia na direção da outra. As lajotas frias vibram sob seus pés. Como Annie não percebe? Até as paredes estão tremendo. Ela tem que estar vendo!

– Eu preciso chamar os guardas. Me ensina a chamá-los.

– Eu...

Há um barulho similar ao de uma explosão, um estalo poderoso: parece que o mundo está rachando ao meio, e talvez esteja. O chão logo abaixo da cama de Nessa cede e engole o móvel de uma vez. O teto se rebaixa um metro, fazendo a porta de ferro reforçado se amassar e então voar na direção da área comum.

Nessa agarra Annie pelo colarinho do pijama.

– Vamos – diz ela. – Vamos embora agora.

Luzes de emergência se acendem, quase inúteis em meio às nuvens de poeira e aos gritos de confusão e medo que vêm das celas próximas.

– Ai! Você é forçuda, garota – diz Annie. – Não precisa ser tão bruta. Tem...

Elas escutam as risadas, vindas como que do chão. Do buraco na cela que engoliu a cama de Nessa. O riso expressa uma alegria inocente, e o som, o doce som, transforma os protestos de Annie em um grito de puro terror. Nessa não precisa mais insistir – é Annie quem a empurra na direção da área comum.

Atrás delas, mãos pálidas surgem na borda do buraco.

Alarmes soam, e a porta das outras celas se abre automaticamente. *As prisioneiras estariam mais seguras se continuassem presas do lado de dentro*, pensa Nessa. Mas é tarde demais. Todas já correm para a área comum. Parecem pensar que é um incêndio, uma bomba ou um teste. Acham que podem escapar, quando na verdade, se soubessem, se soubessem o que realmente está a caminho, estariam se escondendo embaixo da cama ou cortando a própria garganta com qualquer arma que tivessem à mão.

Uma voz doce exclama de dentro da cela de Nessa:

– Eu a vejo!

A garota cambaleia até a porta que leva da área comum para o resto do presídio. Apesar do alarme, ainda está trancada. É claro.

– Abram! – grita ela. – Vocês precisam abrir!

– A gente está tentando – responde uma voz. – O sistema automático não é usado há anos, e… Ai, por Crom! Por Danú!

O guarda viu algo atrás de Nessa. Quando se vira, ela também os vê. Uma dúzia de homens e mulheres impressionantemente belos, todos vestidos com uma mistura bizarra de pele humana e fibras naturais – se é que algo vindo da Terra Gris pode ser descrito como "natural".

– Abaixa! – diz o guarda.

Está lutando para tirar o revólver do cinto, porém Nessa sabe que ele não vai conseguir matar todos os feéricos – e que, de uma forma ou de outra, eles não vão parar.

– Para! – a garota grita para ele. – Esquece isso. Preciso que você dê um jeito de abrir essa porta!

Mesmo que ele consiga, vai ser tarde demais para ela e Annie. Ele obedece mesmo assim. Grato, talvez, por não ver o que está prestes a acontecer. Por não precisar relembrar dos horrores da própria Convocação.

Todas as outras prisioneiras recuaram, encostando nas paredes, uma expressão de desespero no rosto.

– Voltem pras celas! – exclama Nessa. Ou tenta, pois a voz está hesitante e fraca. – Sou eu... Sou eu que eles querem.

E os sídhes, que estão a menos de dez metros de distância, se espalhando – uma tropa inteira deles, por Crom! –, sorriem para ela, como se estivessem completamente tomados de amor. Talvez estejam mesmo.

Na dianteira do grupo há um príncipe, o cabelo fluindo como seda vermelha, os enormes olhos brilhantes e cinzentos, os braços e as pernas protegidos por uma armadura de madeira rubra como sangue.

– Todos verão como mantemos nossas promessas! As de nosso povo para com o teu, nos unindo uns aos outros!

Eles avançam. Annie está soluçando, mas endireita as costas mesmo assim.

É quando a valentona, Ciara, irrompe da cela segurando uma das pernas da cama como se fosse um porrete de metal.

– Vamoooooooos! – grita ela. – Eles vão matar a gente de qualquer jeito! Sei que vão! Então vamoooooooooos!

Ninguém ali gosta de Ciara. Talvez ninguém goste de ninguém. São criminosas, não são? Sanguessugas inúteis engordando às custas do corpo fraco e desesperado da Nação. Ladras, mães negligentes, assassinas, desperdiçadoras de recursos: tudo o que a Irlanda odeia. Mesmo assim, empunham armas improvisadas e correm, atendendo ao chamado de Ciara. Mulheres brandem sapatos e escovas de cabelo. As mais novas, treinadas para o combate, chutam os joelhos ou mesmo o rosto dos inimigos, já derrubando alguns sídhes.

– Que maravilha! – diz o príncipe ruivo.

Ele ri, assim como o resto de seu povo. Eles avançam na direção da batalha, e não demora muito para os gritos começarem. Para eles, a carne humana é como argila. Nessa vê claramente quando um dos belos sídhes agarra Ellen O'Brien pelo pescoço e o derrete até fechar a garganta da mulher. A colega de cela de Ellen, Caoimhe, já está no chão, o crânio com metade do tamanho original, enquanto outras mulheres tropeçam em membros grandes demais ou totalmente deformados.

De uma das celas, alguém uiva em pura agonia. É Melanie.

O príncipe apenas admira o caos, mas talvez esteja com vontade de se juntar a ele.

– Estás certa, maravilhosa ladra – ele diz para Nessa. – Estou aqui por tua causa. Claro que estou.

E faz algo totalmente inesperado: remove uma faca do interior do manto. É branca, feita de marfim ou de madeira de algum tipo. Será que realmente planeja atacar a garota com aquela coisinha? Não é como se os sídhes não tivessem armas. Há muitos relatos de feéricos abatendo as presas humanas com flechas ou lanças.

Nessa sente um rosnado subir pela garganta.

– Não vai ser tão fácil assim acabar comigo – diz ela.

– Mas não vim te machucar – diz ele. – Eu *jamais* te machucaria. Nenhum de nós.

Há um estouro atrás de Nessa, e o príncipe ruivo recua, o sangue escorrendo do ombro. O guarda está ali, o revólver enfiado entre duas barras.

– Valeu – agradece Nessa, mas depois dá um passo para trás porque ele agora aponta a arma para ela.

– Você é a próxima, traidora!

– O quê? Eu não...

Um vulto surge da esquerda da garota, empurrando-a para o lado. O homem dispara de novo, atingindo a mulher sídhe que saltou na frente de Nessa. A vítima jaz no chão, sangrando. Cinco ou seis inimigos avançam às pressas, atropelando a companheira caída, como se de fato quisessem proteger Nessa. O homem atira de novo e de novo. Sangue voa para todos os lados. Poças enormes se formam no chão, espalhadas por pegadas tanto dos sídhes quanto das prisioneiras humanas. Os invasores gemem e riem cada vez que são atingidos, enfiando os braços por entre as barras para agarrar o guarda. Annie está em algum lugar da bagunça, gritando e implorando.

Nessa escorrega no piso melecado e cai.

– Vês o que somos capazes de fazer para manter nossa palavra? – diz o príncipe ferido. Ele está ajoelhado ao lado dela, o ombro ainda vertendo sangue. – Vês? Prometemos não te matar. E não vamos.

E então ele brande a faca de marfim na direção do rosto de Nessa. Com a mão boa, a garota empurra o braço direito do feérico. A outra, ela enfia na ferida aberta no ombro dele, e grita mais do que ele quando os dedos quebrados se torcem de novo. Mas nenhum dos dois desiste da luta, brigando para controlar a faca.

Há fumaça no ar agora, emanando um cheiro de ozônio e de queimado.

O rosto do príncipe sídhe se contorce, a expressão se alternando entre júbilo, dor e determinação. Ele se apoia na mão machucada de Nessa com todo o peso do corpo.

De súbito, ela para de tentar empurrá-lo para longe e, em vez disso, o puxa. O nariz dele se choca com tudo contra a testa dela e vira uma maçaroca, e o campo de visão da garota se resume a um clarão branco. Ele cai para trás, mole como um dos velhos ursinhos de pelúcia de Nessa.

A fumaça ocupa o cômodo inteiro. Ela se sente atordoada pelo impacto, mas consegue se arrastar por alguns passos em meio à névoa. Sua mão não está mais doendo, percebe. Nada dói. Quando dá por si, está com o rosto apoiado no chão, sobre uma poça de sangue de outra pessoa, os olhos pesados demais para continuarem abertos.

– Levanta! – diz a si mesma, mas simplesmente apaga.

Fervendo

— Nessa? Nessa? Você está bem?

Talvez. Mas também está enjoada. Os olhos ardem, e o mundo parece borrado. Ela está com a cabeça apoiada no colo de alguém. E se for Anto? Todos os perigos terão passado. Ele vai se inclinar, vai, sim, tocando os lábios dela com os dele.

Mas é a Dra. Farrell quem grita em algum lugar perto, e ela sabe que Anto não pertence ao mesmo mundo da bruxa.

– Eu exijo que me deixem entrar agora mesmo! Sem o meu gás, vocês nunca os teriam pegado com vida!

– Você… Você não devia ter um gás como aquele em sua posse – diz o carcereiro, que está bem à direita dela. Tem a voz trêmula, talvez até esteja em choque, mas continua: – Você não deveria saber de nada do que estava acontecendo aqui, e definitivamente não deveria conseguir sair dos seus aposentos. A gente tem um acordo.

– Meus instrumentos estavam pirando, carcereiro idiota. Que oportunidade. Cada segundo que você me retarda me custa conhecimento. Você acha que as regras têm um pingo de valor em comparação a isso? E a Melanie! Eles a mataram?

– Curaram-na antes. Fecharam o… o buraco no peito dela.

– É claro – diz a Doutora. – Estão cumprindo as promessas. Eu os conheço. Isso tudo é maravilhoso.

A voz começa a ficar mais distante, mas a garota que está segurando Nessa no colo a balança.

– E… É você, Megan? – resmunga Nessa.

– É a Angela. Angela Fonseca.

Ouvir o nome enche Nessa de urgência, e ela luta para abrir os olhos. Vê o cabelo preto, os olhos escuros que já conhece, embora agora tenham perdido a inocência.

– Jogaram um gás em vocês – diz a garota –, mas… mas o efeito passou bem rápido.

Só metade das luzes florescentes da área comum ainda funciona, e muitas piscam. Mas é o bastante para que Nessa veja os corpos espalhados. Há mulheres gemendo ou chorando.

– Eu sou um monstro! – grita alguém. – Ai, por Lugh! Por Crom! Eu… Eu sou uma *aberração*.

Pessoas vestindo macacões brancos varrem o cômodo com câmeras, gravando tudo. Mas nada disso é tão inusitado quanto a presença de Angela. A jovem está nua, coberta apenas por uma manta esfarrapada da prisão. Tem cortes no rosto, mas, fora isso, parece sã e salva.

– Como? – balbucia Nessa.

– Eu não voltei do jeito normal. Eu era… incapaz demais. E as árvores! Ai, por Lugh! As *árvores*. Os leões. – Ela se esforça para manter a comida no estômago. Lágrimas escorrem pelo rosto da garota e pingam na testa ferida de Nessa. – Os sídhes sacrificaram a vida por mim e me deixaram sair pelo túnel que fizeram.

– Um túnel?

– Ele… ele dava aqui. Eu saí bem na sua cela e vi a luta e os tiros. E depois veio o gás. Mas quase todos os sídhes já estavam mortos.

– Eu quero aquelas duas. – A Doutora, ao que parece, conseguiu entrar na área comum.

– Você não vai machucá-las, certo? – pergunta o carcereiro, que faz questão de sempre ter guardas em alerta entre ele, com sua compleição magricela, e a mulher baixinha. – Senhorita Doherty? Nessa? Precisa de curativos antes? Levou algum tiro?

– Não, mas meus dedos…

– Eu sinto muito quanto a isso. Sinto mesmo. Mas a Nação... Cassidy... – Ele tosse, e os pelos brancos das narinas estremecem. – Por favor, não ocupe as duas por muito tempo, Doutora. Já sofreram demais.

– Vou ficar com elas o tempo que precisar – responde a Doutora, e o carcereiro faz de conta que não ouviu a resposta.

Angela é levada e algemada primeiro. Há algo estranho nela, mas Nessa não consegue determinar muito bem. Que seja. Ela tem os próprios problemas. Está deitada em algo duro. É a faca, percebe, a que o sídhe usou para golpeá-la. É pequena, não maior que a palma da garota, branca como osso, dentada e afiada. Ela nem pensa antes de esconder a arma sob a bandagem na mão machucada. Paga por isso com uma onda de dor intensa que faz o suor brotar em sua testa.

E de repente dois guardas chegam para buscá-la. Fazem a garota levantar e examinam suas roupas sujas de sangue em busca de ferimentos.

– Eles não tocaram nela – diz um deles, o tom indignado. – Ela é a única que não tentaram matar. Na verdade, parece até que estavam tentando mantê-la viva.

Depois disso, eles a tratam de maneira mais brusca. Apertam tanto as algemas que ela lacrimeja. O grupo a escolta junto com Angela pela porta, avançando pelos mesmos corredores que pegaram quando foram até o covil da Doutora pela primeira vez.

Nessa ainda não sabe o que a incomoda em Angela. A garota parece inteira e bem, sem ferimento algum causado pelos sídhes. Sem dúvida a mente dela foi afetada pela experiência, mas não é isso. É algo físico, mas Nessa não identifica exatamente o quê.

Os guardas não lhe dão tempo para refletir. Como da outra vez, estabelecem um ritmo que é rápido demais para as pernas com deficiência, arrastando-a sempre que ela diminui o passo ou tropeça. Mas o caminho é longo, e eles logo se cansam disso.

– Como aquela louca maldita por Crom conseguiu sair do quarto dessa vez? – pergunta um dos homens.

– Com o mesmo gás que usou nos sídhes – diz outro. – A gente achou o Barney McD apagado no chão. Ela também quebrou o monitor dele, só pra garantir.

– Nem sei por que a gente fica de vigia – responde o primeiro. – Aquela vagabunda sempre vai pra onde quer. E, quando a gente se machuca por estar no caminho, ela nunca é punida. Se alguém desse um tiro na fuça dela, seria legítima defesa.

– Silêncio! – diz outro homem em inglês. – Pelo amor de Deus, não deixa as marinheiras ouvirem vocês!

Marinheiras, pensa Nessa. *Eu e a Angela.* É um bom nome para mulheres que provavelmente vão ser mandadas em um barco para morrer.

Finalmente ela tem a chance de analisar a companheira. Sim, com certeza, definitivamente tem alguma coisa estranha com a garota. Mas o quê?

– Angela – diz ela.

– Sem falatório se quiser manter o resto dos dedos.

Angela ergue os olhos. Nessa precisa cerrar o maxilar para conter um grito – da última vez que andaram lado a lado e conversaram assim, a outra garota não precisou olhar para cima para fitar Nessa nos olhos. O que significa que Angela está um pouco mais baixa do que há alguns dias.

Ela está encolhendo!

É uma compreensão horrível que faz o corpo inteiro de Nessa gelar. *Será que ela ao menos sabe que isso está acontecendo? Ou será que é um* deles *disfarçado?*

A mente de Nessa remói as ideias, mas são tão confusas que prefere pensar sobre quão perto o príncipe ruivo chegou de esfaqueá-la com a arma que ela agora carrega consigo.

Momentos depois, chegam à porta chamuscada e esburacada do laboratório. Será que as marcas são o resultado de antigos experimentos da mulher? *Pessoas não passam de combustível para sua sede de conhecimento*, pensa Nessa. *E a Nação está tão desesperada que cede aos caprichos dela.*

A porta se abre, e, com um empurrão repentino e brutal pelas costas, um dos guardas joga Nessa no chão, e ela nem tem a chance de evitar que o rosto bata com tudo no piso.

– Preciso das chaves das algemas delas! – exclama a Doutora.

– E você alguma vez precisou de chave? – diz um dos guardas, batendo a porta.

– Ora – diz a mulher mais velha. – Assim eles desperdiçam meu tempo. Doherty, me mostre seus pulsos. – Ela usa um clipe para mexer na tranca por alguns segundos antes de soltar as algemas. – Agora você, Fonseca.

– Espera! – diz Nessa. Na escola de sobrevivência, dedurar outro aluno era considerado a pior atitude que alguém poderia ter, mas Nessa já não liga para essas coisas de criança. – Ela… A *Angela*… está mais baixa do que antes.

– O quê? – A outra garota não faz ideia do que está acontecendo. A confusão em seus olhos faz Nessa sentir enjoo.

Mas a Doutora entende as implicações num piscar de olhos.

– Tem certeza?

Nessa assente com a cabeça.

– Do que vocês estão falando? – Angela não faz a menor ideia do que está acontecendo, não mesmo.

– Como… – começa a Doutora. – *Como* você chegou aqui, garota? Depois da sua Convocação?

– Pelo túnel. Eu… Eu segui os sídhes que passaram por ele.

– Você não passou o tempo que deveria na Terra Gris, então? Supostamente, deveria ser o equivalente a um dia inteiro.

– Não… Não devo ter passado mais de uma hora lá… Os… Os calombos no tronco das árvores… Eu… Eu não sei como alguém aguenta mais que isso. Vocês… Vocês não têm *ideia*.

Nessa tem, mas por que contradizer Angela? Cada um sabe do próprio horror.

– Bom, você vai voltar para a Terra Gris – diz a Doutora. – É o que esse encolhimento significa. Seu corpo está voltando para o lugar dele.

– Mas meu lugar é aqui.

– Sim, e você vai voltar pra cá também. Não tenho dúvidas. Mas pelo caminho *certo*. Existem regras, idiotinha. O que te faz pensar que você pode quebrá-las? Nossos mundos estão entrelaçados. Centenas de entradas e centenas de saídas. Você recebeu a Convocação. É um dos caminhos até a Terra Gris e obedece às próprias regras, e essas regras são: você vai e passa um dia inteiro lá. Não uma hora! Um dia. E a sua presença *lá* abre um caminho para que eles venham para cá. É tipo um intercâmbio estudantil, entende?

Talvez Angela não entenda, mas Nessa se lembra de ouvir que o irmão de Liz Sweeney voltou da Convocação e logo depois descobriu que a escola tinha sido destruída pelos sídhes. A Doutora prossegue:

– Mas os sídhes não conseguem escapar da Terra Gris por muito tempo. Ela os convoca de novo e eles encolhem e encolhem…

– A menos que consigam entrar em um de nós – diz Nessa, fascinada.

– Exatamente! – Os olhos da idosa cintilam. Ela ama aquele tipo de coisa. É o que mais ama. – Quando estão pequenos o bastante, menores que um grão de poeira, sobem até o rosto da pessoa e esperam ser inspirados. Um parasitinha que cresce e cresce lá dentro até…

Angela dá um grito.

– Chega! Chega! Eu não posso voltar pra lá! Vocês não podem me obrigar!

– Bom, eu poderia te trancar na sala de ferro do Embaixador – diz a Doutora. – Mas não ia fazer muito sentido. Você recebeu a Convocação, e agora não tem mais nada de especial. Mas você… – Ela se vira para Nessa. – Ah, você! É você quem eles realmente querem. Eles só levaram a Angela para conseguirem chegar até você.

– Eles estavam tentando me matar. – Nessa já se recompôs.

– Não, não estavam. O guarda que fala a língua primitiva deles ouviu uma das criaturas dizer que ninguém deveria te machucar. Eles inclusive se jogaram na frente dos tiros.

– Ele mentiu – diz Nessa. – Quer dizer, um dos sídhes disse isso mesmo, mas depois me atacou!

– Jura? Sendo que todo mundo sabe que mentir é a única coisa que os sídhes não fazem?

A Doutora então passa a encarar Angela, como se algo terrivelmente errado estivesse acontecendo. É uma armadilha, porque, quando Nessa segue o olhar da mulher, acaba caída de costas no chão, sem saber como chegou ali.

– Você deu um choque nela – diz Angela.

– Um fraquinho. Você quer voltar pra Terra Gris?

– Não!

– Você está quase da minha altura agora, garota. Mas eu tenho um lugar onde posso te colocar se você me ajudar a botá-la numa cadeira. Não sou tão forte como antes. Vou garantir que ela continue adormecida até estar acomodada.

Ela aproxima do rosto de Nessa um pano úmido com cheiro de álcool. A garota tenta se levantar, tenta resistir ao pano – que já viu nos filmes, afinal –, mas seus braços não obedecem e tudo o que ela vê é o príncipe ruivo e a faca branca se aproximando de seu rosto. É verdade o que a Doutora disse: eles não mentem. Nunca mentem. Então por que o sídhe atacou Nessa?

Suor escorre pelo rosto de Nessa.

– Mamãe? – chama.

É uma gripe, e logo vai receber um paninho fresco na testa e um chá de maçã com mel para a garganta.

Mas não vai ser suficiente – essa é a pior febre que Nessa já teve. A pior febre do mundo! Até seus ossos parecem ferver. Ela imagina o vapor vazando pelas pálpebras, e a língua parece um pedaço de couro quente na boca.

– Mamãe? – repete. – Eu não quero chá. Quero água gelada, mamãe, por favor.

Quando abre os olhos, porém, encontra apenas o rosto enrugado da Doutora contemplando-a, a expressão raivosa.

– Tenho cara de quem fala gaélico, menina? Alemão, já disse. Inglês. Latim. Qualquer língua minimamente conectada à ciência. Ah, e você está ficando quente, aliás. Lá se vai calor para a Terra Gris! – Ela abre um sorriso. – Você tentou desperdiçar meu tempo, mas vou descobrir tudo. Mal posso esperar pelo que vem a seguir.

Nessa, com os braços abertos e amarrados, está deitada em uma mesa. Um bico de Bunsen ligado na intensidade máxima foi direcionado para a palma de cada uma de suas mãos. Ela não sabe há quanto tempo está presa ali, mas seu corpo diz que já atingiu os limites e que, a qualquer instante, vai entrar em erupção como se fosse um vulcão.

O uniforme da prisão já começou a fumegar. Quem sabe o que vai acontecer depois.

Eu vou cuspir fogo, pensa. *Vou torrar essa bruxa maldita por Crom.*

E depois? Será que os bicos de Bunsen vão continuar acesos? Será que a prisão inteira vai queimar ao redor dela como aconteceu na escola? *Ai, por Lugh, o calor!* Será que seu sangue está fervendo? Isso é *possível*? Será que os sídhes cuidaram disso também?

A Doutora virou de costas para Nessa. Está ajustando uma espécie de máquina. Nessa examina as prateleiras atulhadas, procurando que a ajude a sair dali, mas sua atenção recai sobre a garotinha chorando em uma cadeira no canto do cômodo.

– Angela?

Ela está com metade do tamanho de antes. Está desaparecendo em meio à manta da prisão que usa para se cobrir.

– Você disse que ia me colocar em uma sala de ferro – diz Angela.

– Ah, e eu vou – responde a Doutora. Ela agita o que parece ser uma garrafinha térmica de metal, não muito maior que sua mão. – Aqui. Só estou esperando você caber. E vou ter que achar um jeito de mandar oxigênio pra você… Ah, e umas fibras óticas, para poder te ver comendo, defecando etc. Talvez você tenha alguma utilidade, afinal de contas.

Um telefone toca, e a Doutora pragueja. Então aperta um pequeno interruptor.

– O que foi, Barry?

A voz do homem sai por um alto-falante:

– *Carcereiro* Barry. Eu trato você com respeito e…

– Vá reclamar do seu orgulho ferido com o veterinário, Barry. Estou ocupada.

– Mas que pena, *Doutora* – diz entre os dentes o carcereiro. – Porque o Ministro da Justiça em pessoa me ligou. E… Bom, é uma notícia terrível, mas… Doherty precisa ir embora.

– Você é idiota? Ela é minha! Mais uma semana e descubro como ela funciona. Eu *preciso* saber.

– Você não tem a menor voz nisso. O inimigo pode vir atrás dela a qualquer minuto. Você viu. O ministro diz que ela se tornou perigosa demais.

– *Eu* é que sou perigosa, imbecil. É por isso que meu laboratório fica em uma prisão. Mas a Nação precisa de mim. E eu preciso da garota. Os sídhes só chegam aqui através da Convocação, então…

– Ela é importante para eles, eles vão arrumar um jeito!

– Não sei do que você está falando, Barry. Ela não sai daqui até eu acabar. Agora me deixe trabalhar.

– Sabia que você ia falar isso – diz o carcereiro, parecendo irritado. – Não quero que você se machuque, mas ela vem comigo. Nós vamos cumprir nosso dever, e você não pode nos impedir.

– Quem é esse "nós", idiotinha? Seus guardas patéticos não vão ousar encostar o dedo em mim. Eu conheço a cara de cada um.

As portas duplas na extremidade do laboratório se abrem em uma explosão – literal. Uma dúzia de soldados vestidos com máscaras de gás antigas e uniformes do exército surge. Não há guardas da prisão entre eles.

– Ela é minha – murmura a Doutora. – Ela é minha.

Seus dedos curtos voam sobre botões. Bolas de vidro caem do céu e, quando se chocam contra o chão, liberam líquidos. Os soldados começam a gritar e rasgar as próprias roupas.

Os que não foram atingidos se espalham. Um livro quase acerta a cabeça da mulher.

– Pronto! – berra ela. – Vocês me obrigaram a fazer isso! Vocês me pressionaram!

Bolas de ácido continuam a cair do céu, buracos corroem o chão, arcos elétricos surgem entre objetos sem aparente ligação quando homens e mulheres tentam avançar entre eles. Nessa sentiria pena dos atacantes se eles não a quisessem morta.

E tem os próprios problemas para resolver: um corpo que parece ser feito inteiramente de fogo. Ela precisa dar o fora dali.

Nessa se concentra. Sua pele começa a soltar vapor, embora pareça seca como rolha velha. Balas ricocheteiam pelo cômodo, estalando, quebrando e esmigalhando tudo o que tocam.

Ela fecha os olhos bem forte. Direciona o calor na direção dos punhos até que, com um *zoom*, a atadura em sua mão irrompe em chamas.

As algemas ficam incandescentes, depois brancas. Ela consegue se soltar.

Mas o triunfo dura menos de um segundo. Algo corta seu dedão. Ela balança a mão para se livrar da fonte de dor, e o que vê é uma coisinha minúscula: uma faca menor que seu mindinho. É a arma que o príncipe ruivo trouxe da Terra Gris, que pelo jeito encolheu desde então.

– Nessa! – grita Angela. – Eles estão atirando em você!

Estão atirando a esmo, na verdade. Fontes de gás explodem aqui e ali. Crânios distorcidos caem das prateleiras. Nessa se agacha ao lado de Angela.

Eu não quero morrer, pensa a garota. *Não quero morrer de jeito nenhum.*

Ainda assim, é melhor tomar um tiro do que estar no lugar de Angela, que encolheu ao tamanho de uma criancinha de três anos. Os olhos avermelhados de chorar sabem que vão ver a Terra Gris de novo em poucas horas, e que os sídhes vão estar esperando ansiosamente por ela.

– Não! – grita a Doutora. – Não atirem ali! Por favor! É o último exemplar nesta porcaria de ilha! Parem!

Pouco depois, sua voz se transforma em um berro histérico:

– Certo! Podem ficar com ela! Mas é um desperdício, estão ouvindo? Um baita desperdício.

– Mande-a pra cá, então! – exclama um homem, a voz abafada, mas nítida o bastante. – Mande a Doherty pra cá.

– Ah, se eu tivesse mais uma hora… – resmunga a Doutora.

Nessa a ignora.

– Estou indo! – grita. Depois se vira para Angela. – Fica bem pra trás. Talvez eu precise abrir caminho na base do fogo.

Ela rasteja para sair de baixo do banco, erguendo-se com dificuldade sobre as pernas fracas.

Corpos aos gemidos se espalham pelo laboratório, mas quatro homens e uma mulher permanecem de pé. Estão a menos de três metros de Nessa, os fuzis apontados para a cabeça dela.

O fogo ainda fervilha em sua pele e, nossa, como quer sair!

– Por favor – começa ela. – Não quero machucar vocês.

– A gente diz o mesmo. – A voz do homem é surpreendentemente gentil atrás da máscara de gás. – Não estou nem aí se o inimigo te transformou em traidora, garota. O que eu vi na Terra Gris... Bom, ninguém pode te julgar. Mas eu tenho uma filha agora. Está aprendendo a falar. Vou fazer o que for preciso. A Nação deve sobreviver.

– Por favor – repete Nessa, fechando um dos punhos para que ele fique quente.

– Tenho certeza de que você é forte – diz a mulher. – Tenho certeza de que é uma boa lutadora, e...

– Não é isso – sibila a Doutora, assistindo à cena de um local seguro. Nessa percebe a satisfação na voz dela, a expectativa pelo que está por vir.

– Nossa garota tem uma habilidade especial, não tem, Doherty? Acha que eu não percebi? Eu vi suas roupas fumegando. Estou vendo os restos das algemas agora mesmo.

Ela sai tropegamente de trás da mesa, a mortal bengala de metal estalando a cada passo.

– Do que você está falando? – pergunta o homem.

Calor, pensa Nessa. Calor capaz de derreter a carne dos soldados até soltá-la dos ossos. De cozinhar os miolos dentro do crânio!

– Queime-os – diz a Doutora. – Queime-os até sobrarem só as cinzas, e eu levo você daqui comigo. Eu juro.

Sair! Ah, estar livre de novo! Ah, viver! Ter esperanças! Ela ergue a mão. Será que não estão vendo? Será que os soldados não estão vendo sua mão brilhar?

– Para que esses idiotas servem, afinal? – continua a Doutora, bem ao lado direito de Nessa. – Eles não têm serventia para pessoas como nós. Me deixe estudar você, e tiro você daqui. Queime-os, vai! Queime!

Mas Nessa é incapaz. É incapaz de fazer algo assim. Ainda mais sabendo que o homem tem uma filhinha esperando por ele em casa. Ainda mais sabendo que a única soldado mulher lutou em um mundo dominado por homens para chegar até ali. Não pode fazer isso com nenhum deles.

– Me dá li-licença – diz Nessa ao soldado mais próximo.

– Eu sinto muito – responde ele. – Minhas ordens...

Nessa vira de supetão e dá um soco forte no rosto da Doutora, que despenca no chão, a bengala rolando para longe.

Nessa se sente tonta. Os nós dos dedos doem com o impacto, mas dentro de sua mente o fantasma de Megan se delicia com a cena: *Genial, Nessa! Aquela vaca enrugada não vai conseguir tirar meleca do nariz por um bom tempo!*

Os soldados congelam no lugar, chocados com o que ela fez com alguém tão frágil – ou talvez culpados pelo que terão de fazer com uma adolescente.

Ainda existe uma chance, sussurra Megan. *Ainda tem calor o bastante pra transformá-los em cinzas.*

Em vez disso, com um soluço, Nessa deixa a maior parte do calor se dispersar, o próprio suor saindo da pele na forma de vapor. Ela solta o corpo e se apoia na mesa enquanto os soldados – em silêncio e com gentileza – a seguram, passando por cima dos colegas feridos para conduzi-la ao corredor.

O BARCO

NINGUÉM É ENVIADO NOS BARCOS EM DIAS DE VENTANIA – OU É O QUE um dos guardas diz a ela.

– E sorte sua, moça! – acrescenta ele, abrindo um sorriso apenas parcialmente provido de dentes amolecidos. – Hoje o mar está parecendo uma lagoa. Você vai voltar para os seus amiguinhos feéricos num piscar de olhos.

Nessa e os dois guardas estão em um cais, em um lugar chamado Loughshinny. Ao redor, jazem esqueletos apodrecidos de barcos de pesca – quem ainda tem coragem de desbravar os oceanos?

– Às vezes a gente deixa os prisioneiros pelados – diz o guarda, como quem joga papo fora. – Se a roupa for boa. A Nação precisa delas mais do que vocês, certo? Mas você pode ficar com a sua. Está toda queimada!

Nessa não cai na provocação. Está ocupada demais tentando disfarçar o tremor do corpo, o bater dos dentes. Vão achar que ela está com medo, e não com frio, e isso os deixará felizes. E, bom, ela não vai dar esse prazer a eles! Não mesmo! E – por Crom! – muito menos vão ver Nessa chorar.

Ela olha para o mar como se estivesse interessada nele.

A fronteira fica a nove ondas da costa. Ou pelo menos é o que dizem as pessoas, referindo-se a um dos versos antigos do *Livro das conquistas*... Contudo, parece que está mais para um quilômetro. É onde o horizonte desaparece, mesclando-se a uma neblina que não muda há vinte e cinco anos.

– O barquinho vai seguir – diz o homem. – E você... você vai simplesmente sumir.

Ele e um guarda que Nessa apelida de Cheiro de Cigarro a acompanham pelos degraus cobertos de algas e a colocam no barco. Ela poderia resistir, pensa. É muito mais forte do que os dois imaginam; talvez conseguisse jogar um ou ambos na água e voltar ao píer, no qual os demais homens mal estão prestando atenção.

Mas Nessa não sabe como dirigir a van enferrujada da prisão que deixaram no estacionamento vazio. Além disso, há essa mísera esperança que ela compartilha com todos os prisioneiros que antes dela foram amarrados a um daqueles barcos: *talvez*, pensa a garota, *talvez eu não esteja indo para a Terra Gris*.

Sem dúvida ela vai desaparecer, e o barco vai voltar vazio. Mas e se acordar em uma praia no País de Gales? Há uma chance, não? Ou quem sabe na Ilha de Man? Como acontece com a maioria dos jovens de sua geração, os conhecimentos geográficos de Nessa deixam a desejar, mas ela sabe que esses lugares não eram muito longe da Irlanda.

Cheiro de Cigarro nota o otimismo na expressão dela e balança a cabeça.

– Eu não me apegaria a isso se fosse você, moça. O País de Gales não fica mais a uma distância que dê pra percorrer a nado. Se os sídhes não pegarem você, vão ser os siris. Aliás, está nos Testemunhos, não está? Pelo menos duas pessoas foram reconhecidas quando avistadas na Terra Gris, mesmo transformadas em monstros ou animais.

Nessa dá de ombros. Leu os Testemunhos também.

– Valeu – diz ela para o homem.

– Sarcástica, ela! Gosto do seu espírito.

Nessa não está sendo sarcástica, entretanto. Eles a sentam na pequena tábua de madeira, bem no centro do barco. Amarram as mãos da garota com uma corda grossa, mas não forte a ponto de fazer os dedos quebrados doerem. Ela agradeceu ao homem mais velho por tê-la privado da falsa esperança de chegar ao País de Gales, o que a libera para fazer o que sabe que deve fazer. Nessa permanece calmamente sentada enquanto terminam de amarrá-la.

– Alguém te avisou que você tem o direito de falar algumas palavras finais? – Quem pergunta é o guarda mais nojento, o desdentado, que já tem um caderno e uma caneta na mão. – Você tem dez minutos. Está frio demais aqui, então me fala o endereço pra entregar e não exagera no tamanho da mensagem.

Nessa enfim sente algo que é incapaz de disfarçar, e um calombo, tão grande que quase a impede de falar, bloqueia sua garganta.

– Eu... Eu tenho pais e um namorado.

– Tinha – rebate o homem, com um sorriso.

– Não quero que eles fiquem sabendo o que aconteceu comigo.

– Isso não é uma mensagem!

– É um pedido, senhor. Meu desejo final. Ninguém deve saber.

Ele parece insatisfeito, mas concorda com a cabeça e fecha o caderno em um movimento brusco.

Outros dois homens mais velhos aparecem num bote com um motor de popa. Nem sequer olham para ela enquanto rebocam o barco para longe do píer, na direção da neblina. Agora ela pode chorar em segurança. Nunca mais vai ver os pais. Não vai se casar com Anto, nem ter uma fazendinha com galinhas e cães e tudo o mais.

Mas os sídhes tampouco não vão botar as mãos nela, isso é certo.

As duas embarcações saem do pequeno porto e adentram o mar aberto. A diferença é perceptível. O dia está calmo, de modo que dá para sentir o oceano fazendo o barquinho subir e descer na palma de sua gigante mão d'água. *Você vai estar segura comigo*, parece dizer.

– A gente já chegou na corrente? – pergunta um dos homens ao companheiro, que assente.

Ainda sem olhar para a garota, eles soltam um barco do outro e voltam para a costa tão rápido quanto possível. O de Nessa já não se move tão rápido. Embora avance, sim, devagar e sempre, cada vez mais longe do cais. Já está ao sabor da corrente, e ela sabe que não tem muito mais tempo – não mais do que cinco ou dez minutos – até o mar carregá-la para além da bruma. Depois, o barco voltará e encalhará em algum lugar.

Nessa testa a força dos nós ao redor dos pulsos. Como imaginava, o homem desdentado sabia o que estava fazendo, e nem mesmo toda a sua força será capaz de libertá-la.

– Certo – diz a garota a si mesma.

A palavra sai mais como um soluço do que como uma afirmação; como não há ninguém por perto para ouvir, ela não se importa tanto. Fica de pé, os braços às costas por causa da amarra. Depois joga o peso para um dos lados. A intenção é virar o barco e se afogar, porque sabe que isso é melhor do que qualquer coisa que aconteceria com ela na Terra Gris.

O que Nessa não esperava, porém, era descobrir que o barco se mostra menos disposto a afundar do que ela. Devagar, a embarcação se estabiliza, embora Nessa não tenha feito nada para tal. Tenta de novo, jogando todo o peso para a direita, mas falha novamente – dessa vez, porém, o movimento a lança para o lado oposto, e ela percebe que é como estar em um balanço de criança. Ou seja, precisa fazer um movimento de vai e vem que fique mais forte a cada ciclo. Assim, joga o peso para a esquerda, depois para a direita. O bote se ergue consideravelmente para fora da água. A água do mar respinga em Nessa, congelando-a até os ossos... É quando a perna esquerda, a mais fraca, cede, e ela cai no chão do barco com os dois braços dolorosamente puxados para trás.

– Por Crom! – grita.

E a voz se transforma em um gemido quando Nessa olha para cima, pois a borda da neblina está a poucas centenas de metros. Como é possível ter chegado tão perto? Ela volta a se levantar.

– Eles não vão ficar comigo! – grita Nessa.

E volta a gingar de um lado para o outro, estabilizando as pernas ao fim de cada balanço para não cair de novo. Xinga e resmunga feito doida, negando-se a gastar mais tempo olhando adiante. Não vai se deixar distrair! Não mesmo!

O barco tomba o bastante para permitir a entrada de água. Fica quase na vertical, e Nessa dá um último impulso, tão forte que sente que o ombro vai sair do lugar...

E lá vai ela para a água! Pés primeiro! Braços dolorosamente torcidos atrás do corpo. Lá vai ela, com barco e tudo!

Eu vou me afogar! Ai, por Crom! Ai, Lugh! Anto! Anto, me tira daqui! Pai! Pai! Mas era isso que você queria, não era?

Ela demora vários segundos para perceber que não engoliu água. Está em um bolsão de ar formado pela concavidade do barco, que afunda. Não contava com isso. E agora tem um novo dilema, pois o frio horrendo começa a anestesiar seu corpo e a envolvê-la em um aperto tão forte que a obriga a respirar mais aceleradamente, consumindo o precioso e parco oxigênio mais rápido do que deveria. Ela deve escolher entre esperar o ar acabar e sufocar ou tentar se afogar, forçando o rosto na água. Suspeita que a última alternativa não vai funcionar, porque o seu coração idiota ainda sonha em viver.

As pernas começam a ficar mais quentes, e ela imagina que é apenas o primeiro sinal de uma entre as muitas mortes que estão competindo pelo privilégio de acabar com ela: hipotermia.

Talvez o próximo sinal sejam alucinações. Dito e feito: lá vêm elas! A corda perde substância. A madeira do barco desaparece diante de seus olhos, como se estivesse se transformando em vidro, e então… some! Não há mais barco! E Nessa está livre. O ar antes preso no barco se transforma em uma enorme bolha, e ela tem tempo apenas de dar uma última inspirada antes de a bolha se afastar.

A água está preta e viscosa como petróleo. Parece odiar Nessa, tenta expulsar a garota. Ela é impelida na direção da superfície, logo atrás da bolha de ar. Quando o rosto da jovem enfim irrompe do mar, não é o céu da Irlanda que a recebe – em vez disso, o que vê são lentas e rodopiantes espirais prateadas.

A mentira

Anto não se lembra de ter caído no sono. Abre os olhos e dá um grito de horror ao se encontrar na escuridão. Levanta-se com dificuldade, pronto para sair correndo, mas um peso o retarda. Um braço gigante! O que aconteceu com seu braço? E, devagar, percebe que não está na Terra Gris, e sim numa barraca.

Ele ofega por um tempo, tremendo com o ar que resfria a testa suada. Quer chorar de alívio, mas não há tempo para isso. Deveria estar fugindo em direção à escola para questionar Alanna Breen a respeito de Nessa.

Anto tateia o chão na escuridão, à procura da mochila que preparou mais cedo. Tem comida – em sua maioria potes com feijão e batatas cruas, embora não tenha a mínima ideia de como prepará-los. Também pegou granadas do corpo de um dos homens do esquadrão de infestações, mas abandonou o fuzil, que chamaria muita atenção. Além disso, nunca aprendeu a atirar.

E ele sai para a noite gélida sob um milhão de estrelas cintilantes. Não está sozinho no breu. Na estrada, uma silhueta grande, provavelmente Corless, bloqueia o caminho ao norte. Anto o evita se escondendo atrás de um caminhão, fazendo uma careta quando o braço gigante tromba em algo e causa o ruído de um objeto quebrando.

– O que foi isso? – pergunta Ryan de dentro do veículo.

Anto congela no lugar, apavorado com a possibilidade de sua respiração o denunciar. Mas foi treinado para aguardar, imóvel e silencioso como uma estátua, e é o que faz.

– E importa? – Karim engole o líquido forte que lhe deram de anestésico. – Ora, meu querido, depois de hoje, você ainda acha que nossos amiguinhos estão preocupados em nos pegar de surpresa? – continua ela. Anto se esforça para ouvir a mulher através da parede do veículo. – Tomaram toda a área ao redor de Sligo, capturaram pelo menos cem pessoas. Podem fazer quantos monstros quiserem sem qualquer necessidade de serem sutis. Vai lá conferir se quiser, mas vai acabar atirando em um gato. Ou então, e olha só que ideia boa a minha, pode guardar as balas para um serviço de verdade. Tipo proteger esta área, que foi o que mandaram a gente fazer.

Ryan não gosta do que ouve.

– Quer dizer então que a gente vai abandonar a região nordeste inteira? Sligo? Donegal? Roscommon?

A notícia faz Anto cerrar os dentes, porque é claro que Boyle e a escola de sobrevivência ficam do lado errado da nova fronteira. Mas não pode desistir agora. Não com o objetivo a poucos quilômetros de distância. Vai se manter escondido e, ao menor sinal de confusão, vai...

– O garoto está aqui – vem a voz grave de algum ponto atrás de Anto, à direita. – Atrás do caminhão de vocês.

Anto se sobressalta. O braço gigante aperta a mochila contra o corpo, quebrando um vidro de feijão no processo.

– Ah, Ryan – diz Karim. – É assim que nossa visita vai se comportar? Veio lá de Dublin pra fazer turismo? – A voz dela fica mais severa. – Que pena que você não atirou...

Anto não escuta mais nada. Uma silhueta escura o puxa pelo colarinho para o outro lado do caminhão, onde há uma fogueira acesa, enquanto o garoto tenta evitar que os vidros de feijão e as granadas caiam da mochila roubada. Sente o cheiro de couro velho e suor.

O captor o solta; ele cai diante da fogueira e ergue os olhos.

– Lawlor – diz o estranho. Não é um soldado, embora se porte como um combatente e tenha o maxilar quadrado como o de vários personagens de histórias em quadrinhos. Está usando um sobretudo que parece pequeno demais para seu porte heroico, além de um chapéu imundo e meio mole. – Lawlor – repete o homem, focando agora o braço que os sídhes transformaram. Os olhos azuis parecem raios laser dos filmes, e

Anto chega a sentir uma queimação no ponto da pele que eles fitam. – Você não é um espião – diz o homem, quase decepcionado.

– Excelente – diz Karim. – Está tudo certo, então. Adeus, detetive Cassidy. Foi um prazer *enorme*.

Ela está parada no degrau da caçamba do caminhão, um braço suspenso em uma tipoia, o fogo fazendo brilhar o suor no rosto. A outra mão está apoiada sobre o coldre no cinto.

– A gente deu permissão para você interrogar o cara, não pra jogá-lo de um lado pro outro como se ele fosse um saco de nabo. Ele é um de nós, afinal. Não é pra machucá-lo.

– Eu não terminei ainda – diz Cassidy.

– Ah, mas precisa terminar, caro detetive, de fato precisa. Olha! Talvez você não esteja reconhecendo este objeto. A gente chama de arma, e a minha, apontada pra sua cara, é um convite pra você voltar pra Dublin com o rabinho entre as pernas.

O detetive, se é isso que ele é, não demonstra medo nenhum. Nem da arma, nem dos homens e das mulheres que começam a sair das barracas dos dois lados, cerrando os punhos ou sacando facas. Pelo contrário, ele dá vários passos na direção do caminhão.

– Eu tenho uma missão. Do governo.

– Do governo? Aquele povo em que nossos avós votaram e desde então nunca mais deixou o poder? Me conta mais sobre isso.

Karim está tremendo. Vai desabar a qualquer momento, qualquer um percebe. A arma aponta mais para o chão do que para o homem.

– É meu trabalho – diz Cassidy – encontrar e arrancar pela raiz os traidores entre nós.

É um homenzarrão. Uma bola de tensão, como se não tivesse relaxado nem por um mísero instante desde que voltou da Terra Gris. Talvez nem consiga. Os punhos parecem capazes de transformar Karim numa mancha de sangue na estrada antes que ela possa erguer a arma de novo, ou antes que qualquer membro do esquadrão consiga intervir. E ele provavelmente é doido o bastante para fazer algo assim. Alguns sobreviventes acalentam um desejo de morte dentro de si, e Cassidy parece ainda estar à procura de alguém que realize o seu. É um homem forte, embora o rosto seja desgastado pelo cansaço e pela idade. Mas sem dúvida não está muito longe de realizar o desejo que leva no fundo do coração.

– Eu vou responder! – exclama Anto. – Vou responder às perguntas dele. Que mal faz, certo?

Karim senta de repente, o rosto apoiado contra o chassi de metal do caminhão.

– Que gracinha – diz ela no instante em que Ryan a segura para que ela não caia no chão. – Está tudo… certo, então.

Cassidy assente e, sem nem olhar para Anto, marcha a passos largos escuridão adentro. Quando chega à beira do acampamento, acende uma lanterna recarregável para iluminar o caminho.

– Você não tem que ir atrás dele, cara – diz Ryan.

Anto sorri para ele e se levanta para seguir o estranho.

Eles atravessam um campo, a camada de gelo no chão se quebrando sob os coturnos, até estarem um pouco além do acampamento. Param diante de uma velha parede de pedra com minúsculos pendentes de gelo brilhando sob a luz fria da lanterna do detetive.

– Pelo jeito, eles te pegaram – diz Cassidy. – Os sídhes.

Anto nota que está tentando esconder o braço esquerdo e precisa se forçar a ficar quieto.

Ambos erguem os olhos para as estrelas. Anto está com medo. Não por si, mas pela Nação. Esteve focado em Nessa nos últimos dias, mas agora, depois de horas batalhando com um gigante feito de seres humanos torturados, está se tocando de que os sídhes estão *ali*. O mundo dele, com suas estrelas e pendentes de gelo, com seus campos verdes e os pais e irmãos mais novos de Anto… foi traído.

Ele acordou várias vezes no meio da noite com a certeza de que estava de novo na Terra Gris. Longe de ser um sonho bobo, aquilo está começando a parecer uma profecia.

Cassidy enfim quebra o silêncio:

– O que devemos fazer pela Nação é difícil. Nosso inimigo vai matar todo mundo, até o último bebê. Nosso trabalho é dificultar pra eles. É tombar cuspindo na cara deles.

Anto estremece. O homem continua:

– Havia uns traidores na sua escola, garoto. Não muito longe daqui.

– Traidores, senhor? – Anto se apruma. – Está falando do... Conor? – Conor se proclamou rei e ia deixar os sídhes voltarem pra Irlanda. Mas ele morreu, por isso eles não voltaram daquela vez.

– Não estou falando do Conor. Havia outros também. Garotas.

É claro. Garotas. Aquele rumor terrível.

– Você parece nervoso, Lawlor. Tem alguma coisa pra me contar?

– Não.

Os olhos do homem parecem brocas de perfuração. O vento também não ajuda, e Anto percebe que as roupas que colocou para a fuga que estava planejando não são grossas o bastante. Começa a bater os dentes. O frio se infiltra em seus pensamentos também.

Garotas. Garotas traidoras. *Ai, não a Nessa! Por favor, Deus, por favor, que não seja a Nessa.*

– Uma delas confessou – diz Cassidy. – A tal da Melanie. Sua colega veterana.

– Ah. – Anto estremece. – Ah...

– Você sabe de alguma coisa. – Não é uma pergunta.

– A gente conversou uma vez... A Melanie disse... Acho que ela disse que o Caldeirão era real. Que os sídhes podiam usar o poder dele pra curar as pessoas. Alguma coisa assim.

– Ela estava sondando você, garoto. Eu sei disso. A própria garota me contou. Ela me contou tudinho. E, pra sua sorte, me convenceu de que você não estava envolvido com nada. De fato, várias testemunhas viram você em ação. E eu o parabenizo pelo que fez pela Nação naquela noite. Um trabalho sangrento. Ótimo trabalho.

Anto engole em seco ao lembrar. Cassidy prossegue:

– Mas a questão é que sua namorada, Vanessa Doherty, também está envolvida nisso.

Anto só consegue encarar o homem. Seus olhos ardem por causa do vento; sente o estômago revirar, como se tivesse comido algo estragado e estivesse prestes a arcar com as consequências.

– Você parece chocado, garoto. Mas não surpreso.

– Como assim? – grita Anto. – Não surpreso! Não surpreso?! Do que você está falando? Você não conhece a Nessa.

– Você está errado, rapaz. Eu a conheço melhor do que você. É forte, a garota. Mais forte do que você e eu juntos.

– Exatamente!

– Ela resistiu a um interrogatório de um jeito que eu nunca tinha visto. E saí daquela sala, apesar da minha desconfiança, achando que ela é inocente. Às vezes as pessoas têm sorte na Terra Gris, todos sabemos disso. Talvez ela tenha tido sorte com aquelas pernas. Pernas que, numa sociedade menos misericordiosa do que a nossa grandiosa Nação, a teriam feito ser descartada. Quando a deixei, até me arrependi dos... dos meus métodos de interrogatório.

Anto fica tenso.

– O que fez com ela?

– Mas acontece que eu estava errado. Assim como você, garoto. Sei o que está passando na sua cabeça. Você só consegue pensar que ela é um doce, uma coisinha adorável. Está pensando que ela não seria capaz de nos entregar pro inimigo que neste exato momento está convocando nossas últimas crianças para matá-las. A Vanessa Doherty jamais faria isso.

"Mas ela fez, garoto. Ela nos entregou. Os sídhes reconheceram a força dela. Sabem que ela seria útil para eles e por isso a tornaram ainda mais forte. Garantiram a sobrevivência dela no nosso mundo e no deles também. E bem quando a gente a tinha colocado na prisão..."

– Vocês a colocaram na prisão? A Nessa? – Anto nem sabia que ainda existiam presídios. Como o governo sustenta os criminosos? Mas ele sabe, pelos filmes, como esse tipo de lugar é horrível, e a ideia de Nessa aprisionada depois de tudo pelo que passou o aterroriza. – É por isso que me mandaram pra um esquadrão de infestações, não é? – Ele tenta não gritar. Nessa não ia querer que ele perdesse o controle. Mas Anto não é forte como ela, e gotículas de cuspe voam ao vento a cada palavra que profere. – Me mandaram pra cá pra eu não ter como saber que ela foi presa. Bom, detetive, você está errado sobre ela. Não estou nem aí com o que você acha que sabe. Com o que aquela Melanie, maldita por Crom, disse pra você. A Nessa nunca faria nada pra machucar a gente.

As próximas palavras do detetive saem quase baixas demais para serem ouvidas:

– Então como você explica a tentativa de resgate?

Anto, sem entender nada, apenas olha para o homem, que continua:

– Eles vieram atrás dela, os aliados da garota. Fizeram um esforço imenso pra entrar na prisão. Dezenas deles cavaram um buraco direto para a cela dela. Se colocaram entre ela e os tiros dos guardas, que chegaram a ouvir o líder deles falando que… Bom, diferente de vocês, jovens, eu não falo aquela língua asquerosa! É o que possibilitou essas traições todas, se quer saber… Mas, enfim, em inglês, ele disse algo como "Viemos atrás de você. Para manter nossa promessa. Nunca vamos te machucar".

– Não – diz Anto, negando com a cabeça. – *Não*.

– Você precisa me contar tudo – diz Cassidy, intenso. – O destino da Nação pode depender do que você sabe sobre ela. Há outros espiões? Ela se associava com alguém estranho? Falou algum nome pra você? Eu vim até aqui. Preciso saber.

– Ai, Crom, por favor. Ai, Lugh.

Cassidy o agarra pelos ombros e sibila diante do rosto do garoto:

– Para de falar nessa língua e me escuta, garoto! Escuta! Ela é uma vagabundazinha traidora, e quanto antes…

– NÃO!

O gigantesco braço esquerdo tem vida própria. Ele atinge o detetive e o faz voar por dois metros acima do gramado congelado. Depois balança de novo e atinge uma das pedras do muro, fazendo pedaços voarem para todos os lados, um estilhaço garantindo uma nova cicatriz no rosto de Cassidy.

– Você está mentindo! – grita Anto na cara do vento frio. – É tudo mentira!

E sai correndo, os olhos lacrimejando, o bração trombando contra tudo e se arrastando no chão conforme o rapaz dispara escuridão adentro.

A FUGA

DESDE A VISITA DO ARAUTO E DO ATAQUE DA COBRA QUE ABOCANHOU Lena Peekya, não houve mais incidentes na escola. Mas há fumaça subindo do vilarejo de Boyle. O interior do país prende a respiração, e, pela primeira vez desde que Aoife consegue se lembrar, os corvos sumiram das árvores espalhadas ao redor dos esqueletos chamuscados dos dormitórios.

Os últimos alunos e funcionários se apinham no ginásio. Alanna Breen está diante da parede de escalada, as costas eretas, o rosto brilhante por causa das cicatrizes de queimadura. O robusto Sr. Hickey está a seu lado, junto ao belo Nabil e à carrancuda Taaft.

Aoife espera com os vinte e oito alunos restantes, esfregando o pescoço no ponto onde caíram os... os restos da garota que corria atrás dela. Sente a pele quente no lugar, pinicando, como se algo roçasse e cutucasse a área. Mas não encontra nada quando a apalpa com os dedos.

Como se estivesse lendo sua mente, Liz Sweeney murmura:

– Que desperdício! A Lena pelo menos era uma corredora aceitável. Não era que nem você ou aquele idiota do Krishnan.

– Por que você não me deixa em paz, Liz Sweeney?

– Não tem mais ninguém do nosso ano. Precisamos ficar juntas.

– Você chama isso de ficar juntas...?

– Cala a boca! Não está vendo que a Dona Gluglu vai falar?

De fato, Alanna Breen, diretora da moribunda escola, abriu a boca. Todos ficam quietos para receber a sabedoria proveniente da voz maculada pela fumaça.

– Crianças, vocês são o coração da Nação – começa ela em um sídhe perfeito. – Se vocês não sobreviverem, será como se nós adultos jamais tivéssemos vivido, como se nada do que fizemos tivesse qualquer validade.

"Precisamos tirar vocês daqui imediatamente. Chegaram relatos pelo rádio de... Não vou esconder, de terríveis ataques em Donegal e Mayo, e agora nas proximidades de... nas proximidades de Longford."

– Por Crom! – murmura Liz Sweeney, atordoada.

Aoife, o coração disparado de pânico, só consegue encarar a mulher. O que a Sra. Breen está falando é que o inimigo está entre eles e Dublin. Que os alunos estão presos atrás das linhas inimigas.

– Senhora? – Aoife fica surpresa ao se ouvir falar.

Liz Sweeney, é claro, bufa em desaprovação.

– Diga, Aoife. Não temos muito tempo para perguntas. Precisamos organizar nossa fuga agora.

– Não é nada de mais, senhora. Eu só estava pensando se... – Ela respira fundo, tentando relevar a impaciência que nota no rosto da Sra. Breen e a própria agitação. – Só estava pensando se quem quisesse poderia tomar os... os comprimidos.

Um momento de silêncio perdura depois da pergunta; olhos arregalados a encaram e... sim, pelo menos uma das alunas do Quarto Ano, Lada, ousa assentir em concordância.

– Eu sabia! – exclama Liz Sweeney. – Sua covardezinha de merda. Sua vadia desperdiçadora de recursos.

– Chega! – diz Alanna Breen. – Já chega. Não, Aoife. Nós precisamos pensar na Nação. Precisamos viver por ela, e é exatamente o que vamos fazer. Eu conheço cada um de vocês. Os pontos fortes que guardam. Cada um aqui pode vir a ser o salvador do nosso povo. É ou não é verdade?

Nabil concorda com a cabeça.

– Não se preocupe, Aoife. Está bem? – Os olhos dele assumiram o tom de castanho mais profundo que a garota já viu. Os dois se encaram por tanto tempo que ela chega a pensar que aquele homem vai dar a própria vida para impedir que qualquer mal aconteça com ela.

– Tá bom – sussurra a aluna. Ela treme da cabeça aos pés. De certa forma, falar na frente da multidão a deixou tão aterrorizada quanto encarar os sídhes.

Depois disso, tudo acontece muito rápido. Todos são obrigados a comer, independentemente de quão nervosos estejam. Roupas quentes são distribuídas, e a Sra. Sheng volta antes do anoitecer com notícias.

– A estrada está livre. Ouvi morteiros sendo disparados a sudeste. Provavelmente vão distraí-los.

É uma mulher magricela e de meia-idade, com o pescoço mais longo que Aoife já viu. Mas não é nem um pouco frágil, e dizem que esmagou vários inimigos com pedras muito bem lançadas durante a batalha antes do Natal.

Taaft parece empolgada.

– Ainda não estou satisfeita com o tanto que matei da última vez – diz. – Estou pronta pra próxima, mas escutem aqui. Vocês precisam correr, estão entendendo? Sem falatório. Nada. Eu e o Sapão francês aqui – ela se refere a Nabil, que franze as sobrancelhas – ficamos encarregados de atirar e falar. Vocês só precisam obedecer às ordens e correr quando a gente mandar. Vamos seguir direto pela estrada principal. A Sheng vai na frente pra garantir que não tenha nada esperando por nós. Quero todo mundo correndo num ritmo tranquilo o caminho todo.

Ela não está esperando perguntas, mas Mitch Cohen faz uma. Embora tenha doze anos, é só pouco mais alto do que Bronagh Glynn, do Primeiro Ano. Seus pais o criaram falando exclusivamente sídhe, então o menino tem um pouco de dificuldade com o inglês.

– E se a coisa estar esperando a gente? – pergunta ele.

– Aí a gente arrisca, garoto, e tenta passar quando eles estiverem distraídos pelo exército. A gente vai ganhar essa. Não esqueçam que somos nós que temos as armas. Vocês e eu só precisamos ficar fora do caminho até os soldados chegarem.

Com isso, eles partem, trotando de dois em dois em um silêncio absoluto – exceto por Alanna Breen e o Sr. Hickey, que vão em bicicletas. A Sra. Sheng está de bicicleta também, e partiu um pouco na frente.

É uma da tarde, mas as nuvens cobrem o sol débil. Aoife corre lado a lado com Lada Bartoff, porém Liz Sweeney abre caminho e se enfia no meio – supostamente para que as duas alunas do Quinto Ano possam continuar "ficando juntas".

Isso é loucura, pensa Aoife, cujos pés descalços batem na superfície congelada e irregular da estrada. Árvores assomam dos dois lados; podem conter várias armadilhas, várias criaturas serpenteantes como as que pegaram Lena. Aoife estremece, pisando em falso, e a única coisa que a salva de um tropeção é a mão firme de Liz Sweeney.

– Idiota – murmura a outra garota.

Eles não veem pássaro algum. Nem raposas, lebres ou outros animais. Aoife está tão preocupada que o sanduíche que comeu mais cedo se revira no estômago.

Diante dela, Lada Bartoff para de supetão, e Aoife tromba com tudo em suas costas. Todos se paralisam quando Nabil, na frente da fila, ergue um punho; é um sinal para que permaneçam imóveis, e o belo rosto do homem se contorce em reação ao que vê adiante.

Aoife deveria estar olhando para a estrada também, mas é distraída por um movimento entre as árvores. Os corvos. Os corvos estão ali, afinal de contas! E ela sente um baita alívio ao ver os pequenos vultos acomodados nos galhos próximos. É a única preocupada o bastante com eles para erguer o olhar… e fica atônita, não consegue evitar. Cerra o maxilar e sem querer morde a língua a ponto de tirar sangue. Pois, no galho mais próximo, há um rosto encarando-a – o rosto de uma mulherzinha em miniatura encarrapitado no topo do corpo similar ao de um pássaro. Mas não é um pássaro, de jeito nenhum. Está empoleirado na ponta de patas que consistem em dedos humanos em tamanho normal brotando de um emaranhado de penas pretas. Estas são feitas de pele humana, individualmente moldadas por mãos amáveis e cruéis. A criatura sorri, cercada por uma dúzia de outras similares.

Antes que Aoife possa dizer qualquer coisa, a Sra. Sheng surge a toda velocidade em sua bicicleta. Aos cinquenta e cinco anos de vida, parece uma atleta de ponta; de todos os funcionários da escola, Aoife sempre a considerou a mais estável mentalmente.

Ela vem inclinada sobre o guidão, os fios de cabelo grisalho esvoaçando atrás de si. A Sra. Sheng é uma mulher que pedala todo dia e conhece os buracos e calombos da estrada como a palma da própria mão. Mas mesmo trinta anos antes, quando estava no auge de sua performance, quando as estradas de sua Kilkenny natal eram lisinhas como vidro, ela não teria se movido tão rápido quanto agora.

E não vai ser suficiente.

Outros vultos escuros a perseguem. Estão montados e gritam sabe-se lá o quê. Não importa, pois galopam a toda velocidade, erguendo armas de algum tipo sobre a cabeça.

– Saiam da estrada! – grita Nabil.

O primeiro cavaleiro alcança a Sra. Sheng. Uma arma é brandida, e, mesmo àquela distância, o sangue dela é o mais vermelho que Aoife já viu.

No instante seguinte, Taaft agarra Aoife pelo ombro e a empurra na direção das árvores próximas.

– Sai da estrada, idiota! Sai! Você também, Krishnan, seu varapau de merda!

Todo mundo salta nas moitas: Lada e Bronagh, Mitch Cohen e Bianconi. Ninguém desperdiça nem um segundo olhando para trás, mas Aoife não consegue evitar.

– Eu sinto muito! – grita alguém. É um dos cavaleiros, o assassino da Sra. Sheng, e ela vê agora que é um homem. Ou melhor, dois. Um deles foi deformado pelos sídhes até virar um cavalo sem cabeça. O rosto foi deslocado para o peito. Está com os olhos enlouquecidos, e a boca torturada exala nuvens de vapor a cada respiração. Outro homem, o "cavaleiro", está mesclado às costas do primeiro. Este tem espadas de osso afiado no lugar das mãos e o rosto de um fazendeiro gentil. – Eu não consigo evitar! – berra ele. – Corram! Não nos deixem pegar vocês!

E Aoife corre. Enfim. É a última dos alunos em pânico. Alguém atira – Nabil, provavelmente. Os tiros são calmos e constantes; vários dos centauros também saíram da estrada, porém, e passam por cima dos arbustos gigantes de rododendros sem dar a mínima para a vegetação.

– Tem uma menina ali! Uma menina!

Acima da cabeça de Aoife está a minúscula mulher-corvo que viu há pouco.

– E é uma das lentas! Venham, peguem-na!

– Me deixa em paz! – grita Aoife.

– Não até comer sua língua!

Aoife dispara por entre as árvores. Berra quando algo agarra seu casaco – mas é só um espinheiro, e ela consegue se desvencilhar, mergulhando atrás dos outros enquanto novos tiros vêm da estrada e a mulher-corvo crocita acima dela.

Adentra uma clareira aos tropeços, onde encontra Lada Bartoff erguendo Mitch Cohen do chão. Ambos parecem aterrorizados com a chegada de Aoife, mas deveriam estar olhando para o outro lado – um centauro irrompe da folhagem.

– Eu não queria fazer isso! – lamenta ele, mas a mão esquerda feita de espada se enfinca no ombro de Lada, cortando a garota até a barriga. – Ai, não! Matei mais uma pessoa! Ai, não! – Ele tenta desprender o corpo da arma, mas não consegue.

Sua "montaria" pateia o chão, em pânico, e a qualquer momento Mitch vai ser pisoteado no pescoço pelo pé humano dotado de garras que serve de pata para a criatura.

Aoife pula para a frente e puxa o menino.

– Vem, vem!

Juntos, eles se protegem debaixo de um abeto imenso.

Na floresta ecoam gritos dos alunos, pedidos de perdão dos centauros e vozinhas finas que exclamam:

– Tem um aqui! Não perde aquela ali! Ah, que banquete!

Aoife cambaleia pela mata. Galhos batem em seu rosto. O pulso fininho de Mitch escapou de sua mão em algum momento, e ela já não sabe nem para que lado fica a estrada. Mas, como se abrisse uma cortina, ela afasta um galho de pinheiro e se depara com uma das trilhas que cortam a floresta.

– Ai, meu Deus! – exclama uma voz. – Eu sinto tanto!

Um dos centauros está ali, perseguindo alguém. Uma saliva espessa escorre da sofrida boca inferior no peito da criatura. O torso humano da parte de cima brilha de suor, e o rosto gentil está retorcido em uma careta de tristeza genuína.

– Eles estão me obrigando a fazer isso, vocês não estão vendo?

De qualquer forma, sangue e entranhas escorrem das foices de osso afiado que substituem as mãos do ser.

Diante do monstro, com um galho comprido na mão, está Liz Sweeney. A garota respira como alguém que correu uma maratona, a boca escancarada tentando sorver o ar. Mas não aparenta estar nem um pouco amedrontada. Com as costas eretas e os olhos semicerrados, parece a própria Macha, a deusa da guerra.

– Ah – diz o centauro, aproximando-se. – Que bom que você sabe se defender. Espero que ganhe!

Ele brande uma das lâminas e corta o galho dela ao meio. A outra passa assobiando rente ao pescoço da garota, que já não está ali, rolando para trás e se reerguendo num piscar de olhos para golpear o traseiro do "cavalo" com o que restou do galho.

A boca de baixo solta um gemido e se vira para seguir Liz Sweeney, que golpeia de novo.

– Ah, não irrita a minha montaria! Não precisa ser cruel! Ela não consegue evitar!

A garota recua com um salto para se esquivar dos golpes das lâminas, mas há uma pedra bem atrás que a faz despencar no chão. Os cascos dotados de garras avançam. Liz Sweeney rola, e o solo logo atrás dela é atingido com tanta força que algumas pedrinhas voam para longe. Ela se apoia contra um toco de árvore apodrecido, sem ter para onde escapar.

Aoife nem se lembra de ter pegado a pedra; quando esmaga a coluna do cavalo com ela, porém, algo se quebra e a boca inferior grita. As patas traseiras cedem.

– Ai, não! – grita o corpo da parte de cima. As duas lâminas tentam atingir Aoife, mas o corpo jovem da garota se lembra de repente dos quatro anos de treinamento, e ela sai do caminho com um salto. – Ai, caramba – diz o torso do homem. A criatura rola de lado. – Estou feliz que você vai conseguir escapar. De verdade... Mas tinha que machucar minha montaria? Era mesmo necessário?

As lâminas continuam se agitando na direção de Aoife, porém não a tocam.

– Vamos – diz Liz Sweeney para ela. – Vamos, sua nulidade! Vamos sair daqui!

Sair para onde? Uma abertura na vegetação permite que Aoife enxergue a estrada. Mais centauros, todos pedindo desculpas pelo que estão prestes a fazer, eles se juntam para abater Nabil. O amável, gentil Nabil.

Eles deviam acabar comigo, não com ele.

Aoife está exausta, os sentidos sobrepujados pelos sons da violência, pelo cheiro de pinheiro e pela protuberância das raízes contra a sola endurecida dos pés. Está correndo na direção errada, seguindo Liz Sweeney na direção da morte.

De repente, um estrondo faz as duas garotas caírem de joelhos. Uma nuvem de poeira envolve os monstros; quando se dissipa, as criaturas não passam de um monte de pedaços sangrentos de carne morta.

– Isso foi...? – Os ouvidos de Aoife estão zumbindo, a visão borrada. – Isso foi uma... uma bomba?

Liz Sweeney sorri e volta a se erguer, mas pelo menos três dos seres continuam vivos.

– A gente precisa dar o fora daqui! – grita Aoife. – A senhora Breen nos falaria pra...

É quando ela o vê: um garoto parado bem no meio do grupo de centauros. Alto e de cabelo preto, um feixe ridiculamente inchado de músculos no lugar do braço esquerdo, ele rosna e mostra os dentes como um animal. É Anthony Lawlor! Anto! De onde raios *ele* surgiu?

Não importa. O garoto agarra uma das criaturas pela pata traseira – "Eu mereço!", berra ela – e a brande como se fosse um porrete até matar os centauros remanescentes.

Depois, o silêncio. Dos galhos, algumas das terríveis mulheres-pássaro fitam a cena, mas até elas se mantêm pacíficas – talvez chocadas pelo que acabaram de testemunhar.

É um massacre na estrada. Há corpos estendidos para todos os lados, amigos e inimigos. Bianconi está inconsciente. É possível ver só as pernas do Sr. Healy embaixo de um dos “cavalos” mortos, e Taaft apenas sorri diante da cena. Enfim a sargento vê as duas garotas.

– O quê? – grita, embora elas não tenham nem aberto a boca. – Não consigo ouvir nada do que vocês estão falando. O moleque tinha uma granada. Acreditam? – O rosto da sargento está respingado de sangue, mas não é dela.

Anto treme em meio aos corpos daqueles assassinados por ele, mas ninguém se aproxima do jovem – como se não fosse muito diferente das outras criações dos sídhes, como se fosse atacá-los. Ele enfim ergue o olhar, e são os olhos de Aoife que fita.

– Eu vim... Eu quero... quero falar com a senhora Breen.

– Sinto muito – diz Nabil, baixando a arma. – Ela está muito ferida. Não deve ter muito tempo de vida.

A MORTE DE UMA ACADÊMICA

ALANNA BREEN NÃO CONSEGUE MOVER AS PERNAS. NOS GALHOS ACIma da cabeça de Anto, avista uma das mulheres-corvo espiando de trás de um ninho abandonado. A criatura lambe os minúsculos lábios devagar, deliberadamente, e, com uma das asas, esfrega o que seria a barriga.

Alanna não se importa. Repousa no colo do garoto. Sabe que pode contar nos dedos de uma mão as horas de vida que ainda tem. Lembra-se de outro garoto de um passado distante, o rosto retorcido de desprezo: "Você nunca vai ser mãe! Olha pra você! Pra essa cabeça deformada e feia que você tem!".

Mas o garoto estava errado, quem quer que fosse ele. Ela foi a mãe de centenas. Moldou aquelas crianças mais do que qualquer pai ou mãe biológico, e as guiou pelos dias mais terríveis de suas vidas.

Conhece cada uma pelo nome, não esquece nenhuma. Raramente sente por elas outra coisa que não seja amor – mesmo por monstros como Conor, sente mais pena do que ódio.

A respiração está entrecortada. *Caramba, como dói!* Uma bolha se forma no canto de sua boca. Sangue, talvez. Ela não olharia, mesmo se conseguisse. Quando Anto chegou e a pegou no colo, ela viu o estado de sua bicicleta e soube que o próprio corpo não estaria muito melhor.

Sente o ímpeto de gemer por causa da dor, mas não vai fazê-lo. Seu trabalho é se mostrar forte pelas crianças, e vai continuar trabalhando por isso até a última batida de seu coração.

Coitado do Anto, pensa. Ele também está sofrendo, este seu filhinho. Nota que ele evita olhar a carnificina que provocou. É vegetariano, não é? É aquele que se negava a matar animais até no Dia do Porco. Deve ser muito pior ter assassinado – como ele provavelmente entende – os centauros inteligentes e sofredores. Vítimas dos sídhes.

– Está tudo bem – ela diz a ele.

Quer dar um tapinha na mão do garoto, mas não consegue mexer o braço. Sabe por que ele está ali. E a incomoda saber que, em seus últimos momentos na verdejante terra do Senhor, vai machucar ainda mais o rapaz, porém a verdade se mostrará melhor para ele a longo prazo.

– Eu estou procurando a Nessa – diz ele. – Eu... Eu sei que ela não está aqui, mas... – Seu rosto se contorce tentando dissimular a esperança, mas é impossível esconder um tal sentimento da própria mãe, não é? Da mãe de verdade.

Tudo o que Alanna Breen – conhecida pelos alunos como "Dona Gluglu" ou "Peruzona" ou uma centena de outros xingamentos – quer é se deixar levar. Ela trabalhou tão duro! Mas invoca toda a força de vontade, como sempre, para fazer o que é certo.

– Ela se foi, rapaz. Sinto muito... Acusada de traição... Colocada... colocada em um barco...

Anto sente a mulher mais velha morrer. É o começo de uma tarde de inverno. Ele está ajoelhado numa estrada congelada coberta de corpos de crianças e também de monstros alvejados por Nabil e Taaft, junto com os que ele próprio explodiu em pedacinhos. Podia ter matado alguém do próprio lado, tamanha a falta de cuidado. Mas, como aconteceu da primeira vez que usou uma granada, o braço gigante fez a coisa certa. Talvez ele tenha uma mira indefectível agora. Ou talvez seja sorte de principiante, e da próxima vez a bomba vai explodir em sua mão.

O braço novo de Anto não se importa. Ao contrário do garoto, vem da Terra Gris e gosta de matar. É o que lhe parece.

– Deixe-a comigo, garoto – diz Taaft, cujo inglês soa ríspido depois da elegância formal do sídhe da Sra. Breen.

Ninguém jamais voltará a ouvir a voz da diretora. Anto devia estar em luto por ela, a famosa acadêmica. A pastora que guiou tantos cordeiros de volta do inferno.

– Falei pra deixá-la comigo – repete Taaft, levando o corpo para longe.

Um par de mãos negras ajuda Anto a se levantar. É Nabil.

– Você está bem, meu amigo?

Não está. Não está nada bem. Não por causa das tantas mortes que testemunhou, ou do gigante feito de seres humanos que ajudou a destruir no dia anterior. Anto esteve na Terra Gris, afinal. Sua imaginação não tem mais cantos inexplorados.

Exceto um.

Nessa se foi. E não porque morreu! Morrer é fácil – os alunos dos colégios de sobrevivência que o digam. As Badaladas tocam e os sobreviventes choram, mas fazem questão de se recompor logo em seguida. O problema é que Nessa vai continuar existindo nos lábios de todos como uma traidora. É uma coisa amarga e horrenda.

E talvez ela siga vivendo de outra forma: como um centauro enviado para matar, como um dos nefastos corvos sussurrantes nas árvores. Os joelhos de Anto tremem sob o peso enorme do braço. Sente a garganta doer, o estômago embrulhar.

– Ela não fez nada disso! – grita.

– Eu sei, meu amigo – diz baixinho Nabil.

– Ela não é uma traidora. Eles não a conhecem como eu conheço. Os guardas nem me perguntaram! Só me afastaram do caminho pra evitar que eu fosse um empecilho. – Está tremendo agora, o corpo inteiro resumido a uma máquina de soluços e catarro. – Ela não pode ter traído a gente! Ela não fez isso!

Entretanto, uma voz em sua alma sussurra: *Ela faria qualquer coisa pra sobreviver. O Conor, por mais forte que fosse, não conseguiu resistir aos sídhes. Nem a Melanie. Ninguém conseguiu.* E como Anto explica o que Cassidy lhe disse? Aquilo que os guardas da prisão entreouviram sobre os sídhes se sacrificarem para proteger Nessa?

Ele balança a cabeça – bravo agora, furioso. Desvencilha-se das mãos gentis de Nabil.

– Eu vou atrás dela! – grita. – Vou arrumar um barco. Vou encontrar a Nessa na Terra Gris e trazê-la de volta!

– Anto – diz Nabil. – Anto. Tenho certeza de que você está certo. Você a conhece melhor do que ninguém. Mas, se ela foi enviada à Terra Gris… é tarde demais. Você sabe disso, meu amigo. Eles já a terão transformado. Não é como na Convocação, em que é preciso resistir por um único dia. Ou pelo que parece um dia. Eu sinto muito.

Anto sabe que Nabil precisa que ele se recomponha. É o que os instrutores sempre querem dos alunos: que não fiquem prostrados. Só que dessa vez ele não sabe como se reerguer.

– Aqui, eles estão aqui! – exclama uma voz suave.

Uma resposta vem de outra direção:

– Aqui, aqui!

Um bando de pássaros toma o céu, todos vestidos de penas negras e não naturais, todos com o rosto rugoso de homens e mulheres mais velhos.

– Eles estão aqui, eles estão aqui, eles estão aqui!

– A gente precisa ir – diz Taaft, que pousa os braços sobre os de Nabil como se fossem o lugar deles. A maioria das pessoas acha que os dois instrutores se odeiam, mas Anto já os viu juntos e sabe que é muito mais complicado que isso. – Junta todo mundo, Sapão. Não vamos querer estar de bobeira aqui quando os reforços deles chegarem!

Nabil e Taaft juntam os sobreviventes que conseguem encontrar. São todos sortudos, de certa forma, porque a estranha batalha com os centauros não resultou em feridos. Os alunos acabaram ou mortos ou vivos. Outros talvez tenham se dispersado pela floresta, porém o grupo toma a decisão fria de não procurar ninguém.

Tampouco pretende enterrar as vítimas.

Krishnan puxa Mitch Cohen, que está aos prantos, para longe de uma mancha vermelha que ninguém mais consegue reconhecer. Bianconi, o Javali, arranja um revólver extra que garante saber usar. E eles partem de novo, seguindo por sob as árvores enquanto as pessoas-corvo pousam na estrada.

– Eles vão se banquetear com nossos mortos – diz Liz Sweeney para Aoife. – Caso você esteja se perguntando.

– Deixe-a em paz – diz Anto, a voz rouca de tanto chorar. Não sabe se preferia estar ali ou morto na beira da estrada.

– E o que você tem a ver com isso? – pergunta Liz Sweeney.

Ela sempre foi uma garota estranha: alta como Anto, com os olhos de um cinza baço, as têmporas tão retilíneas que parecem capazes de talhar pedra. Ela poderia ter sido modelo no velho mundo, mas aqui e agora faz Anto lembrar mais uma mercenária de algum filme. Ou uma daquelas garotas assassinas dos livros caindo aos pedaços da estante da avó.

– Não quero você tocando em mim – diz Liz Sweeney.

Anto a encara, mas a garota está falando com Aoife, não com ele.

– Sei que você está apaixonada por mim, mas não vou aceitar isso.

– O quê? – Aoife está em choque. – Como, por todos os deuses, você pode pensar isso?

– Você arriscou a sua vida pra salvar a minha. Não pense que eu não percebi. Uma covardona que nem você! Por Morrigan, você deve estar muito a fim de mim!

Os olhos de Aoife só faltam cair da cara de tão arregalados que ficam.

O grupo inteiro segue por um caminho paralelo à estrada principal que leva ao vilarejo. O pequeno Bronagh Glynn, parecendo um sonâmbulo, vai na frente dos alunos do Quinto Ano. Alguns estudantes do Terceiro Ano seguem logo atrás, dois garotos e uma garota, com Taaft fechando a fila. Anto não enxerga além do grandalhão Krishnan, no início da fileira. Não consegue entender como tantos deles estão vivos.

– Isso não tem nada a ver, Liz Sweeney – diz Aoife. – Eu não te amo. Não conseguiria amar ninguém além da Emma.

– Ah, sim, a Emma Guinchinho!

– Não a chame assim!

– Mas ela já morreu, então...

– Não!

– ... então agora você quer outra pessoa, e eu sou a candidata mais óbvia. Bom, você não faz meu tipo, e mesmo que fizesse...

Aoife sai batendo o pé na direção da dianteira do grupo, empurrando Krishnan para o lado, sem ligar para os galhos que a açoitam pelo caminho.

Liz Sweeney balança a cabeça.

– Ela está gastando energia à toa. Acredita nisso?

– Você devia deixá-la em paz – murmura Anto, que não tem a menor disposição de discutir.

Só consegue pensar em Nessa, que lutou duro para sobreviver. Mais do que qualquer pessoa que ele conhece. Depois, reflete sobre a horrível ironia de ela ter sido colocada em um barco e enviada à Terra Gris. O terror da situação. A fúria. A injustiça. Pelo que será que está passando agora?

Ele estremece. Disse a Nabil que queria entrar em um barco e ir atrás dela, mesmo sabendo que inevitavelmente chegaria tarde demais. Está aliviado por não precisar ir, e envergonhado pelo próprio alívio. Ele não tem valor. É um inútil.

– Não sei por que ela é obcecada por mim – diz Liz Sweeney. – Mas quem somos nós pra falar algo, né, Anto? Nós dois nos apaixonamos por traidores. Eu pelo Conor, o próprio rei maldito! E você por aquela desgraçadinha da Nessa.

Anto para de respirar. Cada pensamento é uma agulha perfurando seu cérebro. Liz Sweeney não tem ideia do que acabou de fazer.

– Ah, sim – continua ela. – Ouvi o que a Dona Gluglu falou pra você antes de fechar aqueles olhões arregalados dela.

A mão gigante de Anto se fecha num punho. Os músculos se avolumam. Ele vai matar Liz Sweeney. Ele, o vegetariano, vai acabar com a vida dela num único soco.

– Vamos – diz ela, acelerando o passo. – A gente está atrasando a fila.

E é assim que Liz Sweeney vive para ver mais um dia.

Vingança

Nessa ainda está viva, mas não sozinha.

Está agarrada a uma rocha solitária coberta de cracas malcheirosas. A algumas centenas de metros além de seu esconderijo, vê a costa da Terra Gris, onde meia dúzia de sídhes se colocaram lado a lado para formar uma espécie de rede e se deslocam na direção em que acreditam que ela esteja.

– Sentimos tua chegada, ladra! – grita um deles.

Nessa está tão cansada que escorrega um pouco, cortando a mão boa em uma das conchas afiadíssimas presas debilmente à rocha. Ainda está com o uniforme encharcado e queimado da prisão. Que estranho estar ali com roupas!

– O que tu te tornarás? – grita outro sídhe. – Um cavalo? Preciso de um para a guerra! Ou virarás um rato para alimentar nossas águias?

Eles parecem ter a impressão de que ela está mais perto da praia do que realmente está, o que talvez se deva ao fato de que ela desviou o barco. Talvez a embarcação a tivesse jogado direto no colo dos sídhes se Nessa não tivesse alterado seu curso. Mas eles continuam avançando e logo vão encontrá-la.

– A ladra não está morta – diz um deles, um homem com uma maravilhosa voz de barítono. – Posso sentir e… e tem mais alguma coisa. – Ele ergue o queixo como se farejasse o ar. – Algo belo.

– Ah, sim! – responde uma mulher, o cabelo cintilando com contas de vidro e metal. – Consigo sentir o gosto mesmo daqui!

A respiração de Nessa acelera. Ela não tem para onde ir. Ninguém que possa chamar para ajudar. Pode nadar na direção do mar aberto até se afogar. Mas e se um deles for um nadador melhor do que ela, ainda mais considerando os dois dedos quebrados? Vão capturar Nessa sem dificuldades e transformá-la em algo terrível. E a dor que vão lhe causar! A agonia, o horror que vai sentir – para sempre, porque não é como a Convocação, que termina depois de um dia.

Eles continuam avançando, os braços abertos, um sorriso enorme no rosto.

Atrás deles, a terra se afasta do mar em um leve aclive. Ali estão chovendo cinzas. À esquerda, um vulcão furioso cospe lava, arremessando rochas flamejantes pelo ar, e Nessa percebe que estava errada sobre não haver um lugar seguro para ela na Terra Gris – ela, e apenas ela em toda a humanidade, pode considerar o fogo um amigo. Se ao menos conseguisse chegar lá!

– Ela não consegue respirar na água – diz o sídhe no final da fileira. – Não ainda, ao menos. Deve estar atrás da rocha. Sim! Sim! É o coração pulsante de uma promessa. Conseguem sentir? A doçura no ar…

Nenhum deles fala mais nada, embora os seis continuem seguindo em frente, quatro mulheres e dois homens. Separam-se depois de alguns passos, e três se aproximam por um lado da rocha e três pelo outro. Gritam de alegria ainda a vários metros de distância. Um dos homens pega uma corneta de caça pendurada no pescoço e sopra alto o bastante para fazer os mortos se erguerem.

Uma garota menos controlada já teria entrado em pânico e nadado em disparada. Embora o ritmo do coração de Nessa implore urgentemente por uma fuga, ela tem uma vida de experiência em controlar esse ímpeto. Caso contrário, teria morrido muito tempo antes, compartilhando a terra gélida com uma legião daquelas garotas.

Os sídhes diminuem a velocidade, agora que estão com água na altura do peito, tagarelando animadamente sobre as mudanças que infligirão ao corpo de Nessa.

– Eu gostaria de um macaco – diz uma das mulheres, o rosto fazendo lembrar uma personagem da Disney. – Mas quero um com a cabeça virada para trás e furúnculos supurados no pescoço que brilhem sob o céu cintilante. Ah, não vejo a hora de fazê-lo dançar para mim!

Os dois grupos surgem de trás da rocha, pela esquerda e pela direita. Nessa, esperando por isso, joga-se para a frente, passando por cima da pedra que lhe servia de esconderijo, e mergulha direto no mar. Ela não comete o erro de fechar os olhos. Mesmo naquela água oleosa, mesmo sob a pouca luz das espirais, distingue as silhuetas de pernas. Durante a paciente espera, Nessa arrancou uma concha afiada da rocha. É o que usa como arma para perfurar o homem com a corneta de caça, cujo sangue se espalha pela água como uma bandeira se desenrolando. Ela larga a lâmina e, antes que os outros tenham tempo de se virar, sai nadando, os braços poderosos se movendo como máquinas, as pernas machucadas implorando-lhe para parar.

Ela ganha uma dianteira de uns vinte passos enquanto eles a perseguem em um avanço desajeitado.

Mas estão rindo, é claro. Sempre riem! E com razão, porque têm a eternidade para caçá-la, ao passo que ela, sem aliados, sem nada para comer, só pode ficar mais e mais fraca.

Perto da costa, começa a sentir as mãos tocarem o fundo, mas não pode se levantar ainda. Nessa sabe que não pode confiar nas pernas para livrá-la do perigo, então se arrasta até sentir os joelhos raspando no chão.

Os inimigos se aproximam mais rapidamente quando alcançam o raso. Estão rindo menos agora, guardando o fôlego para a perseguição.

Nessa se esforça para se erguer, pegando pedras no caminho. Depois as atira. Atinge uma das mulheres no rosto, tão forte que a faz cair de novo na água.

Quatro ainda estão sem ferimento algum, sorrindo, maravilhados, chegando *perto*.

Eles tropeçam e param de supetão a menos de cinco passos dela.

– Por que não corres? – pergunta o homem que sobrou. Ele tem um semblante inocente e doce, com covinhas no rosto impecável.

– E por que estás sorrindo, ladra? – questiona a princesa que quer transformar Nessa em um macaco.

Medo, é a resposta para a última pergunta, misturado a uma grande dose de adrenalina. Nessa já jogou todas as pedras que pegou. Usou tudo o que tinha a seu favor. Qualquer outro colega da escola na mesma posição poderia simplesmente se virar e correr. São treinados para isso, treinados para correr por horas se necessário. Também são capazes de lutar, muito melhor do que ela – embora ela se equipare a eles em termos de força dos braços e ombros, as pernas a traem ao menor vacilo.

Ela se força a expandir o sorriso, até deixá-lo tão grande quanto o deles.

– Eu fui modificada – diz, com uma confiança que não sente de verdade. – Modificada pelo próprio Dagda. Olhem só! Estão vendo minha pele?

E eles *estão* vendo – mesmo sob aquela luz, é possível notar a aparência frágil de porcelana que a pele de Nessa assumiu desde a Convocação.

A princesa do macaco dá de ombros, o que a faz parecer humana, apesar dos olhos enormes e da roupa feita de teia de aranha e pedacinhos brilhantes de metal.

– E o que nos impede de modificar-te de novo? Matar-te é proibido, é claro: podemos ver a beleza da promessa em ti. E o grande poder virá quando ela for cumprida. Mas Lorde Dagda não nos negaria o simples prazer trazido por um macaco.

– Ele vai querer me ver pessoalmente – diz Nessa, torcendo com todas as forças para que suas palavras tenham algum efeito sobre eles.

Mas tudo o que acontece é que os sídhes riem, e a mulher diz:

– Eu, Lassair, vou levar-te até o senhor Dagda para mostrar como ficaste bela após nossas modificações!

– Dagda não ia gostar nada disso! – Nessa se apoia na rocha atrás de si, como se pudesse desaparecer através dela. – Vocês *deveriam* acreditar em mim!

– E quem acreditaria numa ladra que roubou nossas terras com espadas de ferro?

A mulher do macaco, Lassair, estende o braço e pousa a mão no ombro de Nessa. Ela umedece os lábios. Tudo o que precisa fazer é apertar, e o braço da garota vai se alongar, encolher ou até mesmo cair. Ou se cobrir de pelos. A bexiga de Nessa se alivia no horror absoluto do momento; com tanta água ao redor, porém, e com o fedor no ar e no mar oleoso, os inimigos mal notam. Tudo o que escutam é a voz controlada, controladíssima, dela – que, ao contrário das pernas, é capaz de aguentar o peso de continentes inteiros. Apenas nesse quesito, ela é diferente de qualquer outro humano que os sídhes já tenham visto. Súplicas, é o que eles aprenderam a esperar. A expressão mais dita por lábios humanos em sua presença é "por favor", geralmente seguida de exclamações de "não!", gritos e lágrimas ou bravatas patéticas.

Calma não faz parte da experiência dos sídhes.

– Dagda vai querer me ver – começa Nessa de novo – *exatamente* como estou.

– Esta é uma tentativa de nos enganar. Para escapar. – Os dedos graciosos de Lassair a apertam bem de leve.

Nessa encara a mulher nos olhos.

– Não. É pra onde eu estou indo. Ver o Dagda. É sério. Prometo.

O ar acre e meio venenoso da Terra Gris parece tremular, ou será que é apenas a imaginação de Nessa? De repente, ela se sente meio aérea, as pernas ainda mais fracas do que antes. Precisa fazer um esforço enorme para que os joelhos não dobrem e ela caia na água.

A sídhe a solta como se tivesse se queimado. Todos fazem uma mesura na direção da garota, as mãos unidas como fazem os mais fervorosos crentes.

– Grata, ladra. Grata pelo aviso. Vamos acompanhar-te até o Caldeirão para que vejas Lorde Dagda.

Nessa consegue responder com um cumprimento de cabeça. Lassair ajuda a garota a chegar até a praia, oferecendo-lhe o braço como apoio.

– Tu te importas – começa ela, toda cortês – de esperar um instante para resgatarmos os camaradas que tu feriste?

– Hã... sem problemas.

A cabeça de Nessa está rodando. *O que acabou de acontecer aqui? Eles me agradeceram. Eles realmente me agradeceram. Mas por quê?*

Os sídhes que não foram feridos ajudam as duas vítimas de Nessa a chegar até a praia, e nenhum deles encosta o dedo na menina. A mulher machucada sorri, a boca cheia de dentes quebrados; o homem tem ferimentos horrendos na perna arruinada que com certeza não foram causados pela concha com a qual ela o atingiu.

– Bichos comedores de carniça – diz ele, alegre. – Enquanto fiquei caído na água.

– Não está... Não está doendo? – pergunta Nessa.

– Ah, sim! Deves estar orgulhosa, ladra, muito orgulhosa! O Caldeirão demoraria mil milhares de batidas do coração para me curar a uma distância destas! Mas terei a honra de acompanhar-te até lá, e vou me recuperar mais rápido conforme nos aproximarmos.

O Caldeirão é real, Nessa já sabia disso. O próprio Dagda a informou sobre a existência dele durante sua Convocação. A lenda diz que o Caldeirão é capaz até de trazer guerreiros da morte, mas a criatura parece achar que será curada em qualquer ponto da Terra Gris. O sídhe pisca para Nessa. O outro homem dá um tapinha nas costas dela como se fossem velhos camaradas.

Do nada, parece que seus captores confiam em Nessa, e ela não faz a menor ideia do porquê.

Não importa, pensa. É perfeito. Porque quer matá-los todos. Talvez até fazer um pequeno experimento. Ver quão rápido o Caldeirão maldito por Crom vai trazê-los de volta depois que ela arrancar suas cabeças e jogar os pedaços para os primeiros monstros que encontrar.

Ela olha para os sídhes, para o estonteante rosto de cada um deles. Sente apenas ódio, o corpo inteiro estremecendo de raiva. O sorriso em seu rosto fica mais amplo, como se tivesse vida própria.

Anto. Anto ficaria aterrorizado. Às vezes Nessa imagina que um simples vislumbre de seus pensamentos seria suficiente para matar de vez o amor que ele sente por ela. Megan, por outro lado... A memória da amiga está encarrapitada no ombro esquerdo de Nessa como um demoniozinho ruivo assentindo em concordância. A sugestão imaginária da outra jovem é tão nefasta quanto brutal: *Eu sei inclusive um ótimo lugar pra você enfiar a cabeça deles! Lembra, Nessa?*

Depois de mais alguns minutos, chegam a uma área da praia onde a areia emana bolhas de um gás nojento. Sobem por um caminho íngreme pela lateral de uma encosta. Nessa precisa usar os braços o tempo todo. Precisa fazer esforço para manter o passo tranquilo, e os captores percebem que sua mão esquerda lhe provoca caretas de dor e suores.

Respirando sem dificuldade, começam a especular entre si como o corpo dela poderia ser alterado para funcionar melhor.

– A minha ideia do macaco era a mais adequada – afirma Lassair.

Mas o sídhe da corneta, agora mancando, intervém:

– Talvez mais para um babuíno, o que achas? Poderíamos alongar os braços da ladra e colocar ventosas nele como fizemos com aquele garoto um tempo atrás, lembram? Fiz dele uma treliça e te beijei à música das lágrimas do ladrão.

– Mas eu *quero* um macaco. Imagina persegui-lo pela floresta pegajosa! Quanto tempo achas que ele aguentaria antes de ser consumido por ela?

E a risada da princesa feérica é tão bela e contagiante que Nessa precisa se controlar para seu rosto não demonstrar ódio.

No topo do penhasco fica uma planície de lama. Cinzas ainda caem do céu, grudando no grupo e obscurecendo um bosque de dedárvores próximo.

– Eu estou atrasando vocês – diz Nessa aos sídhes. – Podem ir na frente se quiserem.

– Ora, claro que não! – diz o sídhe da corneta.

Tem a pele tão macia que os flocos de cinzas escorrem por ela. O maxilar do homem bastaria para convencer o povo da Irlanda a votar nele, e seus olhos cintilam uma doce inocência.

– Não ouviste o que dissemos antes? Nos deixa dar pernas melhores para ti. Eu poderia consertá-las. Deixar-te parecendo um fauno!

– Não. Eu sou como Dagda me fez, e assim vou ficar até estar diante dele. Mas... se me levarem até aquelas dedárvores, posso fazer umas muletas pra mim. E pra você também, até você se curar.

– Muletas! – exclama ele em deleite. – Não escuto esta palavra há vidas! Sim, sim, ótima ideia. Vamos andar com muletas, tu e eu! Vem!

Surpreendentemente, os outros permitem que os dois sigam sozinhos até as árvores. Está escuro ali, longe da luz prateada, e um chiado irritado vem das raízes. Algo consideravelmente grande rosna tão profundamente que é possível sentir a terra compacta entre as árvores estremecer.

– Vai embora daqui! – grita o sídhe da corneta. – Come um dos teus! A ladra não é para ti!

Há outro rosnado, e as árvores tremem.

– Ora, queres ter tua forma modificada de novo? Devo transformar-te em uma presa?

As palavras do sídhe causam pânico. Galhos – troncos inteiros, talvez – se quebram quando o monstro se arrasta para longe.

– Isto é empolgante – continua o sídhe da corneta em uma confissão. – Acho que... Minha memória já foi desfeita muitas vezes, mas talvez eu tenha usado muletas quando ainda vivíamos na Terra das Muitas Cores. Quando era... um garoto? Sim, eu era um garoto, acho. Perseguia animais, não consigo lembrar de que tipo agora. Acho que nós os comíamos, ou talvez eles nos comessem. E também havia cães, mas não falávamos com eles como fazemos com os que temos aqui.

Nessa está procurando muletas em potencial entre os galhos. É especialista nisso, mas a mão esquerda machucada não colabora.

– Ah – diz o sídhe da corneta. – Eu cuido disso!

Antes que ela possa se esquivar, ele puxa sua mão e a aperta. A dor! Ah, ela tinha esquecido da dor! Nada que Cassidy fez se compara a isto! A sensação é a de que martelos estão esmigalhando os ossos. De que agulhas em chamas a perfuram e de que ácido é vertido em cada poro. Ela grita, e a preciosa ilusão de calma é eliminada em um instante.

– Afaste-se! Você não pode encostar em mim!

– Ah – murmura ele, um pouco chateado. – Esqueci. Só queria consertar teus dedos.

Nessa cambaleia, quase sem enxergar através das lágrimas, a respiração dificultosa como a de um idoso com tuberculose. O sídhe da corneta só encostou nela por um instante, e ela sofrerá um dia inteiro de agonia quando eles descobrirem que mentiu sobre Dagda.

Ela rapidamente retoma o controle. Tudo o que ele fez foi curá-la, só isso. *E vamos fazê-lo pagar por isso*, sussurra Megan. Nessa apenas concorda. Não é capaz de compreender a estranha confiança que os inimigos depositam nela, mas sabe que precisa tirar vantagem disso.

Muletas são a única coisa de que Nessa entende mais do que qualquer outra pessoa. Mesmo naquele bosque estranho onde a seiva escorre como sangue, ela rapidamente produz um par de muletas perfeitas para sua altura e peso.

– Posso experimentar? – pergunta o monstro inocente a seu lado.

– Você é muito alto para esse par. Muito pesado. Toma, segura aqui enquanto eu faço as suas.

Ele parece animado como uma criança e apruma a postura enquanto ela avalia seu porte. O homem assente de forma sábia quando ela escolhe um galho de tamanho adequado para ele. Nessa pensa: *Por Crom! Ele está fingindo que entende o que eu estou fazendo. Não é muito diferente de qualquer outro homem.*

Ela toma um cuidado especial na hora de quebrar o novo galho.

– Agora – começa Nessa – preciso que você abra a boca.

– Por quê? – pergunta ele, e no mesmo instante ela enfia a ponta afiada na garganta do sídhe.

A garota o deixa ali, se afogando no próprio sangue. É a segunda pessoa que mata, Conor foi a primeira. Mal lembra dele, e ainda não sabe muito bem como tudo aconteceu. As memórias são extremamente vagas.

Mas ali, enquanto usa as muletas para se deslocar até a outra extremidade da mata, mais rápido do que a maior parte dos humanos é capaz de correr, os olhos de Nessa se enchem de lágrimas e o estômago quase vazio ameaça despejar o pouco que ainda há dentro dele.

– Ele nem é humano! – diz a si mesma. – É um monstro! São todos monstros! Vão me torturar pela eternidade se eu deixar!

Não que isso importe. Ela precisa olhar para o caminho à frente, deslizando por um terreno cheio de pedras enquanto aracnoárvores tentam prender as muletas. Uma queda, um osso quebrado, e Nessa já era. Tudo o que visualiza, porém, é o sangue do sídhe da corneta. A surpresa na expressão dele.

– E vou fazer de novo! – grita ela. – Vou fazer de novo!

Exatamente!, exclama o fantasma de Megan. *A gente vai matar uma penca deles! Vamos transformar este lugar num cemitério de sídhes!*

A PROMESSA

NESSA AVANÇA RÁPIDO, MAIS DO QUE OS INIMIGOS SERIAM CAPAZES, deslizando encosta abaixo na direção de uma vasta planície costeira. Mas não vai conseguir manter esse ritmo por muito tempo. O suor já atrapalha sua visão, a garganta áspera como uma lixa conforme o ar entra coçando e queimando.

Não pensa nisso agora, não pensa, só continua! Continua!

Não é desistindo que os sobreviventes escrevem os Testemunhos. O objetivo é – e sempre foi – continuar com vida; por mais um minuto, talvez mais um segundo! Nesse tempo, os perseguidores podem tropeçar. Uma árvore mais sorrateira pode engoli-los... E, talvez, apenas talvez, seja possível acumular segundos até chegar ao final da Convocação e voltar para casa.

Mas ela não recebeu a Convocação, certo? Nessa não está indo para casa, a menos que sua casa agora seja um lugar onde até o ar a odeia.

Ela desliza por um campo de árvores que batem na altura do joelho, derrubando no processo tribos inteiras de homenzinhos minúsculos. A distância, um "animal" maior ruge e uma horda de antílopes humanos nus se espalha, aterrorizada.

Nessa não se detém para olhar. Mantém o ritmo por dez minutos, quinze, talvez vinte. Mais do que nunca! E de repente, como um cavalo forçado a cavalgar até o coração explodir, ela se larga na lama congelante.

E o que conseguiu? O inimigo não pode estar a mais do que uns metros, e ela deixou uma trilha de sangue, catarro e galhos quebrados que é impossível de ignorar.

Mas a corneta de caça não toca. Tampouco há gritos de prazer emitidos do alto da colina, onde ela os deixou. Por que não estão indo atrás dela?

Eles não têm pressa, pensa Nessa. Disseram que sentiam a promessa escrita por Dagda na pele da garota. A que dizia que apenas Conor podia matá-la. Acham que são capazes de encontrá-la em qualquer lugar. Mas estão errados a respeito disso. Nessa não esqueceu do vulcão que viu mais cedo.

A horas de distância, na direção para onde ela foge, a montanha começa. Enquanto Nessa observa, as nuvens de cinzas se dissipam brevemente, e ela consegue ver o brilho violento da lava. *Eles não vão conseguir nem encostar em mim ali.* Vai descansar alguns minutos e depois seguir seu caminho.

Nessa acorda com um sobressalto. *Quanto tempo…? Como?* As espirais prateadas rodopiam no céu como sempre. Seu estômago se embrulha de fome.

Ela chora um pouco, embora Crom saiba que não é esse tipo de pessoa. Nessa nunca teve dó de quem chorava nos dormitórios da escola. *Encara a situação de frente, oras!*, costumava pensar. *Chorar vai ajudar no quê?* A resposta de então é a mesma aqui, na Terra Gris. Em nada. É só desperdício de água. Mas ela não tem para onde ir, e as lágrimas não cessam, então ela permanece deitada, chorando baixinho.

Se Anto estivesse ali… Ela odiaria que ele estivesse ali! Que a visse chorando como um bebê! Mas, nesse caso, nem a Terra Gris poderia destruir sua alegria, pensa Nessa. Deixa a imaginação correr por um tempo. Os dois ali, juntos. A força imensa dele aliada à força de vontade dela. Seriam capazes de conquistar qualquer coisa. O sorriso do garoto. O cheiro da pele dele…

Mas devagar, bem devagar, algo se intromete no devaneio.

Alguém cantando.

Ela congela no lugar, apurando o ouvido. Não reconhece a música, mas é o mesmo som angelical que um coral infantil emitiria. Doces vozes agudas, inocentes e sagradas em uníssono. Ela se esforça para se levantar, porque ali a beleza quase sempre é sinal de perigo. Mas onde? De onde vem a cantoria? Ergue o olhar e quase cai de novo com o susto.

Enormes sombras escuras preenchem o céu, talvez uma dúzia delas, cada uma com o corpo do tamanho de um carro e asas com uma envergadura de quatro metros ou mais. O som flutua e chega mais perto quando um dos vultos se separa do bando e desce guinchando do céu. As criaturas parecem estar se afastando de Nessa, na direção da montanha. Quando alcançam o horizonte, porém, dão meia-volta, uma depois da outra. Pontinhos minúsculos crescendo rapidamente de tamanho, menos de um metro acima da planície.

E o canto recomeça, uma harmonia gloriosa que no passado faria lotar cada casa de ópera do mundo e deixaria Puccini e Bizet no chinelo. Mas as criaturas são o oposto de belas. São feitas de carne humana, é claro, esticada sobre uma estrutura óssea similar à de um morcego, a barriga avantajada pendendo em tentáculos gelatinosos que roçam no chão. A única coisa que permanece humana é o rosto – mas cada criatura tem dois, e ambos cantam. Nas costas, cada águia ou morcego ou seja lá o que for carrega um guerreiro sídhe.

Nessa passou tempo demais olhando. O primeiro já a alcançou. Ela salta para o lado e brande uma das muletas, que é arrancada de sua mão pelos apêndices molengas. A força do puxão a faz girar e a joga indefesa no caminho de outra criatura.

Instantaneamente, dezenas de pequenos tentáculos grudentos, mais finos que um dedo, prendem a garota num aperto.

O ser bate as asas enormes e ergue Nessa no ar, e sua sensação é de que o estômago embrulhado ficou para trás.

A garota não sabe para onde eles planejam levá-la – o que sabe é que, por Crom, não vai ficar quieta. Os tentáculos prenderam seus braços junto com a muleta remanescente, e o mundo lá embaixo se afasta. Mesmo a força *dela* não vai ser suficiente para libertá-la. Nessa tem apenas uma alternativa, nada animadora.

Ela não hesita. Morde o conjunto mais próximo de cordões gelatinosos até quase se afogar em sangue humano e pedaços de… "carne", é o que diz a si mesma. *É só carne.* O monstro uiva e estremece. Dispara para cima enquanto uma das cabeças grita:

– Ai, que dor! Por Buda! Que dor!

A outra voz apenas chora, embora aqui e ali solte palavras no que talvez seja francês. *Não demonstre piedade!*, sussurra o fantasma de Megan. Que escolha Nessa tem, a menos que queira ela mesma se transformar num monstro?

Cortou apenas dois dos apêndices – outros quarenta, mais ou menos, ainda a envolvem. As montanhas parecem maiores desde a última vez que olhou, os picos brilhando em branco exceto onde foram cobertos pelas cinzas cuspidas pela enorme boca flamejante próxima do mar. Nessa volta a morder. *Eu já sou um monstro*, pensa.

Quando consegue livrar o braço direito, ambas as bocas gritam com suas vozes infantis, e o rosto da própria garota está coberto de sangue e meleca.

E de repente, com o ar zunindo por ela, escuta outra voz.

É o condutor sídhe, inclinado de forma precária sobre a lateral da montaria, o cabelo brilhando como um estandarte ao vento.

Ele gesticula com a cabeça em apreciação ao estrago que ela fez, sem se preocupar com o fato de que a garota está pendurada sobre o abismo ou que o voo da criatura similar a um morcego está perigosamente torto devido à distribuição de pesos. Nessa o ignora – o que ele poderia fazer para machucá-la?

– Para! – grita ele ao vento. – Estou tentando ajudar-te. – Ele vê a confusão na expressão dela e assente. – Tu estavas certa ao deixar os outros para trás. O caminho pelas montanhas é o mais rápido até Dagda, mas não é tão fácil atravessar as terras altas a pé, a menos que conheças o caminho. Assim, quando meu esquadrão soube o que estavas tentando fazer, veio voando para encontrar-te a tempo. Só queremos ajudar.

– Não! Vocês querem é a minha morte!

– Mas tua morte foi prometida a outro.

– Pro Conor, você diz? Ele está morto!

– Sim. – O sídhe sorri. Atrás dele, as montanhas ficam ainda maiores, as escarpas cobertas por árvores tortas e tremulantes. – Ele *está* morto. Já encontramos outro rei para assumir o lugar dele. Mesmo assim, será Conor quem a matará. Mas, primeiro, tu tens tua própria promessa a cumprir. Precisas ver Dagda.

Nessa se contorce muito acima do chão. Uma promessa? E ela lá fez alguma promessa? É quando tudo fica claro. É a razão pela qual o primeiro grupo de sídhes não a machucou. Ela gargalha. Como são idiotas! Só porque eles são obcecados por manter promessas não significa que ela também precise ser. Pelo jeito, ela poderia ter prometido qualquer coisa que eles teriam feito uma mesura e a deixado ir. Ela ri. Não consegue evitar. São mesmo tão idiotas?

Mas, independentemente dos motivos deles, Nessa não tem interesse em chegar logo até Dagda para ser morta por um Conor zumbi.

Então volta a morder sem parar, enquanto o belo homem a incita a parar "pelo próprio bem". É todo o encorajamento de que Nessa precisa, até que de repente seu interlocutor salta das costas da montaria e agarra alguns tentáculos ainda ilesos.

– Isto é maravilhoso! – grita ele. – Tu enches meu coração de júbilo.

Nessa assume isso como um convite para acertar o sídhe com um soco do punho que já conseguiu libertar. Tudo o que ele faz é rir e cuspir um dente na direção dela, que não a atinge e cai no vazio lá embaixo. Depois o sídhe estende a mão na direção do ventre da criatura acima e a afunda em sua carne. Se as duas vozes já tinham gritado quando Nessa atacou o ser, agora a dor as faz berrar como sirenes de ataque aéreo. Nada é mais doloroso do que o toque modelador dos sídhes! As asas param de bater por completo. Nessa é jogada para o lado, e o chão da Terra Gris começa a rodopiar em sua direção.

– Firme! – grita o inimigo. – Mantém-te firme, doce montaria!

O ser bate as asas em desespero; reage bem a tempo, ao que parece, pois de repente estão passando bem rente à copa das árvores, como uma pedrinha quicando na superfície de um lago, jogando folhas para todos os lados e espalhando o pânico entre uma tribo de nefastos seres similares a símios.

Nessa devia estar segurando a respiração. Quando a solta numa só expiração e olha para cima, o sídhe está segurando o que parece uma cobra. Moldou o animal a partir da carne da montaria, e agora o prende à barriga da criatura voadora. A serpente tem uma boca feroz, dotada de presas e horrendas narinas úmidas que se contraem e se expandem quando sentem a presença da garota.

– O veneno é fraquíssimo – garante o sídhe. – Preciso que durmas antes que acabes te matando.

A serpente vai na direção dela, agitando a cabeça, os dentes pingando. Nessa rechaça o bicho com um golpe da mão enrolada em tentáculos; a cobra enfia os dentes neles, uma, duas, três vezes.

– Agora envenenaste minha montaria – diz o sídhe. – Isso não foi *nada* inteligente da tua parte.

– Por que não?

– Irás te arrepender, minha querida. Irás sofrer agora.

A batida das enormes asas arrefece. O sídhe liberta a "cobra". Enfia ambas as mãos bem fundo na barriga acima de si. Não para moldá-la, dessa vez, mas porque agora estão rodopiando sem controle no ar e ele precisa se agarrar a algo.

De súbito, a voz dupla para de cantar, e os apêndices que seguram Nessa se afrouxam. A única muleta cai nas árvores, e a garota precisa se segurar para evitar ter o mesmo destino.

Eles passam rodopiando por uma nuvem de fumaça e… ali!

Logo abaixo de Nessa, corre um rio de lava como os que ela desejava encontrar. *Agora*, pensa. *Vou me soltar agora.* Mas o rio some quando a montaria tomba para a direita.

– Lembra que tentei ajudar-te – diz o sídhe. – Agora terás de caminhar para encontrar Dagda.

– Prefiro me matar antes! – rosna Nessa.

Ele gargalha sem parar, até que ela se solta e se deixa despencar.

Um exército

Os alunos e instrutores remanescentes da Escola de Sobrevivência de Boyle estão encolhidos dentro de uma casa abandonada no vilarejo de Longford, enquanto a neve fustiga as janelas embaçadas.

Uma semana se passou desde o começo da invasão à Irlanda. Ao longo desse tempo, eles viajaram por mais de sessenta quilômetros. Roubaram suprimentos de abrigos abandonados às pressas. Pela rádio moribunda, ouviram relatos de que Galway está sob o cerco de milhares de horrores, e cada vila tomada oferece ao inimigo mais inocentes para serem transformados em monstros.

Entretanto, todos os relatos concordam em uma coisa: os sídhes, famosos por mal se importarem com a própria vida, quase não são vistos. Estão se poupando da batalha. Mandam os "arautos" para exigir rendição e mantêm ondas de monstros entre eles e o exército humano.

Mas os asilados dedicam pouco tempo a tal enigma. Só querem voltar à segurança.

Conforme a noite cai, bloqueiam as janelas para poderem acender uma fogueira. Aoife, quem diria, sabe cozinhar.

– Pratos poloneses, na maior parte – explica ela. – Por causa da vovó. Quem morava aqui tinha uns temperos, acredita?

– O cheiro vai atraí-los – alerta Liz Sweeney.

No entanto, o vilarejo de Longford foi abandonado por completo, deixando várias alternativas de casas nas quais se esconder.

Sombras dançam nas paredes. O estômago de Anto ronca. Está salivando como um personagem de desenho animado, sentado preguiçosamente com os outros na sala, quase cochilando como um cachorrinho diante do fogo. Como pode estar aproveitando o momento sabendo que Nessa já era? Sabendo que ela está morta, ou algo muito, muito pior?

Os alunos da Boyle só chegaram nos fronts agora, mas tiveram dezenas de encontros horríveis ao longo do caminho. Um dos alunos do Terceiro Ano recebeu a Convocação e voltou como um cadáver totalmente drenado de sangue. Bronagh Glynn foi levado por algo que resmungava e ria enquanto corria sobre pernas de aranha, e Liz Sweeney precisou assumir o revólver de Bianconi depois que a mão direita do menino acabou perto demais de dois centauros.

Aoife enfim surge, com Mitch Cohen como ajudante.

– A Taaft e o Nabil vão comer na cozinha.

Ela serve parte da refeição em canecas.

– Está uma delíciaaaaaa! – exclama Krishnan, o pomo de adão saltando para cima e para baixo. Mas seu olhar se enche de inveja quando Aoife volta para o cômodo carregando duas porções bem maiores do que a dele.

– A sua não tem carne – ela sussurra para Anto.

Mesmo em meio a tanta morte e horror, ela sempre se lembra de que ele precisa de calorias extras e faz todo o possível para cuidar do rapaz.

– Obrigado – responde ele. Por alguma razão, sente um nó na garganta.

Mas a porção de Liz Sweeney é ainda maior: uma montanha de purê de batatas, junto com carnes e vegetais em conserva.

A garota maior balança a cabeça.

– Nem pense que você vai conseguir me conquistar assim, Aoife. – Por alguma razão, olha para Anto enquanto fala. – Não curto esse tipo de coisa. Não sou como aquela magrela com quem você costumava andar.

– Se não quiser, não come – responde Aoife, baixinho como um rato.

Está encarando a garota mais alta – não exatamente com ódio, e decerto não com o desejo pelo qual Liz Sweeney zomba dela.

– Ah, não! Agora é meu, e vou comer tudo. – Liz pega uma montanha de purê com a colher. – Até. A última. Colherada. Meu plano é sobreviver, mesmo que o seu não seja.

Ela coloca a comida na boca, mastiga e engole enquanto o talher ávido já mergulha para mais uma porção.

Depois se detém. Liz Sweeney chia como uma velha fumante. Pisca, os olhos cheios de lágrimas.

– Até a última colherada? – pergunta Aoife. – Não acho que você dê conta.

Liz Sweeney grunhe e bota mais uma porção na boca. Sua testa está coberta de suor. A pele ficou tão avermelhada que quase ilumina o cômodo. De vez em quando, precisa parar para tossir – mesmo assim, não desiste nem recua, mergulhando a colher de novo na tigela. A mão treme, relutante em cooperar. Faltando apenas duas bocadas para acabar, a comida cai de sua mão e ela se curva sobre o ventre, lacrimejando, engasgando, chiando. Anto e os outros cinco alunos que sobraram apenas observam, sem tocar na própria comida.

Enfim, Aoife se ajoelha ao lado de Liz Sweeney.

– Você me disse que sou uma nulidade. Você está certa a respeito disso. Você está certa, e não estou nem aí pra isso ou o que quer que fale de mim. Mas, da próxima vez que insultar a Emma, não vai ser pimenta que vou colocar na sua comida, e sim caco de vidro.

Ela se acomoda no outro canto da sala com a própria cumbuquinha.

Por fim, todos se acomodam para dormir.

Depois de dias de caminhada, depois de testemunhar tantos horrores, Anto aceita de bom grado o refúgio, e tudo o que deseja é a completa inconsciência.

Ele sonha, porém.

Pela primeira vez, é um sonho bom, pois Nessa está com ele. Anto sente o cheiro da pele limpa dela. Esbalda-se no sorriso que ela guarda só para ele, escutando-a pintar com as palavras uma imagem do futuro. Todos a achavam reservada; com ele, no fim, isso sempre foi diferente.

– Você quer um cachorro, não quer, Anto?

– Hum...

– Eu sabia. Mas aqui – ela quer dizer Donegal – a gente vai precisar de mais de um. Pra fazer companhia. Meus preferidos são os collies. O que você acha deles? Bom.

Ele está deitado com o rosto na barriga dela, totalmente relaxado, mais feliz do que nunca. Mas de repente, surgida do nada, uma mão cheia de calos cobre a boca de Anto, que arregala os olhos e se depara com o quarto escuro e gelado da casa abandonada em Longford. Taaft está bem à sua frente.

– Caladinho – sussurra ela. – Silêncio. – E se afasta para acordar outra pessoa da mesma forma.

Anto percebe que de fato está deitado com a cabeça na barriga de uma garota, o braço normal envolvendo a cintura dela. Justo Liz Sweeney. Ela o encara. O sol começa a entrar por uma fresta nas cortinas, desenhando uma lua crescente perfeita na bochecha esquerda da garota, que dá de ombros e desvia o olhar.

Ele deveria pedir desculpas, mas vários barulhos começam a vir da rua: os gritos de uma tropa de centauros, dezenas deles.

– Por favor, não me obrigue a machucar ninguém! Por favor!

Anto olha ao redor. Nabil e Taaft voltaram para a cozinha. Os outros estão aninhados juntos: Mitch e Andrea, uma aluna do Terceiro Ano, abraçados; Krishnan, encolhido, mas ainda mais alto que Seán, a seu lado; e aquela garota com a marca de nascença, Niamh. Aoife é a única que está sozinha, abraçando os joelhos, os olhos semicerrados.

Anto se arrasta até a janela, espiando pelo canto da cortina enquanto Liz Sweeney faz a mesma coisa do outro lado. Ele arfa – não consegue evitar, por mais perigoso que seja fazer qualquer barulho, pois além do vidro o mundo é um caos de monstros.

Criaturas peludas correm rente ao chão, emitindo gritos agudos e desprovidos de palavras. Estão tão juntas umas das outras que formam um tapete vivo.

Foi por isso que Taaft os acordou.

Enquanto isso, "corvos" estão empoleirados na chaminé. Que algazarra fazem logo acima da cabeça dos alunos acuados!

– Eu vou encontrá-los e comer a cara deles!

– Não! Não! Eu que vou!

No céu, com enormes asas de morcego, fazendo voejar atrás de si um monte de tentáculos, voam três criaturas, cantando com tanta beleza que Niamh Fegan começa a chorar. Ela precisa morder a própria mão para não fazer barulho.

Encurralados, pensa Anto. *Estamos encurralados.* Ele não sabe muito bem se se importa com isso. O desfile de monstros lá fora segue em frente, e o rapaz não consegue deixar de lembrar que cada um deles foi moldado a partir de um ser humano vivo. *A gente transformou os sídhes em monstros, e agora eles nos transformam em monstros.* É o que os humanos fazem, não? Sempre foi. Bombardear e empobrecer os outros. Fazer crianças morrerem de fome e deixar cair o queixo de surpresa quando elas se voltam contra seus opressores. *Mas por que a Nessa? O que ela fez pros sídhes?* Ela talvez esteja ali fora, a linda boca cheia de presas. Os olhos no topo de apêndices, as mãos elegantes moldadas em garras vertendo veneno.

Algo lampeja ao longe. Um instante depois, a casa chacoalha; de repente, do outro lado da rua, uma construção inteira explode. Destroços esburacam o tapete vivo de monstros, que guincham e lamentam, e mais explosões florescem em todos os cantos ao mesmo tempo.

Taaft enfia a cabeça pela porta.

– Fiquem aqui! – grita acima do som do bombardeio. – Estamos tão seguros aqui quanto em qualquer outro lugar. Vamos ter que arriscar. – Ela volta para a cozinha, provavelmente para discutir estratégias com Nabil.

Os alunos sabem que uma bomba do próprio exército pode cair a qualquer momento na casa onde estão. Ou um bando de feras pode arrombar a porta para se proteger da batalha. Mas nenhuma das duas coisas acontece. As criações dos sídhes obedecem às ordens que receberam. Muitos dos que estão do lado de fora, mesmo machucados por destroços ou escombros caídos, mesmo queimando vivos, seguem se arrastando sem hesitar, jamais desviando do caminho. Sem dúvida, vários deles vão sobreviver e alcançar a linha de defesa humana, onde quer que ela esteja. O exército vai recuar cada vez mais. Até chegar de novo a Dublin.

E, quando isso acontecer…

Anto pensa nas pessoas que moram na cidade. Os pais. Os irmãos gêmeos. A irmãzinha de bochechas fofas. Sente o estômago embrulhar.

O punho gigantesco se fecha, querendo esmagar o traidor que permitiu a volta dos sídhes, o novo rei de Sligo. Quem quer que seja. Onde quer que esteja.

Eles precisam sair dali, pensa. Precisam voltar para casa.

Ele vaga pela casa à procura de Nabil e o encontra na cozinha. Taaft está abraçando o homem, um sorriso preguiçoso no rosto.

– Eu te odeio – ela diz ao francês. – Mas você vai ter que dar pro gasto.

– Bom... – responde ele, triste. – Eu não te odeio, sargento.

– Só se passaram dez anos, Sapão. Há bastante tempo para isso.

Anto dá uma batidinha na parede para chamar a atenção de ambos, que então se afastam um do outro, embora não seja a primeira vez que o garoto os vê juntos. Pelo menos estão vestidos agora.

– Não tem como a gente continuar aqui – diz Anto. – Eles estão em muitos. Se... Se nos ultrapassarem, nunca vamos conseguir voltar pra casa.

Taaft bufa.

– E por acaso seu plano é abrir caminho pelas fileiras carregando a gente no colo, garoto?

– Não precisa falar assim com ele – repreende Nabil. – O que a sargento está querendo dizer, Anto, é que...

É quando Liz Sweeney chega às pressas, o rosto vermelho, a respiração ofegante.

– Gigantes! Tem gigantes vindo. Estão quebrando as portas das casas e vasculhando tudo. Vão chegar aqui em dez minutos.

Isso sim chama a atenção deles.

– Ah – começa Taaft, séria de repente. – Então é melhor mesmo a gente dar o fora daqui. Podemos sair pelos fundos. O árabe aqui vai primeiro pra encontrar outro abrigo pra gente. Eu e a Liz Sweeney damos cobertura. Você ainda tem uma daquelas granadas sobrando, garoto? – pergunta, e Anto assente. – Então deixe-as de prontidão.

Em poucos minutos, já juntaram todos os outros na cozinha.

Ainda é bastante cedo, e o mundo lá fora está imerso em sombras. Mas eles fizeram o reconhecimento do terreno e sabem que nos fundos há um jardim coberto de mato, com vários lugares para se esconder, mesmo nesta época do ano. No entanto, há uma horta entre os dois pontos – uns bons dez metros que vão precisar atravessar sem nada para escondê-los além da distração das bombas do exército irlandês.

– Hora de ir – sussurra Nabil. – Eu primeiro.

Ele não precisa informar quem vai em seguida. Por duas semanas, os instrutores treinaram o grupo de alunos. Eles têm uma ordem específica de avanço, e todas as crianças – até as mais novinhas – aprenderam os rudimentos do carregamento e do disparo das armas de fogo automáticas.

– Para o caso de eu ou a sargento Taaft sermos abatidos no cumprimento do nosso dever – disse Nabil serenamente na ocasião.

– Fale por você, Sapão – respondeu Taaft. – Eu sou feita de um material mais resistente.

Agora, dias depois, finalmente é hora de partir. O céu lampeja com as bombas, enquanto ao longe uma rua inteira parece queimar. Uma fumaça preta escurece o congelante céu azul.

Nabil corre igualzinho aos soldados nos filmes, o fuzil pronto para atirar em qualquer coisa horrenda que porventura esteja se escondendo no arbusto mais próximo. Ele desaparece em meio aos galhos cheios de neve de um rododendro.

– Espera! – Taaft alerta Mitch, que é o próximo da fila. Um minuto inteiro se passa antes de o francês reaparecer e fazer um sinal com a mão. – Agora. Corre, garoto, sem fazer barulho.

Niamh é a próxima, seguida por Krishnan, que quebra as regras ao olhar por cima do ombro.

– Eu juro – começa Taaft – que qualquer dia desses vou matar esse moleque.

Ela xinga de novo quando o menino tropeça sozinho, mas Andrea já está atravessando a porta com uma mochila cheia de comida pendurada no ombro.

– Anto! Sua vez.

O rosto de Anto fica gelado imediatamente ao entrar em contato com o ar. Suas costas doem em lugares incomuns. O corpo não foi feito para carregar um braço pesado daqueles. Ele tentou balancear um pouco as coisas, pendurando uma bolsa com suprimentos e granadas no ombro direito, mas está longe de ser o ideal.

Tanto esforço para sobreviver, pensa, *e a troco de quê? A Nessa se foi. Os sídhes estão ganhando. Invadindo um país que não tem capacidade de produzir novas armas. Cada pessoa que eles capturam significa ao mesmo tempo um acréscimo às forças feéricas e uma perda para a defesa.*

– Vou seguir – diz Nabil. – Você está no comando até a Taaft chegar. – Ele não espera a resposta, desaparecendo no jardim.

Aoife surge na porta dos fundos. Está com o rosto corado e o cabelo com cerca de um dedo de comprimento. Ela baixa a cabeça e corre. Anto se lembra de que ela salvou sua vida uma vez, ajudando-o a passar por uma janela na escola em chamas. E depois, mais tarde, lutou lado a lado com ele contra os sídhes que encolhiam. Ela não é a covarde que Liz Sweeney acha que é. Seu único problema é o coração partido. Só isso. Assim como ele.

– Aqui! – grita uma voz de repente. – Peguei vocês!

É uma das mulheres-corvo, que desceu da chaminé de uma das casas próximas e agora agita freneticamente as asas acima da cabeça da garota que corre. Sua voz é baixa demais para se fazer ouvir sob o som das bombas, mas Aoife hesita e se detém, olhando para cima para encarar aterrorizada a criatura.

Anto sai do esconderijo com um salto.

– Vem, Aoife! Corre!

Mais corvos estão chegando, todos gritando em alerta, voando em formação.

Aoife dispara pelos cinco metros restantes da horta na direção de Anto. O rosto dela se contorce, subitamente aturdida.

E, de repente, ela não está mais ali. O casaco quente de inverno se acomoda devagar sobre a roupa de treino no chão, que ela nunca mais vai voltar a vestir.

Ambrosio

Nessa mergulha em um bosque de árvores raquíticas, as quais amortecem a queda, e a garota começa a se arrastar assim que elas começam a lutar pela presa.

– Que Crom maldiga vocês por salvarem minha vida! – grita Nessa, o que não a impede de escorregar encosta abaixo e então erguer-se com o apoio de uma rocha e se encolher atrás dela.

No céu, as espirais rodopiam, indiferentes a seu sofrimento. Algumas são tão pequenas que não passam de pontinhos, outras são maiores que seu punho. *Será que são estrelas?*, pergunta a si mesma. *Será que são mundos inteiros?*

É o tipo de coisa que o Sr. Hickey teria amado. Ela imagina a empolgação na voz dele; visualiza o homem se inclinando à frente, jogando ideias para a turma como se disparasse uma arma.

– E se a Terra Gris for como um ônibus, parando de cidade em cidade? Está perto do nosso mundo agora, não está? Não é isso que vem permitindo que os sídhes exerçam seus horrores nas crianças da Irlanda? Oras, quando o mundo deles se afastar de novo, irá para algum lugar, certo? Para *outro* lugar. Ah, os lugares que os sídhes poderiam visitar se não se deixassem contaminar pelo ódio!

Mas eles não querem outros lugares. Eles querem a Irlanda. E, de acordo com a feérica da qual Nessa acabou de escapar, já encontraram um novo rei para revogar o tratado e permitir seu retorno.

Nessa baixa o olhar. As criaturas voadoras foram embora, e não vê nos aclives rochosos nenhuma outra forma ameaçadora de vida.

A essa altura, parece que é a fome que vai rir por último – e não é uma maneira tão ruim de partir.

Ela se levanta, tremendo dos pés à cabeça, e começa a cambalear na direção do vulcão. Vai encontrar uma caverna que seja quente demais para os sídhes. Depois, vai poder fechar os olhos pela última vez. Vai sonhar com o Natal – não o que acabou de passar em casa, mas o que ainda não aconteceu, o que nunca vai acontecer, o que inclui os pais de Anto, com todos sorrindo e dizendo "Que ótimo! Isso é incrível! Mas... vocês não são novos demais pra casar?". E o casal feliz vai rir. "Agora as coisas são diferentes. Nós somos veteranos. Isso faz de nós dois adultos."

Mais que adultos, na verdade.

Eles poderiam virar aprendizes de um dos milhares de fazendeiros idosos e sem filhos vivos. O velho teria um cavalo de arado mal-humorado, mas Nessa... Ah, Nessa conquistaria a confiança do animal com maçãs murchas de inverno. Apertaria o rosto contra a lateral cálida do corpo do cavalo e...

Não! Não! Ela cerra os punhos. *Ainda* vai ter todas essas coisas. Precisa de um lugar seguro, sim. Acesso a fogo. Mas não para que possa deitar e morrer. Nessa vai planejar. É isso que vai fazer. Vai viver, nem que tenha que comer pedras, ou a carne dos próprios sídhes.

Algo voa na direção de sua testa enquanto Nessa se esforça para atravessar um lamaçal. Ela se abaixa e sente algo cortante passar raspando no couro cabeludo.

E a coisa volta! Uma coisinha vibrante, quase invisível sob a fraca luz prateada. Nessa tenta esmagar o ser, mas erra quando ele desvia para o lado e enfim plana para fora de seu alcance.

É um homenzinho, ela vê agora. Tem asas nas costas que batem tão rápido que não passam de um borrão, e porta uma lança do tamanho de um palito de dente.

– Eu não quero ter que matar você – diz ela em um tom cansado. – Vai embora.

– Mas que violência, minha filha! – responde ele, embora a vozinha seja quase inaudível. – Eu sou um homem da Igreja. Padre

Ambrosio. Me permita abençoá-la! Posso conceder qualquer bênção em troca de um único olho.

Ele flutua para cima e para baixo, parecendo tomar a falta de resposta de Nessa como o desejo de ouvi-lo falar mais.

– Posso entender sua relutância, minha filha. Talvez ache que caridade é apenas para os outros, é isso? – continua, em um tom gélido. Mas depois, surpreendentemente, o que Nessa ouve é tristeza. – Ou talvez você me odeie, pelo pedinte sacro que sou. Você se nega a se colocar em meu lugar, a imaginar como é ter sido transformado por seus mestres pagãos de modo a precisar comer olhos se não quiser sofrer de novo a dor da modificação. – O padre Ambrosio estremece. – Olhos, só consigo pensar em olhos. Ah, o gostinho deles! Os líquidos deliciosos que exprimem tão bem o sofrimento. Já faz muito tempo, temo... Você, querida filha, é minha última esperança. – Ele voeja até chegar um pouco mais perto, mas ainda não perto o suficiente para ser alcançado. – Por que não fala nada? Eu não sou um homem cruel. De jeito nenhum! Vou rezar por você, décadas inteiras do rosário! Embora Deus não possa nos ouvir daqui do inferno. Ou será que este é apenas o purgatório? O que acha? Será que há algo pior esperando por nós?

– Você não vai comer meu olho – informa Nessa.

Ele abre um sorriso triunfante.

– Vou. Vou, sim. Vou comer os dois, se eu assim quiser! A lama na qual você está a mantém presa no lugar, abençoada seja! Quando suas mãos pararem de funcionar, minha filha, eu farei o que devo fazer. A menos que aquele ladrãozinho lamentável que é o padre Peter a pegue primeiro! Mas ele não está aqui, está? Não está! Não está! E seus olhos são todos meus!

O padre Ambrosio não parou de falar um minuto, e agora Nessa entende o porquê: suas pernas, já fracas em circunstâncias normais, estão quase totalmente amortecidas. Como se estivessem anestesiadas. A falta de sensibilidade já passou dos joelhos e continua subindo. Não há plantas crescendo em lugar nenhum ao redor, e Nessa percebe que o que achou serem gravetos na verdade são ossos de outras criaturas.

O homenzinho se aproxima voando.

– Isso mesmo – diz com um sorriso, e acrescenta às palavras em sídhe algumas frases em latim que sem dúvida são astutas e sábias. – Você não tem como escapar, minha filha! Não sozinha! Mas, se for rápida e permitir que eu fique com um de seus olhos, posso ensinar a escapar da lama. Acredite em mim: assim que você cair, vai ser tarde demais, e mesmo eu terei que ser abençoadamente cuidadoso para também não acabar aprisionado, entende? Um olho – continua o padre. – Um olhinho só, e conto o que você pode fazer para se libertar.

– Promete? – pergunta Nessa.

O padre estremece, erguendo uma mão diante do rosto.

– Como ousa? – exclama com a vozinha fina. – Como ousa duvidar de mim, um homem de Deus?

– É só uma promessa, ué. Promete que vai me ensinar a sair daqui?

– Certo, vou lhe dar minha palavra. É isso que quer ouvir? Veja! – Ele corta a palma da mão com a ponta da lança. Não dá para enxergar, mas deve estar sangrando. – Pelo meu sangue, vou lhe ensinar a escapar da lama. Pelo sangue do Nosso Salvador, até!

– Por que você não promete, então?

– Maldita seja! – O padre está à beira das lágrimas. – Maldita seja mil vezes! *Não tem* como sair daí, entendeu? Agora vou precisar me arriscar quando você não conseguir escapar. Não vê como isso é injusto? Considerando que não lhe custa nada? Você está condenada mesmo, então por que pesar sua alma com mais um ato desnecessário de crueldade? Um olho! Um olho! É a única coisa que mantém a dor longe!

As pernas de Nessa tremem. Para sua sorte, aprendeu ao longo dos anos a mantê-las imóveis, mas quanto tempo vai resistir antes de cair?

A um metro e meio de distância, uma pequena barreira de pedras irregulares com um palmo de altura mostra onde termina o lamaçal sugador de energia.

Certo.

Ela balança os braços tão forte quanto consegue, como pêndulos gêmeos.

– O que está fazendo, tolinha? – pergunta o padre. – Por que não colabora?

No terceiro balanço, ela tenta impelir as pernas, que não colaboram, mas Nessa já está acostumada a isso. Cai de barriga no chão. Estica os dedos, que tocam o limiar de pedra.

Por Crom e Lugh, que frio! Por Dagda! Pela própria Danú! Os músculos de Nessa espasmam. A parte da frente inteira de seu corpo está adormecida.

– É tarde demais, sua malvada! Agora você não vai mais conseguir respirar!

Mas ela não precisa do homenzinho para saber disso. Pontos negros flutuam em seu campo de visão. Outros espasmos se espalham pelas costas de Nessa, que se arqueiam. Ela acaba soltando a barreira de pedra, mas a agarra de novo com o tremor seguinte. Os braços – cada vez mais gelados, mas ainda funcionando – puxam o corpo até ela conseguir tirar a cabeça e o pescoço da zona perigosa.

Ainda assim, o ar não lhe vem quando ela inspira, pois ainda há um monte de lama envolvendo o peito, um peso morto, um nada. O coração de Nessa começa a ficar mais lento, os movimentos do corpo cada vez mais fracos.

O homenzinho alado voa para atacar, um pontinho quase invisível no túnel cada vez mais escuro que é o campo de visão da garota. Nessa tenta atingir o atacante com um movimento instintivo da mão direita. Depois, com o bíceps tremendo como um pássaro moribundo, ela se puxa uma última vez, ralando todo o corpo na aresta das pedras antes de cair do outro lado da pequena barreira.

Ar! Pelos deuses, ar! Por que o ar não vem? Em vez de respirar, ela sente pontadas de dor pelo corpo todo. Sabe que o homenzinho com a lança atacou de novo, e que ela já era.

A primeira surpresa é que ela acorda.

Nessa se resume a cortes sangrentos nos seios, na barriga e nas pernas. Ainda sente dores aleatórias nas panturrilhas, mas percebe que é apenas um resquício da dormência indo embora. Está respirando ao menos, e mesmo o ar podre com cheiro de água sanitária da Terra Gris traz um alívio bem-vindo.

– Ah… Sua demônia…

Ela se levanta em um movimento ágil. O pequeno padre está preso entre duas pedras. Deve ter caído ali depois de atacar a jovem, e está claro que uma de suas asas ficou inutilizada com a pancada.

– Você… me matou – diz ele.

Há uma resposta óbvia para tal afirmação, porém Nessa nem se dá ao trabalho de replicar. O fantasma de Megan, por outro lado, tem várias sugestões. *Arranca as asinhas dele, Nessa. Vão dar um ótimo papel higiênico.*

Apesar de tudo, Nessa não consegue não sorrir. Megan teria dito algo assim se estivesse ali. Ou pior. Provavelmente, algo muito pior. Nessa precisa seguir, no entanto. A segurança do fogo a chama.

Só vou dar uma deitadinha…

Mas ela não pode, não pode. Nessa é incapaz de desistir, ainda que o único refúgio disponível seja o próprio inferno.

– Pelo menos me mate!

Ela se vira. Das duas pedras entre as quais ficou preso, o monge ou padre ou o que quer que seja ergue o olhar.

– Eu não passo de alimento – diz o padre Ambrosio. – Eu a perdoaria se você me comesse. Digo… depois. Se você for… rápida.

Mais cedo, ela cogitou comer carne de sídhe, mas agora esse pensamento a repugna. Nem tampouco contempla a ideia de deixar a criaturinha para morrer sozinha. Não é culpa dele que tenha sido deformado pelos sídhes, certo?

Ela o liberta com facilidade ao puxá-lo para cima. Tudo o que o homenzinho veste é a pequena tanga que deve ter feito para si mesmo. O corpo, sem as asas, é menor que as duas mãos de Nessa e pesa menos do que um pardal. Grunhe quando as asas quebradas pendem para trás, as pálpebras minúsculas se agitando, o corpinho tremendo.

– Há quanto tempo você está nessa forma? – pergunta Nessa.

– Como vou saber num lugar como este? Muito tempo. Antes disso, eu era um cavalo. Mas isso importa, minha filha? Vá em frente. É um gesto misericordioso que Deus perdoará.

Ela poderia quebrar o homenzinho ao meio. Seria a coisa mais fácil do mundo para mãos como as dela, mas é difícil juntar coragem, e Nessa sente o estômago embrulhando só de segurá-lo…

– Espere! – grita ele. – Eu… não consigo, minha filha. Eu… Eu mudei de ideia. Me deixe aqui. Só me deixe aqui.

Ela sente uma onda de alívio, e o nó no estômago desaparece.

– Você quem pediu… – sussurra.

Enquanto procura um bom lugar para colocá-lo no chão, Nessa vê algo. Um pequeno graveto – a lança do tamanho de um palito de dente, com uma ponta feita de sabe-se lá o quê.

Não interessa. Vai dar uma ótima tala, que ela amarra às asas partidas com um fio solto arrancado do uniforme esfarrapado. Cantarola enquanto trabalha, uma canção composta por sua mãe sobre os campos cheios de restolhos do outono. Depois, rasga um pedaço da roupa para fazer uma espécie de tipoia e assim carregar o padre Ambrosio junto ao corpo.

– Você vai me levar com você? – pergunta o homenzinho, perplexo. – Por quê?

– Ainda não sei.

Mas é mentira. A solidão do lugar está massacrando Nessa. *Isso de não ter ninguém é pior do que a fome*, pensa ela. Até mesmo um dos monstros dos sídhes parece um presente de Deus.

Em pouco tempo ela está subindo o aclive, o pequeno inimigo acomodado na curva de um dos braços. Nessa tem dificuldade de avançar pelo terreno irregular sem as muletas, e não há materiais óbvios para produzir uma.

Depois de certo tempo, o padre pequenino diz:

– Prolongar minha vida é crueldade.

– Mas você pediu!

– Eu pedi pra você me deixar! – Ele agita uma das mãos minúsculas. – Sendo assim, vou pagar sua crueldade com mais crueldade – acrescenta, e Nessa ergue uma das sobrancelhas. O homenzinho é mais frágil do que uma borboleta, e seu corpo está coberto de suor. – Você pode comer aqui.

– O quê? – Ela se detém no lugar. – Comer seu cadáver miserável, você diz?

– Isso também. Mas o que quis dizer é que você pode fazer como nossos mestres e comer tubérculos.

A boca da garota imediatamente se enche de água, uma quantidade de saliva na qual poderia se afogar. A cabeça de Nessa começa a girar, e ela precisa se inclinar para se apoiar numa pedra. Ele está certo! Que baita crueldade!

Vendo que conseguiu o efeito que queria, o padre Ambrosio assente com a cabeça, presunçoso.

– Sabe como algumas árvores sangram quando você as corta?

– O sangue é comestível?

– Por Deus, não! Aquilo, minha filha, é o vômito do capeta! Mas qualquer planta que não sangra tem raízes, tubérculos que podem manter vivas pessoas como você.

– Impossível. Eu saberia. A gente tem anos e anos de Testemunhos, e...

– Sério, minha filha? Vai me dizer que seu povo vem para esta terra de horrores, cheia de *venenos*, e sai comendo coisas aleatoriamente?

– Ah – começa ela, sentindo-se boba. – Acho que não. Ninguém correria esse risco. A gente só precisa passar um dia aqui. – Seus olhos recaem sobre uma moita espinhosa, inofensiva apenas para o mais desavisado dos viajantes. – Quer dizer que...?

– Sim, minha filha – diz ele. – Aquela moita é comestível. Você também vai encontrar água embaixo dela. E, sim, também estou com sede. Maldita e bendita seja você.

Nessa está tão cansada que acaba se cortando de leve quando arranca a primeira moita do solo. Como dito pelo padre, uma raiz cinzenta vem com a planta, e o cerne é macio o bastante para ser mastigado com facilidade. A garota espera um gosto amargo, como tudo naquele lugar. Espera que a comida a queime ou a envenene, que a drogue e solte seu intestino. Talvez seja essa a pequena vingança do homem.

Mas nenhuma dessas coisas acontece. Em vez disso, uma suave doçura frutada enche a boca de Nessa, e cada tecido de seu corpo estremece de alívio. *Será que sou a primeira a descobrir comida na Terra Gris?*, questiona-se. Ninguém que voltou de uma Convocação jamais passou tanto tempo aqui a ponto de necessitar se alimentar, e quem correria tal risco?

O padre Ambrosio dá um gole na água acumulada na planta, mas recusa a comida. A gula de Nessa é grande demais para que ela se incomode com isso.

Alguns dias vão se passar antes que as consequências desse ato se tornem aparentes. Quando isso acontecer, será tarde demais.

Na verdade, já é tarde demais. A comida já começou a modificá-la.

Ela manca na direção da lava, carregando o pequeno padre na tipoia de tecido, mantendo-o bem longe de seus globos oculares.

Aoife

Aoife está sozinha, encharcada de suor. Deveria estar tão quente assim? Talvez ela esteja de volta à cozinha do padrasto, cochilando antes do intervalo enquanto ele mexe com os velhos relógios que costumava consertar.

Mas não, o nariz não estaria escorrendo se ela estivesse na casa do padrasto. Não estaria ardendo ao toque do ar nas mucosas. Ela obriga os olhos bem apertados a abrir.

Uma montanha pontuda irrompe no horizonte. A garota está em uma área de terra batida no meio de rochas estilhaçadas, e nuvens de vapor sobem pelas fendas. Será que é venenoso? Talvez, se ficar ali, se ela se deitar por um tempinho, o gás dê um fim nela. Talvez…

Uma corneta soa. É um meio-termo entre um guincho e o som de uma lousa sendo arranhada. Faz os cabelinhos na nuca de Aoife se arrepiarem. O som diz que seu tempo acabou, que ela realmente deveria ter tomado o comprimido quando teve a chance: seus anfitriões estão a caminho, muito mais felizes de vê-la do que qualquer humano ficaria. Aoife congela no lugar, mas depois o treinamento que recebeu se manifesta.

Corre! Corre! Não fica parada nunca!

A área é cheia de declives. Ela escorrega por eles, cai e corta um dos joelhos. Passa por cima de um fêmur maior que seu corpo, depois desvia de rochas cobertas de teias entre as quais há uma criatura com um rosto humano que se arrasta e grita várias e várias vezes:

– Não era minha intenção!

Aoife corre sem parar. Olhos acompanham cada passo seu, ela sente. É como uma comichão. Como um formigamento.

A corneta soa de novo! A uns cem metros de distância, talvez. E, ah, por Crom! Outra soa à esquerda. Dois grupos de caça! Dois grupos que sabem onde ela está, que vão apostar corrida um com o outro para conquistar o privilégio de causar a ela mais dor do que qualquer humano é capaz de suportar. E, quanto antes a pegarem, mais tempo terão para fazer seu trabalho.

A inclinação é bem íngreme no ponto em que ela está. Será que quebraria o pescoço se pulasse de cabeça? Mas e se não conseguir se matar? Aí eles vão pegá-la com certeza!

Ela escorrega entre duas rochas, soltando um grito quando o espinho de uma planta a perfura no queixo. O ar agora cheira a carne podre, morte e sofrimento.

– Estou ouvindo a ladra! – exclama uma voz alegre. – Ela está por perto.

– Não! – grita outra. – Faze com que ela vá na direção da Detentora da Promessa! Pensa só na diversão! Por qual outra razão ela teria sido trazida para *cá*?

– Ah, claro! Claro!

Os sídhes estão poucos metros abaixo, correndo atrás de uma fileira de pedras em paralelo à trajetória da garota.

Será que em seus últimos momentos Emma ficou com tanto medo quanto ela? Será que eles também a levaram na direção de uma detentora da promessa, o que quer – ou quem quer – que seja? Será que a provocaram? Ah, como profanaram o corpo de Emma! A única coisa que Aoife amou na vida. Envenenaram sua pele, deformando a superfície macia em uma série de fendas cheias de pus e escamas! Eles a mataram. Mataram Emma, e ainda acharam engraçado! Rindo como riem agora!

Aoife dá um berro. Nunca produziu um som como esse antes, nunca sentiu tal fúria se espalhando por seus nervos e ossos. Dá um salto para a esquerda e, sem pensar nas consequências, pula. Velocidade, gravidade e ódio a fazem passar por sobre as pedras, uma bala de canhão humana que atinge em cheio o grupo de sídhes mais distante.

Ossos se quebram – mas não os dela. Ela vai rolando e escorregando sem parar. Não para de gritar. Agarra um galho no caminho, arrancando-o da árvore. Depois volta a ficar de pé, acelerando *na direção* dos sídhes.

Há só dois, ao que parece. Aquele sobre o qual ela aterrissou deve ter morrido. O outro aplaude quando ela começa a correr em sua direção, e continua rindo enquanto ela o espanca com o galho e a própria trombeta de caça.

– Pela Emma! – grita ela. – Pela Emma!

Todos os músculos no corpo de Aoife tremem. Há sangue cobrindo suas mãos e os dois corpos quebrados diante dela – os grandes olhos arregalados, a pele brilhante toda ralada e ferida onde foi atingida. A garota está triste demais para sentir qualquer coisa. Quer só se deitar e dormir, com a esperança de esquecer tudo isso.

– Aah… – diz uma voz adorável. – Um espécime dos agressivos!

Ela larga a corneta de caça. Parado nas pedras por cima das quais saltou alguns momentos antes, há um grupo de oito sídhes. Estão carregando lanças feitas de ossos, embora Aoife não entenda por que precisariam de armas em seu próprio lar. Outro saca um arco.

– Flecha a ladra na perna – sugere um deles. É um homem, os braços musculosos desnudos, exceto por uma cobra sem olho com lábios humanos enrolada ao redor do bíceps esquerdo. – Vamos ter muito tempo para brincar com ela.

Uma das mulheres nega com a cabeça.

– Não! É meu turno, e quero ver a expressão no rosto dela quando encontrar a Detentora da Promessa.

– Ainda voto na flechada! – insiste o arqueiro, mirando de forma preguiçosa.

Aoife, passado o surto de raiva, não se move até a ponta da flecha roçar em seu rosto. Nesse momento, de forma totalmente inesperada, sente outra injeção de ânimo e um terror capaz de encher um estádio. Nem sequer pensa no fato de o arqueiro ter errado um tiro tão fácil.

Tudo o que pensa é que são numerosos demais para enfrentar e que têm o dia inteiro para fazer o que quiserem com ela.

Os gritos de empolgação dos feéricos a perseguem. Os pés dos sídhes batendo de leve nas pedras soam como uma chuva de verão.

À direita, o solo é revirado, e Aoife escuta um barulho que lembra uma saca de grãos sendo arrastada pela areia, mas é algo maior – mil vezes maior.

Ela começa a arfar. Está gastando muita energia entrando em pânico. Salta por entre pedras, girando para desviar de vegetações melecadas e imersas em fumaça...

É quando o barulho de um objeto sendo puxado se transforma em algo mais parecido com uma folha de papel do tamanho de uma casa sendo rasgada ao meio. O solo diante de Aoife explode. Pedaços de terra a atingem no rosto. A poeira enche o ar; paira diante da garota o que parece o corpo de um verme ou de uma cobra. Há uma fileira de olhos úmidos e piscantes no topo da cabeça e centenas de bocas na barriga, todas batendo os dentes e xingando e experimentando o ar com línguas humanas, salivantes, balbuciantes. E o bafo de carniça! O fedor! Um par de lábios grita:

– Aqui, garota!

Outro começa a rir sem parar. Um terceiro, em uma língua estrangeira, reclama da fome.

O corpanzil oscila de um lado para o outro, pronto para despencar sobre Aoife, que agora não tem para onde ir senão voltar na direção dos sídhes. A criatura tem algo que lembra tentáculos, mas dotados de pelagem. Eles se arrastam pelo chão na direção dela, contorcendo-se de expectativa; ela nota com nojo que, em vez de ventosas, a parte de dentro dos tentáculos é coberta de mais bocas estalantes, salivantes e esfomeadas. Um deles vai se enrolar nela e arrancar sua carne, tudo ao mesmo tempo.

Ela congela no lugar, aterrorizada, mas depois... o monstro irrompe em chamas. Em um momento está ali; no outro, as múltiplas bocas agonizam em uníssono. Outro jorro de fogo vem de trás de uma pedra e bota um fim na dor da criatura.

O silêncio que se segue é absoluto. Até os respiradouros no chão param de emitir vapor.

– Está tudo bem agora – diz uma voz gentil.

Aoife se força a se virar, embora saiba que é o fim. Os sídhes a levaram até ali, até aquele ponto exato, como cachorros pastores conduzindo um rebanho para os tosadores.

É uma mulher, dessa vez. Sozinha. E Aoife arfa quando a reconhece.

– Ness? Nessa?

O alívio enche os olhos de Aoife de lágrimas e a faz cair de joelhos. *É claro*, pensa, *é claro*. Ouviu mesmo dizer que Nessa foi exilada na Terra Gris. Em vez de morrer, porém, ela pelo jeito está usando o poder de controlar o fogo para sobreviver.

– Nessa – repete. – Você salvou minha vida.

A garota não responde. É como se fosse incapaz, como se seu maxilar estivesse travado. Seus olhos parecem enormes sob a baça luz prateada, também cheios de lágrimas.

Aoife se levanta e dá um passo em sua direção. É a garota mais corajosa que já conheceu. Um rosto familiar e amigável que afasta o horror da situação.

É quando um homenzinho alado aterrissa em uma pedra ao lado de Aoife.

– Ela tem ótimos olhos – diz ele sorrindo.

– Ignore-o – diz Nessa para Aoife, como se a criatura fosse um amigo, tão familiar quanto a própria Aoife. – Você está em segurança comigo. Não sei como você chegou aqui. Talvez eles estejam me provocando. Ou você, vai saber. Mas tem uma caverna onde você pode esperar sua Convocação acabar. E eu queria... Queria que você levasse uma mensagem minha.

Ela estende a mão. Aoife faz menção de aceitar a ajuda. É a coisa mais natural do mundo, afinal de contas. Mesmo naquele mundo. Mas, com meros centímetros separando a ponta dos dedos das garotas, ela hesita. Ergue a cabeça e encontra os olhos arregalados e confusos de Nessa. Tem algo errado com a amiga. Algo profundamente errado. Ela enfim percebe o que é, e sente o corpo gelar de horror.

– Ai, por Crom.

Depois Aoife se vira para correr, mais rápido do que jamais correu na vida.

Ela vê… algumas coisas terríveis ao longo das próximas horas, ao longo do tempo que passa ali, qualquer que seja. Mas nada é tão horrendo quanto o encontro com Nessa Doherty, a Detentora da Promessa.

A ARMADILHA

ASSIM QUE AOIFE DESAPARECE E OS CORVOS COMEÇAM A DAR O ALARme, Taaft e Liz Sweeney saem correndo da casa. Agora não importa mais se ficam ou não em silêncio, certo?

– Sigam o Nabil! – grita Taaft para Anto e os outros alunos que estão agachados do lado mais distante da horta. Velocidade é essencial agora.

– Eles estão aqui! Eles estão aqui! – gritam as mulheres-corvo.

Liz Sweeney e Taaft irrompem nos arbustos ao lado de Anto.

– Vai! Vai!

Um punho do tamanho da cabeça de uma criança atinge em cheio o portão lateral do jardim, e Anto entende que há gigantes do outro lado. O golpe seguinte vai arrancar a porta das dobradiças, e depois os monstros passarão por cima das roupas abandonadas de Aoife.

– A gente não pode deixá-la pra trás – diz ele.

Taaft dá um soco na lateral da cabeça de Anto, pega o garoto pelo colarinho e o empurra para as moitas no instante em que o portão se estilhaça. Galhos fustigam seu rosto, espalhando gotas de orvalho congelado em suas roupas enquanto Taaft, a implacável Taaft, incita o jovem a se embrenhar ainda mais no mato alto do jardim.

– Não! – Ele se desvencilha e se vira para encarar as roupas de Aoife.

– Nem perde seu tempo – protesta Liz Sweeney. – Ela vai voltar morta de qualquer jeito. Você sabe como ela é.

Ele sabe. E outra coisa que sabe é que Aoife é mais corajosa do que imaginam. Merece a chance de sobreviver que a Terra Gris oferece a todos eles, por menor que seja.

– Vão! – grita ele por sobre o ombro. – Vou atrasá-los.

– Valeu, garoto – diz Taaft. Ela não é do tipo que gasta energia em casos perdidos. – Vamos, Liz Sweeney.

Três gigantes invadiram o jardim e estão posicionados em um círculo ao redor das roupas de Aoife. Dá para ouvir a casa sendo feita em pedacinhos por outros.

Anto nunca viu criaturas dessas tão de perto. Têm a cabeça minúscula, com metade do tamanho normal e conjuntos de feições espremidas umas sobre as outras. Placas grossas de osso protegem a parte de cima do corpo dos monstros, e cada um tem uma mulher-corvo empoleirada no ombro, sussurrando em seu ouvido.

Os sussurros se transformam em gritos quando a primeira granada cai aos pés dos gigantes.

– Corre! – berra um corvo para o gigante em cujo ombro está. – Corre, seu idiota!

Isso não o salva. A explosão joga Anto para trás e o deixa com um zumbido no ouvido. Um dos gigantes se arrasta para longe, chorando como uma criancinha – um som lamentável entrecortado por soluços que parte o coração de Anto. *Poderia ser eu ali.* Era para ele ter virado um daqueles gigantes, afinal de contas.

Os outros foram abatidos, e três mulheres-corvo voejam ao redor deles.

– Ai, não! Meu garoto! Meu precioso garoto!

Um rugido vem da casa. Outros dois gigantes arrombam a porta dos fundos; um deles chega com o batente de metal preso nos ombros, mas não parece ligar. Ambos disparam pelo jardim, passando por cima dos restos dos companheiros e dos farrapos em chamas que eram as roupas de Aoife. Anto se esforça para se levantar no instante em que um punho enorme voa na direção de seu rosto. O garoto salta para trás de uma árvore.

– Peguem-no! – grita uma vozinha de corvo. – Deem à volta pela esquerda!

O segundo gigante está aguardando o rapaz do outro lado. Com o gigantesco braço esquerdo, Anto para um soco no ar, mas as pernas humanas cedem. Não fosse o fato de o inimigo ainda estar com o umbral preso ao redor do corpo e as ferragens acabarem enroscando nos galhos flexíveis, o garoto teria morrido. Anto salta para longe enquanto a criatura se debate contra a folhagem, choramingando de nervoso.

Anto não quer machucar o ser, os deuses bem sabem. Mas o braço esquerdo malvado e deturpado pelos sídhes não tem os mesmos pudores. Ele atinge o monstro com força suficiente para quebrar ossos.

– Dodói! – grita o gigante. – Eu fiz um dodói!

Ai, por Crom! Anto se encolhe, lamentando o que acabou de fazer. O lado esquerdo do corpo do gigante não passa de carne amassada e sangrenta.

A mulher-corvo grita para ele:

– Como ousa?! Seu bruto! Seu bruto malvado!

Ela mergulha na direção dos olhos de Anto, que salta para trás enjoado com o cheiro de sangue e com a dor que infligiu.

Enquanto isso, o primeiro gigante, o que não carrega o batente da porta preso ao corpo, envolve o garoto em braços que poderiam muito bem ser feitos de aço.

– Esmagar? – pergunta ele.

Algo pousa no ombro de Anto, que não consegue se mover. Enfim seu braço esquerdo encontrou uma força à altura.

Os "pés" da mulher-corvo são mãos humanas, e a sensação de ter a criatura pousada ali é igual à do aperto de encorajamento de sua mãe.

– Bom garoto, Malcolm – diz a mulher-corvo. – Bom garoto. Muito bom. Esmaga o coração dele... Mas não o rosto, senão o que vou comer?

Vai ser rápido, pensa Anto. *Adeus, Nessa. Adeus, meu amor. Eu sei que você não é uma traidora.*

Os músculos da criatura começam a flexionar. Não resta mais do que um segundo até que aplique toda a sua força, e a esse cisco de tempo se resume o mundo do garoto. O suor acre do gigante sobrepuja o nariz de Anto; o calor do corpo da criatura é como um bafo às suas costas. O gigante chia baixinho, a saliva borbulhando enquanto ele se prepara para obedecer aos comandos carinhosos da mulher-corvo.

Mas um tiro ecoa, e Anto se vê coberto de sangue quente. A mulher--corvo se foi, o aperto se soltou. Anto cai no chão congelado. Outro tiro. Mulheres-corvo guincham em terror e desespero.

– Meu garoto! Você machucou meu garoto!

Quando Anto dá por si, a expressão irritada de Liz Sweeney paira logo acima dele. É uma das visões mais bem-vindas que já teve.

– Preciso que você me ajude com a Aoife – diz ela, cuspindo as palavras. – A vagabundinha voltou viva.

– Você… Você voltou pra me ajudar?

– Bom, *você* voltou pra ajudar *a Aoife*. Qual é a sua com aquela vaca estéril? Você gosta dela? Sabe que ela não curte homem, né? Que seja, vem logo. Rápido.

Aoife está tremendo, deitada sobre a pilha de roupas chamuscadas. Eles a resgatam enquanto corvos voam lá em cima – alguns lamentando pelos "garotos mortos", outros ainda gritando em alerta. Mas o bando de monstros que antes empesteava a estrada se dispersou.

Eles deixam as mulheres-corvo para trás, abrindo caminho por entre as moitas e as árvores, com Aoife estremecendo violentamente.

– Espera – diz Anto. – Aqui está bom. Não tem ninguém seguindo a gente. Deixe-me colocar meu casaco nela.

– Larga de ser idiota, é grande demais. E onde você vai achar outro que caiba no seu braço? Ela pode ficar com o meu. A desgraçadinha já me fez perder minhas últimas duas balas, e agora isso. Que seja! Por Crom, como está frio!

Mas ela diz isso ao mesmo tempo que envolve gentilmente o corpo de Aoife com o casaco, enrolando os pés da garota em bandagens para mantê-los aquecidos.

– De todas as pessoas, logo ela foi sobreviver à Terra Gris… – murmura Liz Sweeney. Depois a testa heroica da garota se franze. Talvez tenha percebido que é a única aluna do Quinto Ano que ainda não recebeu a Convocação. Pode acontecer a qualquer segundo agora. Ou talvez ela ainda tenha que lidar com a tensão por mais dois anos. – Que seja. Pelo menos a gente tem certeza de que a Aoife não é uma traidora.

– A gente tem? – pergunta Anto.

Liz Sweeney olha para ele com uma expressão de desprezo. Ela tem mesmo um rosto orgulhoso. Forte também. Livre de dúvidas.

– Os sídhes não precisam de mais nada. Eles já ganharam, não ganharam? O rei deixou que eles entrassem.

– Se ganharam mesmo, por que a gente só viu um deles desde a invasão? Eles deveriam estar… sei lá… aproveitando. Participando ativamente da invasão. Em vez disso, só mandaram monstros pra fazer o trabalho sujo por eles.

Ela bufa.

– Acho que eles estão com medo.

Anto é incapaz de concordar.

– Eles nunca ficam com medo. Estão sempre felizes.

Como se estivesse ouvindo a conversa, Aoife estremece. Mas seus olhos estão fechados com força, e ela murmura orações para si mesma. O que será que viu?

– A gente precisa continuar – diz Liz Sweeney. – Os outros devem ter seguido, achando que a gente morreu.

No mesmo instante, Nabil surge ao lado do pequeno grupo.

– Chega de falatório – sussurra, mas os olhos castanhos cintilam. Para o choque de Anto, o homem abraça os dois alunos. – Vocês são heróis.

Ele joga Aoife sobre um dos ombros como se ela não pesasse nada e os guia até onde os outros estão esperando, duas propriedades adiante.

Taaft encara Anto e Liz Sweeney com um dar de ombros cheio de desprezo.

– Vocês deram sorte. – É o máximo que ela consegue expressar, e Liz Sweeney baixa a cabeça como se estivesse profundamente envergonhada.

Os alunos se oferecem para emprestar peças de roupa para repor as que Aoife perdeu. O vento está cada vez mais forte, e todas as sete crianças estão tremendo de frio, mesmo se agrupando bem juntas como pinguins, com Aoife no meio.

Atrás deles, o bombardeio parou. A oeste, incêndios se espalham a partir do centro do vilarejo. Nabil sugere que voltem até um mercado que saquearam no caminho.

– A gente precisa levar a Aoife em algum abrigo – diz ele.

– *Pra* algum abrigo – murmura Taaft. – Você nunca vai aprender a falar inglês direito?

– E você, vai aprender a falar sídhe?

– A língua do inimigo?

– A língua *das crianças*.

– Ha! Isso de falar essa porcaria de língua traz mais vantagens pros sídhes do que pra gente. Sempre trouxe. Eles nunca teriam conseguido convencer um rei se não fosse por isso!

– Teriam, sim – diz Liz Sweeney, embora não seja de seu feitio contradizer sua heroína. – Eles teriam feito outro arauto, tipo aquele de três cabeças que a gente viu na escola…

Todos sabem que a coisa mais inteligente a fazer é continuar ali e esperar a escuridão cair. Mas assim perderão Aoife e possivelmente algumas das outras crianças para o frio. Então atravessam o campo aberto até uma fazenda próxima. Onde se deparam com os primeiros sinais de que a evacuação de Longford não foi tão tranquila ou fácil quanto parecia a princípio. Pedaços de dezenas de gigantes estão espalhados pelo chão, junto com vários farejadores, centauros e outros monstros que o grupo ainda não teve o azar de encontrar. *Como raios aquela coisa com cascos consegue andar?*, pergunta-se Anto.

Dentro do celeiro, soldados mortos estão jogados entre pilhas de feno. Andrea os encara, fascinada.

– Por que todos têm uma marca de tiro na cabeça?

– Você é burra? – diz Liz Sweeney. – Eles se mataram. Quem não fez isso virou um monstro a essa altura.

– Eles foram corajosos – afirma Nabil. – E deixaram as armas para nós. Cada um pegue uma.

Taaft não acredita no que ouve. Ela ri e balança a cabeça.

– Ah, Sapão, seu estrupício. Sei que você mostrou pra eles como se atira, mas não é possível que não saiba que vão acertar o próprio pé antes de acertar um sídhe!

– Eles merecem uma chance – é a resposta do francês. – Aqui, meu amigo – diz para Anto, entregando um revólver ao garoto. – É melhor pro seu braço do que um fuzil.

– Valeu.

Anto se vira e nota que Aoife está acordada, encarando-o. Não parece ter voltado totalmente a si, ele percebe. Ela simplesmente o fita, um olhar de tristeza profunda. E, quando fala, a voz sai alta demais, como se ela não tivesse ideia de que o inimigo os está perseguindo.

– Eu sinto muito – diz ela. – Sinto mesmo, Anto. Eu vi… Eu vi a Nessa. Acho que fizeram de propósito. Acho que… eles queriam que eu a visse. E eu vi!

Tudo o que ele consegue fazer é encarar a garota de volta, o coração na garganta. Mas isso é muito, muito importante, então ele se força a falar:

– Ela está… Ela está viva?

Aoife tenta responder, mas está soluçando muito. O máximo que consegue é concordar com a cabeça. Mesmo assim ele percebe que as notícias não são boas.

– Eles… – O braço dele lembra da dor de quando foi deformado. O sangue pulsa em seus ouvidos. – Eles a transformaram em… – Ele agita a mão na direção dos monstros mortos.

– É pior. – A voz de Aoife está rouca depois do acesso de há pouco. – Ela quase me pegou. Eu vi. Era ela. *Com certeza* era ela. O jeito de andar era o mesmo, mas…

– O quê? – Lágrimas escorrem pelo rosto do garoto.

– Era tudo um truque. Ela estava fingindo me salvar. Mas aí eu vi a pele dela. No último instante. Os olhos estavam maiores do que antes. E a pele… Anto, a pele dela *brilha.* – Sua voz se transforma em um guincho. – Brilha!

O fundo do poço

Anto foi especialmente idiota. Saiu correndo quando Aoife contou o que tinha visto. Precisava escapar da realidade. Cá está agora, no campo aberto, sozinho. Exposto a todos os perigos.

Ao longe, vozes bonitas cantam em harmonia. Anjos – é como Niamh os chama, embora as criaturas que fazem a música sejam horrendas, com as asas de morcego e os tufos de tentáculos. Seria muito fácil para elas mergulhar e capturar o garoto tolinho. Mas essas duas já estão carregando prisioneiros, embrulhados como presentes para os mestres sídhes.

E Anto não está nem aí.

Ele tropeça por entre construções destruídas, as costas doendo por causa do peso do braço. Não quer pensar sobre ela, sobre Nessa. Não pode. Tem que pensar em qualquer coisa, menos nisso.

Atrás de uma janela, há pôsteres eleitorais de vinte e cinco anos antes, da época do governo de crise. Ninguém vota desde então. Ministros morrem no cargo, substituídos por outras pessoas quase tão velhas quanto eles. Assinam decretos. Decidem quem recebe remédios ou não. Atribuem culpa sem julgamento e, às vezes... às vezes acertam.

Mas há um novo governante agora. Em Sligo, ao menos. O mais rasteiro dos rasteiros. Pior do que qualquer ministro com uma caneta vermelha negando remédio e comida a idosos e doentes. Pior que os próprios sídhes...

Os pôsteres se borram na visão de Anto, e um grande soluço massacrante abre caminho em seu peito. Ele não tem como fugir das notícias terríveis trazidas por Aoife. Não tem mais como negar. O rei, ao que parece, não é o único a trair a Irlanda.

– Nessa – sussurra. Pressiona as laterais da cabeça, como se precisasse proteger o mundo da loucura dentro dela. O estômago se revira, a náusea sobe pela garganta. – Minha… Minha Nessa. Meu amor. – E seus lábios se retorcem em uma careta, revirando-se como vermes torturados até, enfim, cuspirem uma nova palavra para defini-la, para definir o único amor da vida de Anto. – Traidora. Minha garota é uma traidora.

E então ele se sobressalta, porque uma voz responde das sombras:

– Sim, uma traidora! Aposto que ela dormiu com todos os garotos.

Um dos pequenos corvos está pousado no telhado caindo aos pedaços de uma cabana próxima. Este tem o rosto de um homem, não maior que o punho de Anto, e usa uma barba desgrenhada.

– Você está certo de chorar por ela – diz ele. – Lágrimas. Lágrimas amargas, amarguíssimas.

– Não sei como consigo me sentir assim – começa Anto – depois das… das coisas terríveis que vi. Amigos sendo assassinados. O país inteiro morrendo e… e nenhuma esperança de voltar pra casa.

O bicho tomba a cabeça para o lado, os olhinhos humanos piscando rápido.

– Isso é bom. – A voz da criatura é tão gentil… Tão compreensiva… – Isso é muito bom. Significa que o fim está chegando.

– Eu sei. – Dentro do peito, atrás da dor de Anto, há um vazio enorme.

– Não tem jeito mesmo – continua o homem-pássaro. – Você devia se matar.

Por que não?, pensa Anto. Já não tem mais nada. Não tem futuro, isso é certo, tampouco passado que queira relembrar. Nessa envenenou tudo aquilo. E o presente? Em sua mente, vê os soldados no celeiro onde o grupo de alunos parou mais cedo. Todos mortos com um único tiro. Foram espertos. Ele devia ser esperto também.

Saca o revólver do cinto e analisa a arma sob a luz cinzenta. Vai ser rápido. Sua mão não vai nem tremer, tem certeza – não está sentindo nada, *é* um nada.

O pássaro aguarda. Deve saber que há um filme de terror passando na cabeça de Anto, fazendo todo o trabalho por ele. No entanto, a pobre criatura não se aguenta e ainda sussurra:

– Você acha que está no fundo do poço, meu garoto, mas ainda não está. Vai ficar pior, *muito* pior.

Anto ergue os olhos.

– Como? – Mas já sabe a resposta.

Ele é uma aberração. Um garoto com o coração de um rato, que prefere tropeçar em vez de pisar numa formiga. E, ao enxergarem isso nele, os sídhes, em mais uma de suas piadas, encheram seu braço de ódio. Ele não passa de uma arma agora. Bom apenas para provocar violência e dor.

E de repente, ao contrário de todas as expectativas, Anto ri.

– Você é bem engraçadinho, né?

– Eu... Eu só estou fazendo meu trabalho.

O garoto se levanta, e é como se toda a sua dor e a sua culpa escorregassem de seus ombros e se derramassem sobre os destroços espalhados pelo chão. Ele fecha o punho enorme. Já viu aquela mão quebrar paredes e portas. Já estilhaçou ossos como se fossem casca de ovo, sem sentir nem pensar em nada. E sempre com o pobre Anto, o lamentável Anto, o "cara gente boa", o vegetariano, o pacifista, lutando para contê-lo.

Ele ri de novo; não consegue evitar. É tão simples... É hora de ceder. De aceitar o presente dos sídhes e acolher os prazeres da destruição em vez de se esconder deles.

Chega de misericórdia! Chega de se conter! A Nação precisa de guerreiros, não de chorões.

– Valeu – ele diz ao pássaro.

E, com o braço sobrenatural, arranca um pedaço de tubulação da parede. Antes que o homem-corvo possa fugir, Anto já esmagou a criatura até reduzi-la a uma massa sangrenta. Está ofegando, e sorrindo também. Está vivo de novo. Vivo.

Quando enfim se vira para ir embora, depara-se com Liz Sweeney. Não sabe há quanto tempo ela está ali.

– Quanto você ouviu? – pergunta ele. Não que importe.

A garota o fita com a cabeça tombada para um dos lados. A linguagem corporal sofisticada e atlética expressa cautela, mas não medo. Ela não tem o que temer – carrega o novo fuzil como se tivesse nascido com ele nas mãos. Liz Sweeney, Anto percebe, é uma guerreira também, digna de respeito.

– Ouvi o suficiente – responde ela enfim.

– Suficiente para…?

– É bom saber que você superou aquela vaca traidora.

A visão de Anto escurece por um instante, e seu enorme punho se fecha. Mas ele o força a se abrir. Liz Sweeney está certa, não está? Como ainda pode ter lágrimas para chorar? Mesmo depois de tudo? Irritado, ele pisca para expulsá-las dos olhos. É um novo homem. Vai se transformar no terror dos sídhes.

– O Nabil mandou você atrás de mim? – pergunta ele.

O rosto dela cora.

– Não.

É quando começam a escutar os tiros.

Por um instante, Anto congela no lugar, pensando que abandonou os amigos logo antes de sofrerem um terrível ataque. Mas a ação parece estar acontecendo em algum ponto mais distante. Ele vê um lampejo no horizonte e percebe que há um combate ali. *Um avanço*, pensa. O exército está fazendo os sídhes recuarem. O que significa… O que significa que, se ele e os amigos conseguirem chegar lá, talvez sejam capazes de atravessar para o lado dos aliados!

Na pior das hipóteses, é uma chance para o novo Anto, a arma, se libertar.

Eles voltam correndo para o celeiro, empolgados para contar a novidade. Nabil já ouviu os tiros. Ele balança a cabeça, triste, quando Anto sugere que pode ser o avanço do exército irlandês.

– Não, meu amigo. É só mais um grupo pequeno como o nosso. – Ele aponta para os soldados mortos cujos corpos ainda estão sendo vasculhados pelos estudantes. – Ou como esse pessoal. Deixados pra trás quando os demais bateram em retirada. Bom, o inimigo já os encontrou.

– Vamos ajudá-los, então! – diz Taaft.

– Sarah... – Ele toca no braço dela e baixa a voz, mas Anto consegue escutar: – Nosso dever é mantê-las vivas. Todas as crianças.

– Agora é guerra, seu idiota. Não está vendo? Tem um presente caindo no nosso colo. Aliados. Profissionais. E, com a parte mais pesada da luta acontecendo no leste, o inimigo vai estar de costas pra gente, com as calças arriadas.

Os outros se entusiasmam, brandindo armas grandes e perigosas demais para eles. Exceto Aoife, que dorme como uma pedra. Anto fica grato por isso. A parte mais fraca dele – o garoto patético e cheio de amor que não quer desistir do sonho de Nessa – ainda espera uma reviravolta. Tudo de que esse antigo Anto precisa é uma palavra de esperança vinda de Aoife. Talvez ela tenha apenas imaginado tudo aquilo. Ou mentido, por qualquer razão.

Mas Aoife continua com os olhos fechados, e o novo Anto cerra o punho gigantesco, pronto para a batalha.

Nabil bloqueia a porta.

– A gente pode ganhar deles – diz Taaft.

Anto responde com um grunhido. Atrás dele, Liz Sweeney abre um sorriso feroz e aperta o braço normal do garoto de tanta empolgação.

– Isso é loucura – insiste Nabil. – Ficar se escondendo assim é difícil, eu sei. Mas é nosso dever, Sarah. Nosso dever.

– Sargento Taaft pra você, Sapão. Senhora, se preferir. Agora sai da frente.

– Espere escurecer, então. Assim não vão ver a gente do céu.

Ele não se move, então ela dá um soco forte em sua barriga. Nabil não reage.

– A gente vai agora – diz Taaft. – Você não, Mitch. Você fica com a Aoife. Dá um tiro na cabeça dela se a gente não voltar.

– Eu não posso impedir vocês – diz Nabil, enfim, baixando a cabeça como se estivesse profundamente envergonhado. – Vou cuidar da retaguarda.

– Sei que vai.

Taaft choca todos os presentes ao beijar o francês na boca como se estivessem sozinhos, sob tão somente o olhar de Deus. Depois, guia o grupo para fora.

Uma dúzia de passos

Uma montanha ocupa o horizonte inteiro, seu formato tão cruel quanto o bico de um corvo. O cume é um ímã para os relâmpagos, com tornados revoltos e bandos de morcegos-piranha girando sem parar ao redor. Nessa não quer relação alguma com tal lugar. Os sídhes, porém, têm outra ideia.

Ela se ajoelha ao lado de uma fogueira que acendeu, os ossos já repletos do calor das chamas, enquanto os inimigos dão risadinhas em algum lugar fora de seu campo de visão.

– Se eles acham que podem me empurrar na direção de Dagda, estão muito enganados! – ela diz ao padre Ambrosio.

Já queimou vários inimigos ao longo dos últimos "dias". Os demais aprenderam a ter cautela, mas não medo.

O som das gargalhadas apenas torna sua solidão mais patente.

Ah, Aoife, pensa Nessa. *Por que você fugiu de mim?*

Dormiu três vezes desde que a antiga colega de classe apareceu depois de receber a Convocação. Se ela tivesse esperado um pouco! Outra humana! Uma humana de verdade com quem conversar. Nessa flexiona os braços. Nunca foi do tipo que gosta de abraços. Pelo contrário. Mas, se Aoife estivesse ali, ela apertaria a garota até quase esmagá-la. Em vez disso, precisa engolir os soluços de choro que só deleitariam o inimigo.

O padre Ambrosio pigarreia.

– Ela fugiu por causa da sua pele, minha filha.

A garota se nega a olhar para as próprias mãos, mas sabe que brilham à luz do fogo. E os olhos enxergam melhor no escuro do que deveriam. E estão grandes demais, parecendo pertencer mais a um personagem de desenho animado do que a uma humana.

– As raízes estão te modificando. Não devia ter comido aquilo.

– Mas foi você que me disse pra comer!

– Eu disse que era possível comer. E agora digo o seguinte, algo que você já devia saber: ninguém que come na terra dos feéricos volta para casa.

– Isso é mentira!

Ela percebe que gritou, porque a risada dos inimigos fica mais alta cada vez que o faz. A última foi quando, ao acordar de um cochilo, deparou com o padre lambendo os lábios e se esgueirando para perto de seu rosto.

– Isso é mentira – repete ela em voz mais baixa. – Eu vou voltar ao normal quando sair da Terra Gris.

Ele nega com a cabeça, o que faz a garota sentir tanta raiva que chamas escapam da ponta de seus dedos.

– Eu vou dar um jeito de voltar pra casa, padre. Você vai ver. Vou voltar pra praia por onde eu cheguei. As pessoas chegam pelo mar o tempo todo. Aposto que tem um jeito de ir embora também.

Ele dá um suspiro minúsculo.

– Se esse é seu plano, por que não começamos a seguir na direção do litoral?

– É exatamente o que eu tô fazendo. Não percebeu? Só preciso estar sempre com a montanha atrás de mim.

– Ela não está diminuindo de tamanho, porém.

Nessa engole em seco, sentindo o ardor na garganta que não a abandonou desde que chegou.

– Deve… Deve ser uma ilusão. A gente está andando sem parar…

– Ah, minha filha querida… – As asinhas quebradas se agitam. – Deus não nos escuta daqui do inferno. Ele não ouviu as minhas orações quando os demônios me capturaram e me transformaram em um cavalo a seu bel-prazer. Ou depois, quando me pegaram de novo e me moldaram nesta forma terrível que está diante de você. A dor, minha filha! A dor! Foi a única resposta que tive. Mas… Mas vou lhe dizer o seguinte: oro todos os dias para que minhas asas se curem antes de ultrapassarmos aquela montanha, porque… porque…

Ele começa a chorar. Pelo menos ela acha que é isso que ele está fazendo; é difícil ouvir direito.

– Você não precisa se preocupar – diz Nessa com gentileza. – A gente não vai pra lá. Não vou te levar a nenhum lugar perto dali.

– Ah, garota tola! – berra ele, amargo. – Você… prometeu. Ver Dagda. Você não entende? Não tem como fugir disso. Você vai encontrar com ele de um jeito ou de outro.

– Eu me mato antes de isso acontecer!

– Não. Você não vai fazer isso. Você pode morrer, é claro, caso uma pedra caia em cima de você ou uma criatura a pegue de jeito… Mas não pode escolher morrer até cumprir suas obrigações. É tão incapaz de se matar quanto eu.

– Por quê?

– É o que faz de nós criaturas do inferno: devemos preservar esta existência lamentável pelo maior tempo possível. Foi por isso que implorei a você que me matasse e, depois, que parasse. Lembra? E isso porque o ímpeto não é tão forte em mim. Que Deus me acuda, eu sei bem! Você devia ver os cães. As roupas de alguns dos nossos mestres são vivas! Para sempre! Ai, a dor! A dor! – Ele ofega perigosamente rápido. – Você vai viajar para ver Dagda.

– Não vou – sussurra ela.

– Vai, sim. E ele vai te transformar em algo mais do que terrível. Porque ele é o mais malvado de todos. É o próprio Lúcifer. Suas criações são feitas para sofrerem o máximo possível. Para ansiar pela agonia dos outros.

Não dê ouvidos pra ele!, sibila Megan. *Ele não serve nem pra limpar a bunda!*

Nessa cambaleia para longe do homenzinho. Olha na direção da montanha em formato de bico de corvo. Será que é verdade? Será que está sendo atraída para ela a cada passo? Faz um teste, vira-se para um lado e depois para o outro. Não sente atração nenhuma. Nada. Que alívio! Seu coração sossega; a respiração volta ao normal.

– Você me assustou, padre Ambrosio – diz a jovem, sorrindo pela primeira vez naquele lugar. Ela o ergue, aninhando-o em um dos braços. – Vai dar tudo certo. Vamos.

Ela se vira de costas para a montanha e avança, pronta para se defender com fogo caso surjam inimigos. Agita as mãos diante dos olhos para afastar as cinzas que caem sobre eles, chiando de leve no ar quente. É fácil! No caminho, para e se alimenta com raízes antes de continuar caminhando.

– É noite ou dia? – pergunta ao pequeno companheiro.

Ele dá de ombros como se dissesse "Já falei o que tinha para falar".

– Achei que você sabia, só isso – diz Nessa, e ele dá de ombros mais uma vez. – A gente vai dormir aqui. Dá pra se esconder no meio daquelas pedras, e aí a gente continua quando acordar.

A garota olha para trás, na direção do bico do corvo, para garantir que a montanha ainda está atrás de si e que não passou as últimas horas andando na direção errada. Sorri quando vê que está tudo certo.

– Eu sinto muito – diz para o padre Ambrosio. – Mas vou ter que colocar você entre duas pedras pra conseguir dormir um pouco. Gosto dos meus olhos no lugar em que estão.

Ele balança a cabeça minúscula e depois, com uma voz repleta de genuína pena, fala:

– Você ainda não percebeu, pobre garota, que não andou mais do que uma dúzia de passos?

Não pode ser verdade. Não pode ser. Mas ali, bem atrás dela, está de fato o monte enegrecido de lenha que marca o ponto onde ela fez a última fogueira.

– Não – sussurra Nessa. – Não. – A perna esquerda, a mais fraca, cede. Ela cai de joelhos, o rosto entre as mãos.

E as risadas aumentam. Vêm de trás de moitas e rochas; de fendas no chão escondidas por lufadas de vapor que escapam dos respiradouros vulcânicos. O inimigo está assistindo ao fracasso deplorável da garota em sua tentativa de escapar de seu destino.

Um por um, os sídhes surgem do lugar onde estavam escondidos. Ao que parece, são apenas quatro: três mulheres com roupas brilhantes feitas de teia de aranha e metal e um príncipe, adorável demais para existir até mesmo nos filmes.

– Aprendeste tua lição! – diz ele. – Que maravilhoso! Vais manter tua promessa. Nosso único desejo é ter o prazer de escoltar-te. De ver...

Ele se detém no lugar, e o queixo cai quando Nessa ergue o olhar para encará-lo. O sídhe provavelmente esperava ver desespero. Em vez disso, a garota humana está rindo dele, rindo de todos eles. O príncipe tomba a cabeça para o lado, satisfeito, mas também confuso.

Nessa bota fogo em um arbusto com um agitar de mão e na sequência toca-o de novo para absorver o calor.

– Fico feliz de ver vocês – ela diz ao príncipe. – Eu estava fugindo da minha promessa – acrescenta, e os quatro sídhes trocam olhares. – Mas isso foi burrice minha, porque a resposta era óbvia.

– Que resposta? – pergunta o homem.

– A invasão de vocês à Terra das Muitas Cores já começou, não?

Eles concordam com a cabeça, encantados e ansiosos.

– Bom, então... – Ela sorri para eles. – Isso significa que vocês devem ter aberto um Portão. Um Portão que vai me levar pra casa.

O príncipe nega com a cabeça. Os quatro negam.

– Não há como escapar, doce ladra. Precisas primeiro ver Dagda. Depois, Conor vai...

Ela só precisa apontar o dedo para fazê-lo irromper em chamas, e é o que faz. Nessa queima o príncipe. Queima todos eles.

– As cabeças, não! – grita o padre Ambrosio. – Maldita seja! Não gosto de olhos cozidos!

Pouco depois, eles voltam a caminhar – dessa vez na direção da montanha terrível, com todos os relâmpagos e demais horrores. O padre diz:

– Aqueles demônios estavam certos. Você sabe, não sabe? Quando Dagda vir você...

– Ele não vai ver.

– Mas sua...

– Os sídhes me deram a resposta, aqueles idiotas. Só preciso fazer o que eles fizeram. Vou espiar Dagda a distância. Vou dar uma boa olhada nele. Mas ele não vai me ver. E vou fazer outra promessa, uma diferente...

– Não! – exclama padre Ambrosio. – Minha filha, não seja tola!

– Eu sou tola, padre, mas é uma promessa pra mim mesma, e pra Deus e pros deuses, ou pra quem quer que esteja ouvindo. Decidi que vou vencer. Prometo que vou ganhar deste lugar. Prometo que vou ver o Anto. Está me escutando? Eu, Nessa Doherty, prometo que vou voltar pra casa!

Não ocorre nenhuma tremulação no ar à sua volta como quando ela fez a primeira promessa, mas, dentro do peito, Nessa sente uma igualmente forte.

Morris

Por mais ansiosa que esteja, Taaft não permite que o grupo avance senão num trote.

– Os defensores, quem quer que sejam – diz ela –, vão aguentar mais alguns minutos. A gente precisa ser esperto pra conseguir ajudá-los.

Anto está com dificuldade de acompanhar o ritmo. As costas doem, a respiração forma nuvens de vapor diante do rosto, e tudo o que ouve são os passos dos companheiros esmagando a neve. A determinação é o que o faz avançar. A determinação e o membro feérico pulsando com a necessidade de bater e esmagar.

Você já vai ter a oportunidade, Anto diz a ele.

Liz Sweeney caminha a seu lado como uma deusa da guerra. Andrea segura o fuzil longe do corpo como se tivesse mais medo dele do que dos inimigos. E talvez devesse ter mesmo.

Adiante, o cerco está esquentando. Um anjo mergulha das nuvens, com fumaça e luz irrompendo da coisa presa em seus tentáculos.

O monstro some de vista atrás de algumas árvores. Tiros o seguem. A criatura se esforça para ganhar altitude, mas depois despenca do outro lado da estrada. Em sua queda, no entanto, deixou uma trilha de… fogo!

– Eles nunca jogaram bombas antes – arfa Liz Sweeney.

Em seguida, o grupo ouve o rosnado súbito de farejadores. Em seguida, o grito dos gigantes e o ruído de dezenas de armas disparando ao mesmo tempo enquanto as chamas parecem aumentar. Alguém grita em inglês:

– Lutem, maldição! Lutem!

– Vamos nessa – diz Taaft, e todos avançam na direção do perigo e da morte.

Até Nabil parece esquecer que está ali para proteger as crianças. A gentileza de seu rosto marcado por cicatrizes se foi, e agora o semblante revela o motivo que o fez ir para a Irlanda para começo de conversa. Aquilo que ele foi um dia e não queria voltar a ser.

Estão se escondendo há uma semana. Fugindo enquanto o país e as famílias lutam por eles contra o horror. E agora – para variar! – podem fazer algo bom. Algo correto. Vão resgatar alguns dos seus ou morrer tentando.

Atrás de uma cerca apodrecida há uma série de casas de fazenda. Uma queima inteira enquanto silhuetas de farejadores – uma cruza de leão com elefante com uma lâmina no lugar da tromba – se destacam bem diante dela.

– Parem! – ruge Taaft. – Só um idiota correria o risco de levar fogo amigo. Ajoelhem e disparem. Como a gente ensinou. Levem o tempo que for preciso. Não gastem balas.

Eles se espalham, enchendo o ar gelado de nuvens de vapor, os fuzis erguidos. Além de Liz Sweeney, nenhuma das crianças atirou de verdade antes. Mas elas querem fazê-lo, e têm Nabil e Taaft para fortalecer a unidade. Nenhum dos instrutores sabe o que é errar a uma distância curta dessas.

Anto ainda tem algumas granadas. Lança a primeira assim que os outros abrem fogo. Em meio minuto, dezenas de monstros são abatidos. Outros caem antes mesmo de perceberem que as balas estão vindo de trás, e não dos combatentes encurralados.

Um ruído vem de dentro de uma das construções. Um gigante emerge pegando fogo, o grito agudo e dolorido; assim que coloca o pé nos campos, despenca no chão. Dois de seus companheiros que estavam arrancando pedaços de parede com as mãos nuas se viram e cambaleiam na direção dos novos atacantes, cada um com uma mulher-corvo voando acima da cabeça ao mesmo tempo que os incita.

– Os joelhos! – grita Nabil. – Mirem nos joelhos!

As placas protetoras de osso fazem a cabeça ser um alvo ruim, e há pedaços cobrindo o torso dos monstros também. Um gigante cai, chorando de dor, e o grupo começa a atirar no remanescente enquanto a mulher-corvo grita:

– Meu garoto! Estão matando o meu garoto!

– Cuidado! – grita Krishnan.

O primeiro gigante não se entregou. Achou um pedaço de entulho. Krishnan vira a arma na direção da fera, mas esqueceu como recarregá-la, e é tarde demais. Com um jato de sangue, Andrea simplesmente desaparece.

– Continuem atirando! – grita Taaft.

O segundo gigante despenca, mas em segundos os farejadores chegam. Os esbeltos corpos felinos parecem jorrar do clarão das chamas.

A tromba de um dos farejadores dispara na direção do rosto de Anto. A extremidade afiada danifica o cano quente da arma do garoto, que com o punho gigantesco detém a criatura. Ah, que delícia! Zero arrependimento! Poder, muito poder. Golpeia várias e várias vezes, gritando sabe-se lá o quê.

À sua direita, Liz Sweeney rosna, meio em pânico, meio furiosa:

– Que Crom os carregue! – exclama, e a arma dispara.

Um silêncio recai sobre o campo depois disso. Há apenas o gemido de um gigante. O crepitar das chamas. À esquerda de Anto, Niamh e Seán jazem destroçados, os olhos vazios encarando a lua que emerge por entre as nuvens. Ele queria lutar, não queria? Precisava disso. Perderam três pessoas do grupo, mas e daí? É como o mundo funciona agora. As coisas são como são. Sempre foram.

Taaft exibe um sorriso feroz no rosto. Parece que rejuvenesceu, os ombros mais eretos do que nunca, e Nabil… Nabil não consegue nem olhar para a mulher, tamanha sua raiva. Ele não queria estar ali. Não queria arriscar a vida dos alunos.

Taaft não dá bola para ele.

– A gente precisa conferir se tem sobreviventes lá dentro – diz ela.

– Eu vou – diz Liz Sweeney. A pele macia da garota brilha, coberta de suor. – Vem, Anto. Vem comigo.

Ele sente uma vertigem. Como se estivesse escalando o exterior de um prédio alto, sendo fustigado pelo vento, mas sabendo que é forte o bastante para não cair. Com cuidado, dá um passo adiante, mas um único tiro o faz estacar.

– Nós somos humanos! – grita Anto, tomando cuidado de falar em inglês.

– E como eu posso ter certeza disso? – responde o interlocutor, as palavras seguidas de um acesso de tosse.

– Está tudo bem – diz Liz Sweeney. Ela raramente fala em inglês, de modo que soa infantil, inocente de certa forma. – Se mostra. Que chance você tem, afinal? Quer queimar?

– É melhor que ser deformado! Ah, que se dane. Vou sair. Segurem a periquita aí.

Um jovem sai abaixado do meio da fumaça, os olhos lacrimejando e o corpo esbelto como o de uma estátua grega. Em outras épocas, ele poderia ser um astro do cinema, ou no mínimo modelo de passarela.

– Tem mais alguém? – pergunta Anto.

– Não entendi. – Sua voz ressoa alto, apesar da fumaça, o sorriso confiante.

– A pergunta foi simples – retruca Anto, mas Liz Sweeney entende antes dele e repete a questão, agora em inglês.

– Ah! Sinto dizer que estou completamente sozinho. Os outros preferiram uma bala na cabeça quando entenderam que não iam escapar. – Seu sorriso se alarga. – Vocês deviam ter chegado uma hora atrás. Teriam encontrado todo mundo inteiro.

– Você não… fala sídhe?

– Nem uma palavra. Meus pais não acreditavam nas escolas de sobrevivência.

– E mesmo assim… você sobreviveu à Convocação?

– Dã! Hashtag capitão-óbvio! Claro, ué!

Tem algo no rapaz que deixa Anto confuso. Não é o fato de ele ter voltado da Terra Gris apesar de não ter frequentado uma escola. Coisas assim já aconteceram antes. Na verdade, no começo, os poucos sobreviventes não tinham outra escolha.

Talvez seja só inveja pelo contraste da perfeição do rapaz com seu braço deformado pelos sídhes. Vai ter que deixar para pensar nisso depois. No momento, Liz Sweeney está cansada demais para tentar obter mais informações. E Taaft quer que eles saiam de perto daquele incêndio o mais rápido possível, antes que algo pior do que farejadores venha conferir o que aconteceu.

Mas primeiro eles precisam incinerar os corpos de Niamh, Seán e Andrea. Nabil insiste nisso. Fecha os olhos das crianças, com mais carinho do que qualquer pai ou mãe, resmungando para qualquer um que trate os corpos de forma descuidada.

– Não é como se eles fossem acordar! – murmura Liz Sweeney. Mas a única resposta que recebe é uma cara feia.

Depois o grupo, junto com o homem resgatado, volta correndo por onde veio.

O estranho os acompanha sem dificuldades. Parece ter vinte e tantos anos, é atlético e bonito.

– Meu nome é Morris! – diz ele.

Os olhos de Morris brilham com entusiasmo, como se tudo lhe pertencesse e o agradasse.

– Você está muito animado – resmunga Anto. – Não perdeu amigos hoje?

Ele tem dificuldade com o inglês. Não é a língua certa para usar com alguém com a idade tão próxima à dele. E a resposta que recebe é tão cheia de palavras bizarras que mal faz sentido.

– É uma caca-tástrofe absoluta – diz Morris, e abre o sorriso mais branco do universo. – Mas eu não sou um alecrinzinho dourado, né. Já vi muita zica na vida também.

Anto desiste de entendê-lo, e fica de cabeça baixa até voltarem para o armazém e se juntarem aos outros.

Já está escuro quando eles chegam. Todos estão exaustos. Não só da luta, mas também por terem passado metade da noite encolhidos em horror enquanto bombas caíam do céu e um exército de monstros passava marchando. Todos querem cair no sono, porém Nabil os arrasta para fora de novo a fim de encontrar uma casa melhor para se esconderem. Só fica satisfeito duas horas depois.

Eles entram sem cerimônia. Vasculham os armários atrás de comida, mas não encontram nada.

– Eu vou arrumar uns suprimentos – diz Nabil.

Ainda está bravo com Taaft, pensa Anto, *e provavelmente só quer se afastar por um tempo*. Mas ela tem outra ideia.

– Beleza. Eu vou com você, Sapão. Alguém fica de guarda. Já sabem o que fazer.

E, com isso, os dois instrutores desaparecem.

Liz Sweeney já está roncando no único sofá, a arma perigosamente apoiada sobre o rosto. Mitch e Krishnan estão deitados bem juntinhos para se aquecer, a respiração de ambos começando a ficar mais lenta.

Anto sente o peso do cansaço. Está meio afundado na poltrona mais confortável que já viu na vida, então pela primeira vez em semanas as costas não doem. Quanto ao braço... Sente que o membro também está *satisfeito*. Que foi libertado, alimentou-se da selvageria, e agora tudo o que precisa é descansar.

Mas há alguém observando o garoto do canto do cômodo: Aoife, os olhos brilhando no escuro.

– Você deve me odiar – sussurra ela.

Não é culpa de Aoife ter visto o que viu, mas tudo o que Anto consegue fazer é tranquilizá-la com um pigarro.

– Escuta – diz ela. – Eu sei como... como você se sente. Sei mesmo, porque foi a mesma coisa comigo quando a Emma morreu. Eu só queria dormir e nunca ter que pensar nisso e... e eu implorei pra senhora Breen... Eu implorei que me desse o comprimido.

Anto assente. Ele sabe a que comprimido ela se refere, e por que o queria.

– Eu estava errada em pedir pra morrer – continua Aoife. – Não sabia disso até passar por *lá*. Eu não entendia o sentido das coisas.

– As coisas não fazem sentido. – A voz de Anto sai em um grunhido medonho que faz Mitch choramingar dormindo. – Os sídhes vão ganhar. Você escapou da Terra Gris, nós dois escapamos, e ela veio atrás da gente. Você devia ter tomado o comprimido. – Seu braço se flexiona, incansável.

– Com certeza. A escuridão vence no final, eu sei. Mas entendi uma coisa: a Emma morreu. Meu padrasto também. Babunia também. Mas, antes disso, eles *me* fizeram feliz. Por um tempo. Por um tempinho. Não foi permanente, mas por vezes era *tão* gostoso... Pelos deuses, os beijinhos que ganhei! Os bolos. E as histórias quando eu acordava de um pesadelo...

Do que ela está falando? Anto só quer dormir; é tudo o que deseja.

– Eu vou viver agora, Anto. Não pra que a gente vença, mas pra... pra... Você sabe... – hesita ela. Ele não sabe. – Pra que *eu* possa fazer a diferença pra alguém. Pra qualquer pessoa. Se tivesse tomado o comprimido, eu nunca teria essa chance. Mas agora eu tenho. Está entendendo?

Talvez Aoife ache que o cabeceio de sono de Anto tenha sido um gesto de concordância, pois aquiesce em resposta e finalmente – finalmente! – fecha os olhos, permitindo ao garoto descansar também. Ai, pelos deuses, como ele precisa descansar...

Mas, de repente, lembra-se do jovem que resgataram da fazenda. Morris. Ele deve estar sozinho na cozinha gelada.

Anto se força a despertar. Que importância teria isso? Que importância teria qualquer coisa? Mas o pensamento de ficar vulnerável na presença do estranho o deixa profundamente desconfortável.

– Ah, pode sossegar a periquita – sussurra Morris quando o garoto entra na cozinha. – Eu estou de boa de ficar com o primeiro turno de guarda. Acho que estou muito mais descansado que vocês. Nós de Sligo somos mais durões do que parecemos.

– Você é de Sligo?

– Eu *era* de Sligo. No passado. Hashtag EITA NÓIS. O lugar inteiro foi tomado. Eles têm um rei agora. Era do que os sídhes precisavam. Alguém pra revogar o tratado que os impedia de voltar pra Irlanda. – Ele sorri, como se tudo fosse uma piada. Depois se espreguiça como um gato, perfeitamente à vontade.

– Bom – começa Anto. – Eu sinto muito, Morris, mas vou precisar te deixar amarrado durante a noite.

Os olhos do estranho se estreitam. Na prática, é como se os dois estivessem sozinhos, já que nem uma bomba seria capaz de acordar os outros. Morris segura uma espingarda. Está no ápice da boa forma física, e parece tão relaxado quanto alguém que acabou de sair de um banho quente.

– Eu vi seu braço, cara – diz ele. – Como vou saber que você não é uma das criaturas *deles*?

– Eu acabei de salvar você de uma armadilha.

– É isso aí. Você acabou de me resgatar. Dos sídhes. É por isso mesmo que você devia confiar em mim.

Anto está cansado demais para discutir.

O estranho abre um sorriso.

– Ponto pra mim! – diz ele.

O rosto do rapaz é muito… *limpo*. Não existe outra palavra para descrevê-lo. Faz Anto pensar em um dos astros pop das bandas preferidas da avó, os dentes tão retinhos que parecem esculpidos à mão. Anto está tão cansado que Morris parece oscilar em seu campo de visão. Também sente os joelhos tremerem.

– Beleza, então – diz Anto, concordando com a cabeça.

Morris assente de volta, e é quando Anto o atinge – primeiro com o punho direito, mas forte o bastante para distraí-lo de forma a permitir que o braço longo e resistente envolva o corpo do homem e o prenda contra o chão.

– Mas… Mas que porra é essa?! Você não sabe quem sou eu?

– Não – diz Anto, virando o rapaz de barriga para baixo. – Essa é a questão.

Anto apoia o joelho na lombar de Morris para mantê-lo imóvel. Tem algo duro no cós da calça do homem, mas ele ignora. Enfia um trapo sujo na boca do jovem e prende os punhos dele usando o próprio cinto. Em seguida, sob resmungos abafados de ultraje e tentativas do prisioneiro de se desvencilhar, encontra um pedaço de corda em um dos alforjes e amarra os pulsos aos tornozelos de Morris.

Depois disso, e apenas depois disso, é capaz de dormir.

A mágoa

– DE PÉ! TODO MUNDO DE PÉ!

Os gritos da sargento Taaft fazem a construção inteira tremer. Estavam todos adormecidos, aninhados uns aos outros em um montinho de calor. Aoife olha ao redor como se não tivesse a menor ideia de quem são aquelas pessoas. Liz Sweeney xinga a espingarda sobre a qual aparentemente dormiu a noite inteira.

– De pé! – repete Taaft.

Nabil está ao lado dela, a expressão serena no rosto repleto de cicatrizes.

– A gente não está sob ataque – diz ele. – Então quero saber por que esse homem foi amarrado.

Ele está falando de Morris, é claro, que resmunga e se debate no canto do cômodo. O espaço fede a urina, e, pela qualidade da luz que passa pela fresta entre as cortinas, Anto percebe que eles devem ter dormido direto até o fim da tarde, com Morris incapaz de sair para se aliviar, deitado sozinho no frio congelante.

– E aí? – pergunta Taaft, olhando ao redor.

– Eu… Eu… – Anto se levanta de supetão. – Vou soltá-lo agora, sargento.

– Ah! – exclama ela, o rosto rígido como mármore. – Pois pode apostar a própria bunda que vai!

Anto não tem a menor ideia de como conseguiu fazer nós tão bons na noite anterior, mas os dedos enormes da mão esquerda são desajeitados demais para desatá-los. Então corta a corda com a faca.

Morris balbucia, incapaz sequer de choramingar por entre os dentes tiritantes. Anto tenta ajudá-lo a se levantar – *onde raios ele estava com a cabeça?* –, mas o homem o empurra com violência para o lado antes de cair por conta da falta de circulação nas pernas. Todos veem a mancha na frente da calça chique do rapaz.

– Você pirou, carinha – Taaft diz para Anto, mas o tom dela não é grosseiro.

O pecado de Anto é pequeno no cenário atual. Taaft está prestes a dizer mais alguma coisa, porém, no instante em que abre a boca, o que quer que fosse dizer é encoberto pela cantoria.

Eles todos já ouviram anjos antes. As belas vozes são uma promessa de ataques, e agora parece que um coro enorme ganhou vida bem acima deles. Milhares de gargantas em ação, todas em harmonia, vozes femininas e masculinas, agudos infantis, barítonos, sopranos e graves.

A construção chacoalha com o som, forçando-os a procurar algo em que se apoiar. Mitch chora. Aoife estica o rosto redondo para o teto, como se quisesse voar através do telhado para se juntar ao coral.

Logo depois, a música para.

– Escutem, meus amigos – começa Nabil. – Temos algumas notícias para compartilhar. – Pela expressão dele, as crianças já sabem que tipo de notícia é. O único tipo de notícia que parece existir. – A gente capturou uma daquelas cobras falantes na noite passada. Ela estava... se gabando. Galway caiu. Talvez Limerick tenha caído também.

– E Dublin? – pergunta Anto. Ele não pensa na família há dias. Como pode ser tão egoísta?

– Está sob cerco. Ou vai estar em breve. Enquanto vocês dormiam, vimos três colossos feitos de pelo menos cem pessoas cada indo na direção da estrada que leva a Dublin. Algumas das vítimas... Sinto dizer, meus amigos. Algumas usavam uniformes do exército.

A essa altura, Morris já se levantou e fita Anto com um olhar de puro ódio.

– Olha, cara, eu quero é que você vá pentear macaco – resmunga ele.

Anto se sente culpado, mas há algo na escolha das palavras que o incomoda, embora não saiba exatamente o quê. Por um momento, se pergunta se Morris é um sídhe que assumiu um corpo humano. Como Frank O'Leary na escola.

Mas por que Anto desconfiaria de alguém que os sídhes estavam tentando matar com tanto afinco?

– Eu vou dar o fora daqui – diz Morris.

– Não – diz Nabil. – Você escutou os anjos, meu amigo. Eles vão ver você do alto.

– Bom, duvido que me tratem muito pior que vocês, seus cuzões. Estou indo nessa, e ninguém pode me impedir. – Ele empurra Krishnan e segue em direção à porta.

Taaft revira os olhos.

– Ah, deixa o cara, Sapão. Que diferença faz pra gente?

Nabil se vira para ela, forçando cada músculo do corpo a esconder a fúria.

– Foi você quem quis resgatá-lo, Sarah. – Qualquer outra pessoa acrescentaria que, no processo, acabaram perdendo dois camaradas, mas Nabil é muito educado para isso. – Vou convencê-lo a ter um pouco de bom senso.

Anto faz menção de seguir o francês, mas Liz Sweeney o agarra pelo braço gigante – que por *muito pouco* não se desvencilha! O garoto precisa de todo o autocontrole que tem para manter o mal em seu lugar. E talvez a menina perceba isso, pois o solta de imediato.

– Você não tem nada a ver com isso, Anto – diz ela.

– É tudo culpa minha. Talvez, se eu pedir desculpa, ele volte. Não vou demorar. – E, com isso, se afasta.

Nabil e o rapaz estão fora de sua linha de visão, além da sebe, mas Anto ouve Nabil muito bem quando diz:

– Escute, meu amigo, nossa intenção não era desrespeitar você. A gente… – Ele para no meio da sentença por alguma razão, e as próximas palavras de Morris soam como se estivessem sendo ditas com um sorriso.

– Opa, isso aqui no meu bolso é um revólver, *meu amigo*? Ou será que só estou feliz demais em ver você?

Um revólver! Anto amarrou Morris, mas nunca pensou em revistar o rapaz!

Uma arma dispara. Anto sai correndo, se enrosca na sebe, se solta, desliza pelo chão congelado e abre o portão num rompante.

E é tarde demais! Tarde demais! Nabil está de joelhos, as mãos apertando com força a garganta. Os olhos estão arregalados de espanto, terror, choque. E Morris, como um personagem dos filmes de faroeste que acabou de acertar um alvo impossível, finge estar soprando fumaça do cano da arma. Há sangue vertendo da barreira formada pelos dedos de Nabil, que então cai de cara na ruazinha rachada e coberta de gelo.

Morris sorri e mira a arma em Anto.

– Quero que você saiba, esquisitão do braço gigante, que teve o rei de Sligo nas mãos e o deixou escapar. – Ele sorri de novo, deleitando-se demais com o momento para apertar o gatilho.

Anto não está com medo.

– Você é um traidor. É maluco. Foi gente como você que acabou com o país.

Morris cerra o cenho, como se estivesse surpreso.

– Carambolas, sério? Destruí mesmo esse pantanozinho fedorento? O país que me demitiu de todos os empregos possíveis? Humilhado por todas aquelas vacas gordas que não quiseram deixar um cara como eu tirar uma casquinha? Bom... – Ele cospe, fazendo questão de acertar o cadáver de Nabil. – Esse povo não está rindo de mim agora. Eu cacei tantos quantos consegui, e logo vou pro meu reino, juntar outro bando de monstros. Aí eu vou voltar pra cá, pra pegar seus amiguinhos. Não é como se eles fossem chegar muito longe.

Ele estica a mão, traçando círculos com o cano da arma. O que está esperando? Súplicas? Anto não tem nenhuma disposição para implorar, mas deveria estar sentindo alguma coisa, não deveria? O homem morto a seus pés era um dos melhores seres humanos que já conheceu. Forte, mas gentil. Eternamente educado e protetor. E agora era como se fosse um estranho.

A traição de Nessa tirou de Anto tudo o que ele tinha de humano, todas as emoções normais. O braço é o único a sentir alguma coisa. E Anto sabe muito bem o que ele quer: esmigalhar algo.

– Você matou o Nabil – diz Anto, a voz parecendo a de uma máquina.

– E você é o próximo, parça – diz Morris, com um sorriso amplo no rosto.

A porta da frente se abre. Anto imagina que Taaft e os outros ouviram o tiro e estão agindo com cuidado em vez de saírem correndo para a rua. Isso dá a Morris o tempo de que ele precisa para puxar o gatilho de novo.

Nada acontece. Apenas um clique seco.

– Putz – é tudo o que Morris consegue dizer antes de jogar a arma na cabeça de Anto e desembestar pela rua.

Está ficando escuro de novo. Provavelmente há monstros na área. Anto não está nem aí. Dispara na direção do jovem, que, embora não carregue o fardo de um braço gigante, não é movido pela mesma fúria que impulsiona Anto.

Morris se espreme para passar por um portão de madeira que dá em um jardim nos fundos de uma casa. Anto arranca o portão das dobradiças com um único soco e abre caminho por entre as árvores, seguindo na direção da estrada ao longo da qual Morris já voa. O homem pragueja, ofegante. Pede ajuda de santos, de Jesus, Maria e José. Anto está quase alcançando-o. Quase. Ele estende o braço esquerdo no instante em que Morris dá um salto e…

Há um corpo largado na rua. Anto tropeça no cadáver e cai, rolando colina abaixo até pousar em um monte de destroços.

O rei de Sligo ri, feliz e aliviado. Não consegue resistir a uma última provocação:

– Boa sorte na tentativa de voltar pra Dublin!

Anto nem tenta se levantar. Acabou de ter uma visão, um mero vislumbre, na verdade, do rosto mais adorável de todos. *Será que Nessa é mesmo alguém como Morris? Será que ela seria tão insensível?* Mas, no fundo, deve ser ainda pior, visto que agora está parecendo um sídhe. Que outra explicação pode haver?

– Espera! – grita Anto. – Espera… – pede.

Morris mantém a distância, pronto para correr, mas ergue uma sobrancelha na luz baça.

– O que eles te deram? O que os sídhes te prometeram em troca da revogação do tratado?

Morris ri, ainda sem fôlego. Mas abre bem os braços como se dissesse "Eu sou o cara". E responde:

– Isso aqui! Juventude! Beleza! Minha vida nova é maravilhosa!

E vai embora antes que Anto consiga se levantar.

Juventude. É claro. Anto enfim entende o que o perturbava sobre Morris: apesar da aparência, o homem ainda fala como um idoso. Palavras e expressões como "hashtag" e "sossegar a periquita" pertencem à geração dos avós de Anto.

Quando volta à casa, Anto vê o cadáver de Nabil. Taaft não está agindo como ela mesma. Vira o corpo de um lado para o outro e tenta limpar freneticamente o sangue com o que parece uma cortina. Tudo o que consegue é espalhar ainda mais a meleca. Mas Nabil não reclama. Mesmo na morte, parece constrangido com a bagunça, e mais ainda quando Taaft o beija. Ela chora de soluçar. Justo Taaft! Taaft, cuja voz pingava desprezo toda vez que se dirigia ao francês.

– Ah, Walid... – Ela soluça. *Era esse o primeiro nome do instrutor? Walid?*

O estômago de Anto se contrai em um nó. Os músculos também. O braço gigante ainda quer ferir alguém, mas quem? Ele não aguenta ficar olhando.

Como, pergunta-se Anto, o mundo pode continuar existindo sem Nabil por perto para estabilizá-lo? Sem Nessa? Com exércitos de monstros marchando na direção de Dublin, prontos para executar atos indizíveis contra sua mãe e seu pai?

O rapaz abre a porta da frente com a mão errada e quase a arranca das dobradiças.

Lá dentro, Liz Sweeney está à sua espera.

Ela o pega pela mão humana e o leva até o quarto. As cortinas estão fechadas, e o dia já acabou. Os lábios dela são quentes contra os dele, e ela sente a hesitação do rapaz.

Anto não deveria estar fazendo aquilo – é o que sussurra seu antigo eu. Deveria estar casado e feliz em Donegal. Plantando, rindo. Deixando a barba crescer e escalando montanhas ou o que quer que façam naquele lugar.

– Ela morreu – resmunga Liz Sweeney, e Anto sabe exatamente de quem está falando. – E, por Crom, eu estou aqui. Eu ainda estou viva. Por enquanto. Viva.

Ah, por Danú, e como está! O corpo, a pele. O cheiro! A respiração acelerada, as mãos sob as roupas de Anto... Ele não consegue impedir o que vem a seguir. Nem uma centena de sídhes na porta conseguiria. Ele literalmente rasga as roupas dela e depois as dele. Quem sabe qual foi a última pessoa que dormiu nesta cama que fede a mofo? Quem sabe como Anto chegou aqui, ou por que raios ainda não teve a decência de morrer?

Isso é pra você aprender!, pensa ele. *Isso é pra você aprender!*

Com quem está falando? Com Nessa? Ou com a parte idiota de si mesmo que não consegue se livrar dela? Ela é igual ao rei de Sligo. Isso é tudo. Uma traidora que, caso ele volte a ver, vai matar com as próprias mãos.

Mais tarde, Liz Sweeney cai no sono, embora a cama inteira chacoalhe com os soluços de Anto, que derrama as últimas gotas do amor por Nessa, até enfim estar livre.

Os imortais

Quem sabe quantos dias se passaram, ou mesmo se o tempo avançou?

Uma tempestade força Nessa e Ambrosio a recorrerem a uma caverna para se abrigar. A chuva castiga a terra com grandes colunas espiraladas de terra e vegetação. Árvores grandiosas são arrancadas pelas raízes e jogadas aos berros na encosta das montanhas.

Sim, literalmente aos berros.

A princípio, a caverna parece menos intimidadora do que é. Dá para ver que um monstro viveu ali, mas um ser inteligente, e Nessa acende uma chama na ponta do dedo para analisar as formas marcadas nas paredes.

– Você acha que isso é algum tipo de escrita? – pergunta ela.

E o padre Ambrosio bufa.

– Gregos – zomba. – Cismáticos. Não é à toa que foram condenados a viver neste lugar. E não, não sei ler isso. A única palavra que conheço é "peixe", e não a vejo aí. Deve ser mais fácil interpretar os desenhos.

– Desenhos?

– Acima da sua cabeça, minha filha.

Cinco bonequinhos de palito. Dois adultos, duas crianças. Um bebê. Uma casa de telhado reto.

Ela pode não entender grego, mas a solidão do artista a faz lembrar da própria. Precisa desviar o olhar para não ser esmagada pela tristeza.

– Ah, pelas chagas do Salvador! – exclama o padre. – Guarde sua pena. Quem quer que fosse essa pessoa, ou *o que quer* que fosse essa coisa, desenhou aquilo com sangue. Isso mesmo! – Ele sorri da expressão que ela faz. – Você achava que nossos criadores nos forneciam tintas? E quem você acha que encheu esta caverna com tantos ossos?

– Bom, não foi a pobre criatura que desenhou isso.

– Claro que foi, minha filha! Quem mais teria sido?

– O que quero dizer é que a culpa é dos sídhes por terem feito essa coisa assim. As criaturas não são monstros de verdade.

– E quem fez os sídhes serem como são?

– Eu, não – sussurra Nessa. – Não fui eu. Nem ninguém que eu conheço. Os responsáveis já morreram há muito tempo.

– Ah, os famosos milesianos. Seus ancestrais, certo? Aqueles que forçaram os sídhes a sofrer o horror pela eternidade! Seu único crime, minha filha, foi tirar proveito disso. Viver na casa deles enquanto eles continuavam a sofrer.

– Isso não é justo – afirma Nessa, e o padre voa até o ombro da garota, as asinhas já bem mais fortes. – Nem pense nisso.

– Eu sempre penso nisso, minha filha. Mas não vou fazer nada. Nem estou com fome.

Os dois passam a observar a tempestade. Ela está amainando conforme se move na direção que Nessa também deve tomar se quiser manter suas promessas e escapar. E de repente ela se pergunta: se estiver aprisionada pelas próprias palavras, como isso se expressa para o inimigo?

– Todas aquelas promessas que os sídhes fazem, padre… Eles são idiotas?

– De jeito nenhum, minha filha. Estranhos, sim. Cruéis, caprichosos. Brincalhões e empolgados e, às vezes, inocentes como crianças. O que eles não são, porém, é bobos. Ao menos não no que diz respeito às promessas. Eles inclusive tomam muito cuidado na hora de colocá-las em palavras!

– Mas… Mas é impossível manter todas elas, padre.

– Você está certa. É como... É como uma aposta que fazem, minha filha. Os dois mundos flutuam lentamente lado a lado em um oceano enorme, o deles e o seu, ambos pequeninos demais para que o outro o veja.

– Isso... Isso não faz sentido, padre.

– Faz é muito sentido, minha filha! Deus e Lúcifer veem um ao outro como demônios, não? Com os humanos e os sídhes acontece a mesma coisa. Ora! – Ele dá um soquinho no ombro dela, depois a energia momentânea o abandona. – Mas quem sou eu para dizer o que faz ou não sentido? Eu, que mandava às favas tanto astrônomos quanto astrólogos? As coisas simplesmente são como são. Os mundos atraem ou repelem um ao outro ao longo de vidas inteiras, e as regras são complexas demais para que eu as entenda. Mas veja as coisas da seguinte forma: nós humanos somos um navio cheio de tesouros, enquanto eles são piratas malditos. Precisamos mantê-los a distância, pois, quando conseguem chegar perto a ponto de nos abordar, sequestram gente como eu para que dividamos o mesmo inferno. Fazem todo tipo de perversidades! Mas, depois, as correntes nos afastam de novo, mantendo certa distância por gerações, talvez por séculos inteiros...

– Eles sequestram pessoas todos os dias há pelo menos vinte e cinco anos! Com certeza a gente já deveria ter flutuado pra longe.

– Eu já dei a resposta, minha filha. Promessas. O poder do compromisso, se lembra? Cada promessa mantida entre eles e nós é uma âncora que mantém os mundos próximos.

– E uma promessa quebrada nos afastaria deles de novo?

– Exatamente, minha filha, exatamente! Mas é ainda pior. Uma promessa quebrada é como a explosão de um barril de pólvora! Ou é o que me parece, pois é a única coisa que eles temem.

Nessa concorda com a cabeça.

– Vou ensinar os sídhes a me temerem também. Você vai ver. Vamos, padre. A tempestade passou, e quero testar essas muletas novas.

Elas funcionam perfeitamente bem. Nessa praticamente voa encosta abaixo, saltando até a metade da próxima colina com a facilidade de uma jovem gazela. Nunca se sentiu tão forte. Cada passo a aproxima do perigo; porém, se ela conseguir fugir da vigilância de Dagda, também estará mais perto de casa e dos braços acolhedores de Anto. Ele precisa dela. Nessa sabe disso, e já consegue imaginar o prazer no rosto dele quando se encontrarem.

Ela dorme onde dá, conforme os "dias" se passam. Esconde-se de predadores do tamanho de casas. Não estão interessados nela. Ávidos, caçam criaturas que blasfemam e soluçam e são pouco menores que elefantes.

O padre Ambrosio flutua acima da cabeça de Nessa. Suas asas já se curaram, e ele está com a barriga inchada de se alimentar das criaturas que Nessa queimou enquanto avançavam. "Água!', grita ele sempre que avista um pouco. Ou "Monstros!" ou "Sídhes!".

Embora não haja tantos desses últimos quanto Nessa esperava. É como se todos tivessem ido para outro lugar.

– Você está se parecendo cada vez mais com eles – diz o padre.

– Ótimo. Isso me mantém em segurança.

Fato. Dúas vezes, ao vê-la a distância, o inimigo apenas acenou. Também houve um monstro que, com garras tão longas quanto o braço de Nessa, referiu-se a ela como "mestra" e recuou, tremendo da cabeça aos pés.

– Ótimo – repete ela.

Continua carregando o padre Ambrosio em uma tipoia de tecido. Na hora de dormir, usa os resquícios de calor nos ossos para acender uma fogueira. Depois enterra as mãos nas chamas, regozijando-se com a sensação de ser preenchida até a borda.

Não é uma humana que segue na direção de Dagda e seu caldeirão. É uma arma.

Se Anto estivesse ali... Eles seriam imbatíveis. Ele com seu punho poderoso e ela com suas chamas. Nessa imagina os sídhes reverenciando a ambos. E depois... Ora, se os inimigos pudessem esquecer o ódio e a loucura, se pudessem deixar tudo isso de lado e usar sua magia poderosa para o bem, seria possível transformar em um verdadeiro paraíso o inferno que é a Terra Gris.

– Uma ilusão – diz a ela padre Ambrosio certa noite. – Você pensa em derrotar os sídhes com poderes que eles mesmos deram a você?

– Eu fiz com que eles me dessem esse poder – responde ela. – Tomei-o pra mim.

– Foi Dagda quem criou você, minha filha, diga o que disser. Ele sabe tudo a seu respeito.

– Então vou ficar fora do caminho dele. Você sabe o plano! Vou vê-lo a distância e, depois... Vou vazar. Disfarçada de sídhe, se for preciso.

O padre Ambrosio não diz nada. Está na Terra Gris há tanto tempo que mal sabe qual é o cheiro, que dirá o gosto, da esperança.

A Montanha Bico do Corvo está tão perto agora que o próprio sopé esconde a visão do cume. Mas o padre Ambrosio conduz Nessa por uma passagem entre a montanha e outro monte próximo. E é no topo dele, depois de escalar pelo que parecem dois dias, que a garota enfim tem um vislumbre do domínio de Dagda.

Há focos de chama espalhados por toda a área. Tantos que ela sente uma vertigem, como se estivesse olhando para um céu estrelado abaixo de si. Mas são apenas fogueiras. Elas cintilam na planície adiante, cercando uma cratera do tamanho de um vilarejo, um círculo perfeito repleto de um líquido brilhante que poderia ser mercúrio ou prata derretida. Enquanto Nessa observa, bolhas do tamanho de baleias irrompem na superfície.

– O Caldeirão – diz o padre Ambrosio.

– É o...? Mas... Mas eu achei...

Ela arregala os olhos, surpresa, mas não por muito tempo. Não é isso que a promessa diz, é? Então sai correndo encosta abaixo, mais rápido do que o necessário.

Em um aclive suave como aquele, com boas muletas, Nessa é capaz de quase voar. Parar, no entanto, não é tão simples – e ela percebe isso quando vê dois sídhes no caminho e nota que não tem chance nenhuma de mudar de direção antes que eles se virem e a vejam.

Decide acelerar mais, então. O ar fedorento fustiga seu rosto, pedras se espalhando para todas as direções e aracnoárvores se movendo devagar demais para contê-la. Os sujeitos, surpresos, ficam incapazes de reagir.

Ela esmaga os dois indivíduos como um tanque de guerra, jogando-os para o lado e usando seus corpos para diminuir a própria velocidade. Como resultado, depois de menos de dez passos, enfim consegue escorregar até parar.

Nessa precisa se virar na direção do aclive para acabar com os inimigos, lutando contra a gravidade e a relutância da promessa. Uma morte temporária é o máximo que pode conseguir, dada a proximidade do Caldeirão. Mas vai ter que bastar. Ela não quer ninguém abrindo o bico para Dagda!

Vai na direção do primeiro inimigo: uma mulher com cabelos embaraçados, atordoada no ponto em que caiu.

– Ah, minha filha, abençoada seja! – exclama o padre Ambrosio lá de cima.

Nessa ouve o homenzinho salivar.

A garota estuda a vítima. É uma mulher com braços cheios de cicatrizes. Há tatuagens decorando seu pescoço: uma rosa, um navio. Nessa estende a mão, pronta para libertar seu fogo, mas pausa quando seu olhar recai de novo nas cicatrizes.

São antigas.

O Caldeirão não deveria ter curado a mulher? Ela não deveria estar em sua forma perfeita?

– Acabe com ela! – grita o padre Ambrosio. – Por favor!

Isso mesmo!, concorda o fantasma de Megan.

Mas o outro inimigo, que está quase se recompondo, grita:

– Nós somos humanos! – E depois, abanando o braço para tentar espantar o padre Ambrosio, grita: – Credo! Eu odeio esses trecos!

Chocada, Nessa vê que, apesar da pele brilhante e dos olhos grandes, há rugas na testa do homem, outras marcando os cantos da boca. Ele continua:

– Eita, mas olha só. – Parece mais impressionado do que irritado. – Acho que você quebrou meu braço. E a perna da coitada da Veronica também.

– Ótimo – grunhe Nessa. Está tremendo por causa da luta. A adrenalina foi sugada do corpo, e tudo o que sobrou foi a confusão. – Vocês são traidores. Caso contrário, os sídhes teriam modificado vocês.

Ela quer matar aquelas pessoas. Precisa disso, ou seu plano vai por água abaixo. Ainda assim, quando olha para a mulher inconsciente a seus pés… ela vê as tatuagens. Tão pessoais, tão humanas… O fogo parece se refrear na ponta dos dedos.

O homem assente.

– A gente não é muito diferente de você, garota. Fechamos esses acordos pra viver. Alguns são melhores que outros, mas que escolha a gente tinha? Se fôssemos só eu e a pobre da Veronica, daria até pra dizer que o problema somos nós. Mas não. Você vai ver como isso é normal. Tem uns mil e tantos seres humanos honestos como nós vivendo à sombra do Caldeirão. A gente para de envelhecer. Não fica mais doente. E, quando acabar, quando a Conquista se concluir, a gente vai poder voltar pra casa. Essa é a promessa.

– E o que vocês precisam fazer em troca? Por eles?

Um olhar de dor horrenda cruza o rosto envelhecido do homem. Depois, com raiva, ele chacoalha a cabeça como um cavalo afugentando uma mosca.

– Por que isso importa, garota? Eles não estão mortos há séculos? Eu estou aqui agora. Não tenho… – É a dor no braço que o faz hesitar? – Não tenho família. Nem arrependimentos. Vou ser jovem de novo, e logo! Ah, sim, até um ser inferior como eu sabe que a invasão vai muito bem!

Ela fita o homem, incapaz de assimilar a última frase. Significa que seus amigos e familiares já estão sob ataque. Também significa que há um Portão aberto. Um que leva para casa.

O fogo borbulha dentro de Nessa. Hora de acabar com aquilo.

Mas o homem se curva.

– Enfim, você é a Nessa, né? – pergunta ele. – É isso?

– Como…? Como você…?

– Bom, a gente está aqui por sua causa. Eu e a Veronica. Pra recebê-la em nome do Lorde Dagda. Ele sentiu sua aproximação e achou que você ficaria mais propensa a confiar em gente como você.

– Eu não confio em vocês! – exclama ela.

O homem ri.

– E no que você é diferente da gente? Não vai fortalecer meus senhores quando suas promessas forem cumpridas? Seria melhor pra Irlanda se você tivesse morrido durante sua Convocação, mas não! Não! Você tinha que viver, não tinha? Tinha que viver! – Ele abre um sorriso, o sorriso de um homem velho. – Lorde Dagda não precisa que você confie na gente, de toda forma. A gente só está aqui pra te dissuadir de algumas coisas.

– Que coisas?

Nessa então ouve os aplausos. Depois as risadas, doces e cheias de deleite. E, de trás das rochas ao redor, surge mais uma dúzia de pessoas. Sídhes dessa vez: impossível confundir aqueles sorrisos enormes e sobrenaturais com o de humanos.

Algo dispara no ar – o padre Ambrosio! – e atinge o homem bem no rosto. Como ele grita! Mas Nessa já está se virando. Ninguém é capaz de alcançá-la encosta abaixo. Hora de sair correndo. Mas a mulher da perna quebrada não está tão inconsciente quanto aparenta. Puxa uma das muletas, e Nessa sai rolando pelo chão em meio a uma nuvem de poeira.

Ela dá uma cambalhota e cai apoiada em um joelho. A primeira sídhe a alcança. É uma mulher lindíssima cujo sorriso seria capaz de derreter o coração humano mais peludo. Mas Nessa aponta com o dedo para ela, e é a sídhe que derrete. A garota volta a se levantar. Há mais três feéricos bloqueando seu caminho. Será que ninguém os avisou a respeito dela? Ela os cozinha no lugar. Um homem a agarra pelo ombro. Outro passa a mão ao redor do pescoço da jovem, dando risadinhas em seu ouvido, até ambos queimarem também. Ainda assim, os outros sídhes avançam sem temer nada. Cada vez mais indivíduos chegam, até o fogo acabar. Eles a prendem no chão, rindo como um monte de criancinhas brincalhonas até ela ficar imóvel.

O PARQUE

NA MANHÃ SEGUINTE, ANTO DESCE A ESCADA. ESTÁ TODO MUNDO ali. Aoife evita olhar para qualquer pessoa. Krishnan e Mitch estão de mãos dadas. Eles não têm nada a ver um com o outro – o primeiro é tão magrelo e alto que poderia ter sido criado por um sídhe não muito criativo; o outro é tão pequenininho que parece ter oito, e não doze anos de idade. Ambos o encaram com expressões desafiadoras do outro lado da sala. O que faz os dois acharem que alguém se importa, por Crom? Será que de repente pensam que a Nação precisa do filho *deles*?

Mas, quando Anto se vira, depara-se com Liz Sweeney, com a expressão de quem conseguiu exatamente o que queria. O coração dele falha por um instante, mas não de um jeito bom. Não é um sinal de amor, porque ele sabe como é amar e também sabe como é trair a quem se ama. *Somos ambos traidores agora*, pensa o rapaz, *Nessa e eu*.

Anto perambula até o jardim dos fundos, onde encontra um pequeno túmulo patético. O de Nabil, é claro. Taaft está desmaiada ao lado dele, agarrada a uma garrafa enorme de algo bem forte.

Ele se larga no chão, sentindo a umidade congelante se infiltrar nas roupas de treino.

Como um pesquisador explorando as ruínas de uma cidade outrora poderosa, ele escrutina o próprio interior. Será que há algo digno de ser salvo? O braço ainda está ali, é claro. Pronto para lutar de novo. Para socar, esmagar. O resto dele não serve para mais nada. Talvez ele deva tentar algo heroico. Ele poderia abrir caminho na base da porrada até Dublin para salvar sua família. Mas jamais chegaria a tempo, não com um exército inteiro no caminho.

Ele se sente vazio. Anestesiado. Uma pilha murcha de cinzas. Mesmo assim, olha com cuidado e, lá no fundo, encontra uma única brasa ainda acesa. Ele a cutuca e ela se aviva, subitamente incandescente.

Esperança. Faz tanto tempo que Anto não experimenta algo assim que vários instantes se passam até ele reconhecer o que é. Aoife está certa, percebe. Porque mesmo um grupo maltrapilho como o deles ainda é capaz de fazer a diferença.

Corre até a casa.

– Acordem! – grita.

Os outros olham para ele, assustados.

– A gente nunca mais vai conseguir chegar a Dublin – diz Liz Sweeney.

– A gente não vai pra Dublin – responde Anto. – Os sídhes também não estão indo pra Dublin, certo? A gente não viu praticamente nenhum. – Ele mesmo fica surpreso, assim como os demais, quando sorri tão forte que o rosto chega a doer. – Vocês não entenderam? A gente nunca viu nenhum deles porque eles estão com medo de morrer em batalha, agora que chegaram à terra prometida. E eu gosto de saber disso. Amo. E cá estamos nós, atrás das linhas inimigas com um monte de armamentos modernos e munições.

Os alunos concordam com a cabeça, sorrisinhos maníacos se abrindo no rosto. Até Aoife parece assustadora. Logo ela!

– Mas essa ainda não é a melhor parte – continua Anto. – Aquele cara que estava aqui na noite passada. Aquele maldito por Crom, aquele assassino vira-casaca, era o rei de Sligo. O rei que os sídhes criaram e que os deixou entrar pelo Portão. Bom, a gente tinha um rei em Boyle também. Lembram disso? Eles estavam tentando abrir um Portão, mas aí a Nessa... – Ele se interrompe, engole em seco e consegue continuar: – Quando o rei de Boyle *morreu*, o Portão se fechou na cara deles e a invasão falhou.

– Por Crom – diz Krishnan, o pomo de adão subindo e descendo. – Se a gente soubesse... A gente podia ter matado o cara!

– Ah, a gente vai matá-lo, não se preocupe – diz Anto. – Ele se gabou de estar indo pra casa pra arrumar mais monstros pra comandar. Ele está se divertindo. Sentiu prazer em aniquilar as pessoas abrigadas naquela casa. E depois se apresentou como sendo uma delas!

– Eu estou dentro! – grita Krishnan.

Uma sombra fedendo a bebida barata aparece na porta.

É Taaft, cujos olhos estão tão inchados que é um milagre que consiga ver qualquer coisa.

– A gente vai matar aquele cara – conta a ela Liz Sweeney. – O Morris.

– Ele é meu – diz Taaft sem rodeios.

Anto concorda com a cabeça. *Não vai faltar sangue pra ninguém*, pensa.

Entre os destroços da cidade, há bicicletas em quantidade suficiente para montar um exército. Liz Sweeney sabe consertá-las; quando não está se exibindo para Mitch, Krishnan também não é tão bobinho quanto parece. Eles encontram apenas pneus carecas, mas juntam vários além de outras peças de reposição e pegam a estrada na direção de Carrick-on-Shannon.

O grupo viaja de dia – a maior tolice do mundo, é claro. Mas é o que Morris está fazendo também, e a ideia de perder o rastro dele é inconcebível. De qualquer modo, naquela primeira tarde de jornada, eles se encontram protegidos sob a copa de árvores de vinte e poucos anos. Está frio, mas ensolarado. O vento fustiga seus rostos, e animais de todos os tipos podem ser vistos nos pântanos, nas sebes e nos campos.

Ah, que divertido, pensa Anto. Como algo pode ser divertido? Mas o fato é que é. Krishnan corre feito louco atrás de pássaros, escorregando até parar de forma dramática na beira de buracos que poderiam engoli-lo. Nenhuma bicicleta é grande o bastante para sua compleição avantajada. Ele fica parecendo um palhaço num carrinho de criança. Mitch ri, e até Aoife abre um sorriso meio incerto quando um trecho de descida faz com que todos se sintam voando por entre lampejos de luz do sol.

A certa altura, eles derrapam até parar, aterrorizados quando algo monstruoso surge num campo próximo. Mas é só um pobre cavalo com patas demais, o tipo de coisa que os esquadrões de infestações costumavam caçar. A criatura cambaleante nem os nota.

E logo a estrada os leva direto à periferia de um vilarejo vazio com uma dúzia de construções dos dois lados, todas tomadas pela vegetação.

– Ele pode estar em qualquer lugar – sussurra Liz Sweeney. – Lembra quando a gente passou por aqui antes? Tinha o quê, umas cem casas?

– A gente sabe pra onde ele está indo – insiste Anto. – Está voltando pro reino dele.

Minutos depois, chegam a um parque que margeia o rio e são recompensados com a visão de um único sídhe. É o primeiro que Anto vê desde aquele que matou com a granada quando ainda estava com o esquadrão de infestações. O homem brilhante nem o nota. Está encarando uma árvore. Estende uma mão trêmula na direção dela, a expressão admirada.

– Mas que linda! – grita ele. – Oh! Oh!

Imóveis, eles veem o feérico cair de joelhos e chorar baixinho, pressionando o rosto contra o tronco.

– Eu sempre quis voltar para casa – continua ele. – Oh, minha casa!

O feérico não escuta quando eles pousam as bicicletas na terra batida e em áreas gramadas. Atacam feito um bando de tubarões. Destroçam o sídhe em silêncio absoluto; quando não resta mais nada dele, levantam-se sem dizer uma só palavra, cobertos de um sangue que não é muito diferente do deles.

Eu sou um monstro, pensa Anto. Experimenta o pensamento de novo, como se estivesse cutucando um dente dolorido com a língua. Mas não sente arrependimento nenhum.

Um guincho súbito os faz dar um salto no lugar. Há outra sídhe ali, observando de trás de uma moita, a boca perfeita retorcida em uma careta de horror. Ela congela quando eles avançam em sua direção.

– Eu... Não! – exclama a feérica. – Não posso morrer aqui! Não ainda! Não consigo sentir o Caldeirão! Por favor!

Ela tem sardas brilhantes na pele dourada. As bochechas têm uma curvatura gentil capaz de partir corações. Mas quem é que tem espaço para um coração? Melhor ter armas de fogo, isso sim. E facas também, que são coisas muito mais satisfatórias.

– Considere que recebeu sua Convocação – sussurra Liz Sweeney. – É disso que vocês gostam, suas bizarrices! É assim que a gente se sente!

A mulher corre, ou tenta. Eles vão atrás dela, o rosto contorcido em sorrisos. A elegância dos sídhes abandona a mulher quando ela tropeça numa pedra, caindo e se esparramando como uma boneca de pano chorona.

– Espera! – É Aoife que grita para impedir o regozijo das lâminas. Há lágrimas escorrendo por seu rosto. – A gente pode fazer umas perguntas pra ela, não?

Anto estremece. Isso que ele está sentindo é... é *alívio*?

– Sim – responde ele, a voz rouca. – A gente tem uma missão agora. Uma missão. A gente precisa saber onde o Morris está.

Krishnan cobre as mãos perigosas da mulher com pedaços de tecido e as amarra atrás das costas enquanto Liz Sweeney vasculha os bolsinhos no cinto da sídhe.

– Por Crom – diz a garota. Encontrou uma maçaroca branca, na qual dá uma cheiradinha. – É meio doce.

– Vais roubar minha comida? – rebate a sídhe, ainda chorando. – Crês que se pareceres conosco serás poupada depois da Conquista? Não! Nós podemos ver além da pele, inspecionar teus corações. Sabemos quem são os nossos, nós...

Liz Sweeney a chuta com força, duas vezes. Faz menção de continuar, mas Aoife a puxa para trás.

– Tira as mãos de mim, Aoife! Eu já te disse que não tenho interesse em você. Eu tenho um namorado agora.

Aoife sibila, o olhar tão severo que até Liz Sweeney fica em silêncio:

– Eu só vou fazer umas perguntas pra ela, nada além disso.

Mas a mulher sídhe não abre a boca.

Eles passam a noite tremendo dentro de uma casa, sem ousar acender fogueiras, todos encolhidos juntos, exceto as pessoas montando guarda.

Pela manhã, a sídhe está morta e Taaft está limpando uma enorme faca de caça.

– Não teve jeito. Ela estava olhando pra mim.

Aoife abaixa a cabeça como se estivesse envergonhada, mas ninguém diz nada.

A JAULA

UMA CENTENA DE MÃOS MORTAIS SE ESTENDE NA DIREÇÃO DE NESSA, roçando sua pele, enquanto uma voz musical elogia o poder da promessa dentro dela. Ela está no chão, tentando se arrastar para longe. Gritando de medo de a transformarem em um monstro – um manto vivo, uma obra de "arte".

Mas não, eles a estão guardando para outra pessoa. Para o pior e mais imaginativo dos sídhes: o próprio Lorde Dagda.

Alguns dos feéricos ficam para fora do monte. Curam os humanos – o homem sem olho com o braço quebrado e a mulher que teve a perna ferida. Ambos gritam de dor, uma dor da qual Nessa se lembra da própria transformação. Outro sídhe junta os ossos da pessoa que Nessa matou. Para o Caldeirão, sem dúvida.

Não há sinal de padre Ambrosio.

Os inimigos então a pegam no colo. Uma dúzia deles a carrega sobre a cabeça, como se ela fosse um cervo morto exibido para o resto da tribo, embora não haja ninguém ali para testemunhar a cena. Eles a levam até a base do declive, sob uma chuva de cinzas, rindo com empolgação. Conversando.

– Nós vamos voltar para a Terra das Muitas Cores – diz um deles. Não há malícia em seu rosto, apenas uma empolgação que ele deseja compartilhar com uma velha amiga. – Eu mesmo vou avançar depois que Conor tiver matado a ti e nossa promessa feita a ele tiver sido cumprida.

– O Conor está morto! – exclama Nessa. – Ele queimou nos meus braços!

– Sim! Ah, sim!

– Vocês vão... Vocês vão trazê-lo de volta à vida usando o Caldeirão?

– Ele não se banhou no Caldeirão quando atingiu a maioridade. O Caldeirão não o conhece, não tem como lembrar dele. Tampouco lembrará de ti quando Conor enfim tiver te matado. Teu destino é morrer, querida. E será glorioso!

A fala não faz o menor sentido para Nessa. A única parte importante é que a intenção deles é matá-la, e a dela é frustrar os planos deles encontrando o caminho de volta para casa. Ela cerra os olhos. Respira fundo várias vezes, lutando contra o terror que insiste em petrificar seus músculos.

Vou ter que enrolar pra conseguir mais tempo. Nessa está pensando em todas as fogueiras que viu ao redor do Caldeirão, fontes de poder para si. Sem falar no próprio Caldeirão. E se ela nadar em suas águas prateadas? Será que isso impedirá que ela morra? Ou a transformará em um deles?

Há um vilarejo cheio de choupanas imundas na base da colina. Uma multidão de humanos grita enquanto ela passa. Muitos apontam. Alguns são jovens e belos como os sídhes. Outros, talvez menos cuidadosos com o que pediram ao fazer uma promessa, estão acabados e velhos. Alguns foram inclusive modificados de formas que os sídhes creem serem "divertidas"; tais tristes indivíduos correm de sombra em sombra, ou cambaleiam miseravelmente sobre patas de elefante – isso quando conseguem se mover.

Ninguém sorri. Parecem ter sido abandonados, embora o dia de seu retorno triunfante deva estar de fato muito perto.

Além do assentamento humano, há outro vilarejo – ou algo do gênero. Consiste em colinas com buracos dos quais mais sídhes saem se arrastando como vermes. O medo de Nessa é ser levada lá para baixo, na escuridão úmida das profundezas da terra. Ela luta contra o pensamento. Em vão, pois ele já tomou conta de sua mente – até ela enfim ver onde será colocada.

É uma jaula. As barras são formadas por colunas grossas de ossos, que suportam um teto coberto por cabelos densos e oleosos. Quando a enfiam na gaiola, Nessa sente o chão quente e coriáceo, com veias pulsando debilmente.

– Não vais ficar aqui muito tempo – garantem os captores.

Eles a trancam ao fundir dois ossos um ao outro, fazendo a jaula inteira se retorcer e gritar de terror e dor.

Os sídhes riem e dão tapinhas na criatura. Depois assobiam para dois "cães" – um que era originalmente um homem e outro uma mulher, as línguas oscilando para cima e para baixo e os olhos ávidos.

– Nossos animais de estimação cuidarão de ti até Dagda chegar – diz o sídhe.

– E, hã... quando isso vai ser?

– Quando ele mais precisar do poder.

Eles a deixam ali, alguns de mãos dadas, alguns cantando ou rindo. Um deles até mesmo saltita...

– Que se danem vocês! – grita Nessa.

Ela vai matar todos eles. Vai matar cada um se tiver chance. Primeiro, porém, precisa sair dali.

A garota explora a prisão, procurando por pontos fracos. Não pode desistir. Não pode se entregar à solidão que paira sobre si desde o instante em que Cassidy a retirou do ônibus. Nem ao desespero, nem ao azar.

A jaula estremece ao seu redor.

– Está tudo bem – diz Nessa.

Ela fala com a criatura em sídhe, inglês e gaélico. Será que a criatura pode ser morta? Será que a garota tem a frieza necessária para fazer isso depois de ouvir o jeito como gritou quando os sídhes a deformaram? Mesmo que consiga escapar dali, Nessa vai precisar dar um jeito nos "cães". E depois?

Como se pudessem ouvir seus pensamentos, os dois "animais" começam a rosnar.

– Nuuuuum gostaaaaa! Nuuuuum gostaaaaa!

Mas o que os está incomodando é o padre Ambrosio, que voa do lado de fora da gaiola em um borrão de asas.

– Achei você, minha filha.

– Padre! Você voltou!

– Não foi a atitude mais inteligente que já tomei, criança. Por que deveria ajudar a menina? Foi o que perguntei a mim mesmo. Sou um condenado, afinal de contas... Deus não se importa com o que faço ou deixo de fazer.

– Então por que veio?

– Porque quis. Por você, é claro: a única amiga que tive em muitas, muitas vidas. E porque odeio os sídhes e vou contrariá-los se puder.

– Você vai me tirar daqui?

– Isso está além das minhas capacidades, minha filha – responde ele.

Ela precisa se esforçar para escutá-lo acima da fúria e dos ganidos dos "cães".

– Não, há apenas uma coisa que você pode fazer. – Ele paira acima dela e abre os braços, dramático. – Desafiar Dagda para um duelo.

– Um o quê?

– Duelos são a grande diversão dele. Assisti-los, em geral. Fabricar criaturas para lutar contra outras. Curá-las e depois colocá-las para lutar de novo. Mas ele também gosta de entrar em algumas disputas; quando vence, é sempre na base da astúcia. Já enganou milhares de oponentes, até que tudo o que lhes restasse fosse o Caldeirão. Já atraiu humanos às baciadas para a morte, ou para o desejo de morrer.

– E ele já perdeu alguma vez?

– Não que eu saiba. Não desde a época de Nuada, ou foi o que meus mestres me contaram enquanto os carregava nas costas em meus tempos de cavalo. Razão pela qual ele oferece o que for àquele que porventura o vença. Porque tem certeza de que ninguém vai vencê-lo.

– E você acha que eu sou capaz de ganhar?

– Ah, você vai ter uma boa chance, minha filha! Excelente! Porque você tem um truque na manga também.

– O fogo?

– Verdade, tem o fogo. Bom, nesse caso, dois truques.

– Qual é o segundo?

– Eu!

– Você? Você vai me ajudar, padre? Vai arriscar ser transformado em algo pior?

Nessa fica comovida, porque sabe que esse é o maior medo dele. E mesmo assim lá está o padre, flutuando diante dela: assentindo, sorrindo. Lambendo os beiços...

– Tudo o que peço é um dos seus olhos – sussurra ele. – Você não vai precisar dos dois para lutar. Vou tirá-lo de um jeito indolor. Consigo fazer isso. Sinto muito por pedir. Eu não pediria, mas...

– Sai daqui! – grita ela. – Sai! Sai!

Ela tenta atingi-lo pelas barras da jaula, e ele voa para longe; um dos "cães" quase o pega, as mandíbulas estalando no ar.

– Você precisa mais de mim do que de um olho! – exclama o padre. – Eu poderia ficar voando ao redor do rosto de Dagda. Distraí-lo. Ora, você mal consegue ficar de pé sem as muletas! Um sopro de vento mais forte já derruba você. Sua idiota! Ninguém consegue vencê-lo! Ninguém consegue sequer tocar nele!

Nessa dá as costas para o padre, que logo vai embora.

– Vai tarde – murmura ela, já desejando que ele volte.

Ela luta contra as lágrimas, embora não haja ninguém ali além dos "cães" para vê-las.

Pensa que deveria ter entregado um olho. Talvez até os dois! Valeria a pena em troca de não ter que encarar aquilo sozinha. E, na pior das hipóteses, faria com que sua promessa fosse quebrada, pois como poderia ver Dagda sem os olhos?

Nessa ri da própria estupidez, fazendo as criaturas do lado de fora da gaiola grunhirem. O inimigo faria novos olhos para ela, é claro. Poderia formar os órgãos a partir de outras partes de seu corpo. *Não*, pensa. *Melhor mesmo o padre ingrato ter ido embora.* Vai encarar o perigo como sempre fez, sozinha, de cabeça erguida e um sorriso feroz nos lábios.

– Quietinhos, queridos – diz uma voz doce, e o rosnar dos "cães" se transforma em ganidos.

Há uma mulher do lado de fora da jaula, coçando a cabeça peluda e desgrenhada dos animais. Ela dá um puxão carinhoso nas barbas do "cão" macho. Lágrimas de alegria escorrem pelas rugas do rosto dele.

– Amooooo tu – gane a criatura.

– Não, eu! Não, eu! – retruca a fêmea.

A beldade sídhe acaricia a jaula também, e Nessa cogita tentar segurar o braço dela antes de se lembrar que as mãos dos feéricos são a última coisa que qualquer humano deveria querer tocar. Em vez disso, pigarreia.

– Quero um desafio – diz ela. – Quero desafiar Dagda. A… – Por Crom, soa tão idiota! Tão infantil! – Quero desafiar Dagda em um duelo.

O sorriso da mulher se alarga.

– Sim. Ele disse que tu talvez fosses dizer isso e que eu deveria aceitar.

– Ele… Ele disse?

– E que eu devia devolver-te teus gravetos de andar. Ele mal pode esperar para vê-los sendo usados em combate.

E, como se as tirasse do nada, a mulher lhe entrega algumas raízes por entre as barras da jaula, junto com uma bexiga humana cheia de água.

– Come devagar – diz ela. – Não é muito, mas tu estarás morta antes que voltes a sentir fome.

O DUELO

Dois sídhes fortes arrastam Nessa da jaula. Ela escuta sons de comemoração. A notícia do duelo deve ter se espalhado rápido, pois homens e mulheres saem das tocas na terra. Todos parecem belos e felizes como anjos.

Os guardas sídhes exibem Nessa numa procissão em meio à turba. Verão não uma, mas duas promessas sendo cumpridas. O domínio deles sobre a Terra das Muitas Cores ficará ainda maior, e mandarão mais e mais monstros pelo Portão até que o outro lado seja um lugar seguro para viverem.

E como gritam de empolgação, as doces vozes ecoando nas paredes do Caldeirão. Estendem as mãos mortais para tentar tocar a ladra – aquela que desafiou o próprio Dagda – e a assistem lutar contra o ímpeto de se encolher, como se eles pudessem machucá-la! Só de imaginar a possibilidade...

Há fogueiras queimando por todos os lados. São maiores que casas, alimentadas com ossos e madeira sanguinolenta, com velhas folhas coriáceas e aracnoárvores que se retorcem sem parar. A menina abaixa duas vezes para tentar tocar as chamas; o inimigo está atento, porém, e uma mulher até mesmo se joga no meio das labaredas para evitar que Nessa encoste nelas.

– Oh, que espirituosa! – alguém exclama. – Dagda vai gostar desta!

Nessa também vê humanos em meio à multidão – é capaz de reconhecê-los agora, de ver além da pele brilhante para encontrar a alma apodrecida dentro dela. Eles a fitam com avidez, como se com inveja de sua morte iminente.

Ela é carregada colina acima. Criaturas pequeninas similares a morcegos voam, gritando e emitindo estalidos, rodopiando em pequenos bandos. Um deles, menor que o antebraço da garota, passa voando perto o bastante para sussurrar:

– Desiste! Desiste! Do que adianta? – Quando um dos sídhes o espanta com um gesto da mão, ele voa para longe, horrorizado.

No centro das colinas do vilarejo inimigo existe uma arena: um espaço aberto, repleto de rochas em formatos esquisitos, cercado por um anel perfeito de montes. Já está tomado pela multidão. Feéricos e seus aliados humanos se acotovelam por um espaço nas encostas.

Entre os espectadores, no topo de cada morro, há mais fogueiras. Mas não é isso que Nessa percebe quando os guardas enfim a levam até o centro do espaço aberto e lhe entregam as muletas.

Ela arqueja e arregala os olhos. Há *Portões* lá em cima. Não portões de verdade, mas contornos borrados, cada um com uma forma familiar. Ela os viu durante a Convocação, não viu? E antes também, no dia em que Liz Sweeney a perseguiu pelos arredores de um Forte Feérico, só que aquele era feito de pedra.

Uma mulher se aproxima de Nessa. Teias de aranha brilhantes adornam seu corpo, enfeitadas por pedaços de bronze ou ouro. Mesmo esticados em um sorriso, seus lábios são cheios, as bochechas levemente redondas sob os olhos cintilantes, grandes o bastante para alimentar o padre Ambrosio por uma vida inteira.

Um monstro que bate na altura do ombro de Nessa e com o rosto de um crocodilo humano rasteja ao lado da mulher sobre um carpete de tentáculos melequento. Respira pela enorme boca em chiados dolorosos. Os olhos lacrimejam sem parar.

– Meu nome é Lassair – diz a mulher, a voz tão doce quanto o nome. – Lembras de mim?

Não é fácil distinguir um sídhe de outro. A perfeição deles não permite que muitos detalhes sejam registrados. Mas a roupa desperta uma lembrança em Nessa.

– Eu te encontrei no primeiro dia aqui. Você... Você queria me transformar em um macaco.

O sorriso de Lassair fica mais amplo.

– Sim! Nos divertimos tanto!

– Eu matei um dos seus amigos.

– Pois mataste mesmo! – A mulher junta as mãos diante do corpo. – E o fez muito bem! Empalado pela boca. Mas agora preciso agradecer-te, pois será o poder de tua morte que me levará de volta para casa.

O fantasma de Megan escolhe esse momento para sussurrar: *Manda essa desgraçada comer merda!*

Mas provocar não é do feitio de Nessa. Ela ignora a sídhe, fitando as fogueiras no topo das colinas. Como pode chegar lá com uma turba tão densa ao redor? Como pode abrir um daqueles Portões fantasmagóricos e voltar para casa?

A mulher aguarda, acarinhando o animal de estimação lacrimoso.

Lassair ri.

– É claro que vais morrer! Uma promessa cumprida é poderosa, mas uma quebrada pode fazer um mundo tremer! – Por um instante, o sorriso cede. – Quando Conor falhou em matar-te da primeira vez, as consequências... – Ela estremece. – Felizmente, encontramos uma alternativa. Encontramos... uma certeza dessa vez. Teus ossos ficarão aqui, e vou usar o poder de tua morte para me impulsionar até meu lugar de direito na Terra das Muitas Cores. Agora meu mestre me ordenou que dissesse que tu deves escolher uma arma.

Isso chama a atenção de Nessa.

– Uma... uma arma?

– É claro! Achas que ele é injusto? Não... Ele é como tu, Nessa.

Ele não é nada como eu!

– Teu povo nos tirou tudo. Ou tentou! Roubou toda a beleza, e mesmo assim nós criamos nossa própria beleza. – Lassair aponta para a miserável pessoa-crocodilo a seu lado. – Teu povo sequestrou a alegria e forçou tratados injustos sobre nós, tratados que apenas um rei humano pode revogar. Ainda assim, tolos, vós abandonastes teus reis, permitindo que fizéssemos os nossos. E, a despeito de tudo isso, a despeito de nossas dificuldades, a determinação de Dagda persiste. E ele vê a mesma força em ti, por mais que sejas uma ladra.

Ela faz uma pausa, franzindo o cenho para o animal de estimação. Com dedos delicados, alisa um calombo nas costas da criatura, as mandíbulas de crocodilo se abrem e o animal geme pelo que só pode ser terror.

– Por favor – começa Nessa. – Não...

– É claro, meu lorde vai sabotar-te – continua Lassair. – É da natureza dele. Vai assistir enquanto tu morres, assim como todos nós. Mas tu mereces uma chance de lutar. Mereces uma arma.

– Fogo – diz Nessa, respirando fundo. Eles nunca aceitarão. – Eu quero fogo.

– Fogo?

– Me deixem enfiar as mãos nas chamas pelo tempo de contar até cem. É a arma de que preciso.

– É esta, ladra, tua escolha final?

– Sim.

– Não queres uma lâmina? Um estilingue? Poderias ter uma lança.

– Quero fogo.

Lassair joga a cabeça para trás e ri tanto que sobressalta o crocodilo dotado de tentáculos.

– Ah! – exclama ela. – É exatamente o que meu Lorde Dagda achou que tu dirias. "Fogo", disse ele. "A garota vai pedir para tocar as chamas!"

E Nessa sente um calafrio.

Eles escoltam Nessa até a fogueira mais próxima, no topo da colina.

– Espero que não desperdices tuas chamas em mim – diz Lassair, sem medo aparente. – Precisarás delas para lidar com Dagda.

Nessa, é claro, considerou a ideia de matar a mulher e fugir. Mas há outros obstáculos pela frente. Um grupo de sídhes se posicionou entre ela e a rota de fuga. Nessa precisaria queimar todos eles. E depois? A promessa logo a puxará de volta; sabe disso porque já sente o anseio de voltar para a arena e ver Dagda, de acabar com tudo...

Para com isso!, Nessa diz a si mesma. *Para já!*

Precisa se forçar a continuar no lugar com as mãos mergulhadas no fogo enquanto as mangas da camisa arruinada da prisão são carbonizadas.

– Talvez fosse adequado tu me queimares, no fim das contas – murmura Lassair. Está segurando as muletas de Nessa. – Meu nome faz menção ao fogo, sabias?

Há outra maneira de fugir. A menos de vinte metros dali, há um Portão. É só uma sombra, um contorno fantasmagórico, brilhando em um verde baço que parece deslocado naquela terra sem cores.

Abre, por favor, implora Nessa. *Por favor, abre, por favor.*

E Lassair deve imaginar o que ela está pensando, pois ri e de novo fala acima dos estalidos do fogo:

– Eles só abrem um por vez, e à custa de uma grande dose de poder!

– De... de promessas?

– De promessas *cumpridas*. Vê!

Nessa semicerra os olhos para enxergar o que Lassair está apontando. Em posição precisamente oposta à dela, sobre outra colina, uma centena de sídhes faz fila diante de um Portão exatamente igual ao que ela viu, estandartes voando ao sabor da brisa repleta de cinzas. Ela não consegue ver seus semblantes, mas há algo em sua linguagem corporal que expressa ânsia e alegria. Estão indo para casa. Para a Irlanda. A casa de Nessa. Vão tomar o lugar para si. Vão matar sua família e seus amigos, ou exilá-los por uma eternidade de horror e loucura.

– Aquele Portão é o próximo a abrir – diz Lassair, embora nem seja necessário. – Para terminar o ataque a Eblana!

Nessa estremece, pois este é o nome muito, muito antigo de Dublin, a maior cidade remanescente, com habitantes em quantidade suficiente para inundar de monstros o mundo. Será o fim da Irlanda – e a promessa tola de Nessa, sua fome de viver, só acelerou o processo.

Por vontade própria, os músculos da garota a fazem virar para encarar a arena. Fez uma promessa, afinal de contas, e não a quebrará – não ali, não tão perto de ser cumprida.

Lassair se aproxima, o monstro rastejando ao lado, grunhindo e chiando.

Mata essa vaca de nariz empinado!, urge Megan. *Apenas mate-a por mim.* E é o que Nessa quer fazer, de verdade. E aquela pobre criatura? Nessa poderia – *deveria!* – pôr um fim àquele sofrimento.

A mulher sorri e assente, encorajando a garota. É tudo de que Nessa precisa para resistir. Precisa do fogo... Será que precisa mesmo?

– Me diz uma coisa – começa ela, reprimindo as emoções convulsionantes. – Dagda é como... como eu? À prova de fogo?

A pergunta parece perturbar Lassair, tanto que seu sorriso mágico se transforma em uma careta de nojo.

– Como o Caldeirão nos reconheceria se alterássemos a nós mesmos?

Nessa solta um suspiro de alívio.

Lassair a escolta de novo ao centro da arena. O chão não é tão nivelado; há montículos aqui e ali. Pedras, algumas rochas. Mas nenhuma vegetação cresce no lugar. Pelo menos Nessa não vai precisar se preocupar com a flora letal da Terra Gris enquanto luta pela vida.

Lassair se vira para Nessa e faz uma mesura.

– Agradeço-te, ladra. E agora te entrego a teu próprio destino. Quando Conor te matar, retornarei à Terra das Muitas Cores.

– Dagda não é Conor.

– É claro que não!

Quando dá por si, Nessa está sozinha no meio de uma área do tamanho do ginásio da Boyle, cheio de uma multidão cada vez mais inquieta, especialmente na colina mais ao longe, onde os sídhes aguardam diante do Portão que logo se abrirá.

Então, o silêncio recai sobre o lugar. Um homem de proporções heroicas e rosto imberbe avança a passos largos até ela; os gloriosos olhos dele brilham sob sobrancelhas proeminentes. Ela já o viu antes. Claro que já! Dagda, uma divindade viva – seu próprio nome significa "O bom deus"! Seus braços parecem capazes de quebrar ao meio um carvalho. O queixo é duro o bastante para quebrar montanhas. A roupa – uma criatura viva – se molda aos contornos do corpo do homem de uma forma que poderia ser idealizada apenas por um desenhista de histórias em quadrinhos.

Ele é puro granito. É a fúria de um povo atormentado tornada realidade, e sua oponente é uma adolescente lamentável e meio esfomeada.

A vontade de Nessa era desviar os olhos, era mesmo. Mas ele está à sua frente agora. Bem próximo, e Nessa o *enxerga*.

O ar tremula. O Portão se abre.

Um lampejo atinge e atordoa os milhares de presentes com mais força do que a visão de um deus, pois é a luz do sol que penetra pela passagem. Para dentro da Terra Gris. Pinta tudo com sua beleza dourada. E o azul ao fundo!

– Ah! – exclama Nessa, porque depois de tanto tempo ali ela se esqueceu do céu, do poder dele como um poço infinito de glória.

Há verde também, mas não o tom doentio que vem dos contornos baços dos Portões fantasmagóricos, e sim um verde de uma natureza alegre e fértil.

– Obrigado – sussurra Dagda.

Por mais que seja um deus, parece estar mais abismado que todos os outros. *Isso é bom*, pensa Nessa. Depois se pergunta: *Será que o duelo tem algum juiz?* Não vai esperar para descobrir.

Enquanto Dagda observa suas tropas passando em júbilo pelo Portão, Nessa estende a mão e liberta as chamas.

Ela não economiza no fogo. Libera metade dele. Uma labareda de um vermelho furioso que, ela acha, seria capaz de derreter uma casa.

Quando as chamas morrem, Dagda continua ali, as sobrancelhas um pouco chamuscadas e só.

– Tu esqueces, ladra... – começa ele. – Esqueces que te conheço. – Ele dá de ombros e pega algo que está às suas costas, algo quase tão grande quanto ela. Uma placa de algum tipo. Um quadro? Uma arma? – Sei qual é o alcance do teu poder e fiquei além do limite dele.

Nessa não perde tempo agradecendo ao sídhe pela valiosa informação. Em vez disso, impulsiona-se com as muletas e, antes mesmo de voltar a tocar o chão, cospe mais fogo no rosto dele – o suficiente para cegá-lo, crê. Mas a coisa que Dagda tirou das costas se revela ser um escudo, e se interpõe entre os dois bem a tempo.

O objeto berra quando é atingido. O som horrível faz Nessa recuar.

– Me orgulho deste trabalho – diz Dagda. – Gostaste?

Diz pra ele enfiar esse escudo no rabo!, diz Megan, mas Nessa apenas o encara.

Dagda produziu um escudo a partir do corpo de um homem. Parece algo saído de um desenho animado: um corpo nu achatado. As mãos estão espalmadas à frente, como se tentassem conter o peso do mundo. Ela nota que o ataque fez o cabelo da criatura pegar fogo e escureceu os dentes do lamentável rosto esmagado.

O lorde feérico ri.

– Achas que és a única que protegi contra as chamas, ladra? – Ele se aproxima, mantendo o "escudo" erguido. – Já usaste todo o teu fogo?

– Ainda tenho muito sobrando.

Mas Nessa se lança para trás, usando as muletas para tornar as passadas maiores e se mover mais rápido. Precisa dar um jeito de se colocar do outro lado do escudo – pois, apesar do que acabou de afirmar, só tem combustível para mais alguns ataques. Depois disso... Bem, depois disso, ela já era.

Na colina atrás de Dagda, o pequeno exército já passou quase inteiro pelo Portão. Outro grupo, ainda maior, aguarda em um monte próximo pela chance de partir. Lassair deve estar entre eles, pensa Nessa. Só precisa que ela, Nessa, morra para ter uma chance de voltar para casa.

Não se distraia!

Volta a atenção ao oponente. Ele ainda não tentou atacá-la – mas agora tira uma arma do cinto, e a multidão nas encostas aplaude. Alguns indivíduos saltitam empolgados – o que é estranho, pois, embora o próprio Dagda pareça uma ilustração digna de Jim Fitzpatrick, a arma que brande não passa da mais primitiva das lanças. Nessa esperava uma espada brilhante maior do que ela mesma. Ou alguma coisa horrenda como o escudo, que cuspisse veneno ou algo do gênero.

Mas o que vê não passa de uma vara com um carvão escurecido na ponta.

Dagda interpreta errado sua expressão.

– Não te preocupes, ladra – diz ele. – É afiado o bastante. Estou muito impaciente hoje para fazer com que sofras por muito tempo.

E é quando ele dá o bote. É uma demonstração incrível de força: mesmo sem tomar impulso, e carregando o peso de um corpo humano adulto na forma de escudo, ele cobre três metros em um único movimento e aterrissa bem diante de Nessa. A lança apodrecida se projeta. Nessa cambaleia para trás. A dor! Sente o corte no rosto, ardente e brutal, o sangue escorrendo pelo queixo, e um jato acidental de fogo se dissipa no ar.

Dagda a golpeia na barriga, depois no braço. Com ajuda da muleta, ela desvia para o lado no último instante, e uma bolha de chamas disparada contra os olhos do oponente o faz cobrir o rosto. Ele ri sem parar enquanto Nessa manca até o outro lado da arena, ofegante e sangrando. Os braços já exaustos vibram como as cordas de um violão.

Dagda a acompanha com o semblante sorridente. Não está sequer respirando com dificuldade. O embate não fez nem cócegas nele. Nessa busca apoio no que parece ser uma rocha na borda da arena. No entanto, o volume se prova ser um crânio gigante, os buracos dos olhos perturbadoramente humanos.

– Olha, ela não vai durar muito – diz uma voz. – Mas o que você esperava? Não passa de uma garota aleijada, afinal! Já ele é um herói saído de uma lenda.

Nessa percebe que, entre o crânio gigante e a turba, acabou encurralando a si mesma, e Dagda já se aproxima calmamente.

– Pelo menos ela é rápida – diz outra voz. – Digo, faz uma vida que não vejo alguém sobreviver ao primeiro ataque dele. Claro, claro, ela usou o fogo para fazê-lo recuar. Mas mesmo assim. Ela é sorrateira.

Não são sídhes. Não falam como sídhes, ao menos.

– Sabe usar as muletas pra se desviar – continua a primeira voz. – Mas olha como ela está suando! Não vai sobreviver a outro…

A arma de Dagda dispara na direção de Nessa, que desvia a cabeça a tempo de ver a ponta escura passar a centímetros dos olhos. Não é carvão, como deduziu à primeira vista. Nem tampouco é madeira ou metal.

Antes que o lorde feérico possa atacar de novo, ela se esconde atrás do crânio. Os sídhes a aplaudem, ovacionando quando ela salta por cima de uma pedra tal qual um cabrito montanhês, ou quando usa as muletas para evitar a lança, disparando de uma rocha para um montículo para outra rocha conforme Dagda a persegue, abrindo pequenos cortes no corpo de Nessa que fazem vazar tanto o precioso fogo quanto gotas de sangue.

Há quanto tempo a luta começou? Um minuto? Dois?

Nessa sente a mente enevoada. Os braços tremem e suam, e ela pensa *Ai, mamãe! Ai, papai! Anto!*, e se lembra que sentiu a mesma exaustão durante a Convocação, quando ficou agarrada às paredes de um estômago monstruoso que queria apenas derrubá-la em um poço de ácido.

Nas colinas, o primeiro Portão se fechou, levando consigo toda a beleza. O segundo está tremulando, pronto para abrir, e os sídhes estão impacientes para voltar a seu lar – que também é o de Nessa. Quando ela morrer, eles o verão e ela, não.

Sente a consciência abandoná-la rapidamente. Ela percebe isso, e a multidão também, embora aplauda com entusiasmo seus esforços. Nessa vê o crânio gigante do outro lado da arena, encarando-a sem enxergar, e se lembra do diálogo que ouviu. Algo sobre o que foi dito a deixou com a pulga atrás da orelha. Algo que...

O segundo Portão se abre.

Ninguém esperava por isso. Até mesmo Dagda se detém e se vira para olhar para cima. A luz se derrama novamente: mais fraca que antes, como se muito tempo tivesse passado e já fosse mais tarde do outro lado da passagem.

E, de repente, a encosta explode.

O plano

Ao longo dos dois dias seguintes, Anto vê mais cinco sídhes perderem a vida para ele e seus companheiros selvagens. Uma das inimigas resiste ao assalto inicial, correndo para se abrigar no andar de cima de uma casa perto de Collooney.

Como o homem que mataram no parque, ela grita:

– Eu não posso morrer aqui!

O retorno dos feéricos à Terra das Muitas Cores os transformou em covardes.

Quando Liz Sweeney e Krishnan a arrastam para fora, Anto envolve o pescoço fino e sanguinolento dela com seus dedos gigantescos.

– O rei! – berra ele. – Cadê o rei de Sligo? Vou acabar com a raça dele.

Ela perde o medo de repente e ri para ele, e o famoso sorriso sídhe fica mais amplo.

– Que bem achas que isto fará, ladrão? Nossa promessa a ele já foi cumprida! – Ela parece perfeitamente feliz em trair Morris. Até informa onde está o Portão, e não é perto de nenhum dos famosos sítios arqueológicos de Sligo. – Temos três Portões agora – gaba-se. Está sorrindo, porque honestamente acha que os humanos vão manter a palavra e poupar sua vida.

É claro que não vão.

Mais tarde, é Aoife que diz:

– Matar Morris não vai salvar a Nação, vai? Digo, se tiver mesmo outros Portões…

Anto não quer ouvir isso, pois o que mais podem fazer? E Morris... Morris precisa morrer, não tem jeito. É o único propósito que mantém os estudantes unidos e – isso está mais do que óbvio – Taaft de pé.

Ele sabe que fechar o Portão – os três, que seja – não vai consertar as coisas. Os sídhes podem arrumar outros "reis" para revogar o tratado. Só precisam de alguém disposto a realizar seus sonhos mais selvagens. A juventude pode ser reconquistada. Feridas podem ser curadas! Qualquer coisa é possível! Qualquer coisa mesmo!

Ora, eles até tornaram Nessa à prova de fogo.

Anto se lembra do retorno triunfante dela da Terra Gris. Viva, contra todas as probabilidades. Feliz, contra todas as probabilidades. E ele ficou feliz também, especialmente no dia em que a beijou no hospital de campanha e ela fez planos para o futuro dos dois...

– Qual é o problema? – pergunta Liz Sweeney a Anto, que está arfando. – O que foi?

É Nessa, é claro. Ela desmaiou nos braços dele naquele dia, as pernas ainda mais fracas do que o normal depois da Convocação. *Por quê?*, pensa ele. Por que ela não pediu para ter as pernas endireitadas como parte do acordo? Não é o que uma traidora de verdade faria? Talvez não. O próprio tio de Anto, Paddy Cluxton, completamente surdo, certa vez recebeu a oferta de um implante, um aparato que o teria curado. Era o que a mãe de Anto contava, ao menos. E o tio o recusou. Tinha ficado bravo, inclusive! "Não tem nada de errado comigo!", dissera, e fim de papo.

Entretanto, outras pessoas *aceitaram* o implante, e não tem como fugir do fato de que a vida inteira de Nessa foi uma guerra contra sua deficiência; contra a visão que as outras pessoas tinham dela.

Ele se sente tonto. Não sabe o que pensar. Os braços de Liz Sweeney são como galhos de aracnoárvores, e ele os afasta com mais grosseria do que ela merece.

– Foi mal – diz. – Preciso sair daqui.

Nessa não pediu para os inimigos consertarem suas pernas porque não pensou nisso. Simples assim. Os sídhes são como o demônio nas histórias antigas. Quando pessoas vendiam a alma e não recebiam mais do que lhes ocorria pedir.

Ou talvez Nessa seja como o tio de Anto. Talvez não tenha querido mudar as pernas. Anto mesmo não teria mudado nem um fio de cabelo dela. Ele a amava. Ele a amava muito. Aquele dia no ginásio foi o momento mais glorioso de sua vida, ambos sobreviventes e destinados a ficar juntos pela eternidade.

Ele se pega se arqueando, querendo vomitar. Mas, quando Liz Sweeney o encontra de novo e pergunta qual é o problema, Anto endireita a postura e diz:

– A sídhe me disse pra onde Morris está indo. Vem. Vamos atrás dele.

E de fato, na noite do terceiro dia de perseguição, quando já está começando a ficar escuro demais para continuar avançando, o grupo vê dezenas de fogueiras se acenderem ao mesmo tempo em uma colina ao longe. A brisa leve traz o cheiro de mar, e Anto imagina ter visto o oceano no horizonte antes de o sol se pôr. Mas agora só tem olhos para os inimigos.

Quantos deles há ali? Quantos Anto é capaz de matar? Não importa. Só pode fazer sua parte e pegar Morris, porque, caso contrário, para que serve? Para que serviu? Se tiver sucesso pelo menos nisso, ele e seu braço do mal podem ir para o túmulo e descansar em paz.

O grupo deixa as bicicletas e a bagagem atrás de um muro. Mitch hesita, olhando para o metal dos aros brilhando sob o luar.

– Não é melhor cobrir tudo com terra ou coisa assim? E se eles as encontrarem? – pergunta o garotinho.

Todos se viram para ele. Liz Sweeney até dá uma risadinha.

– Ah – diz Mitch quando entende o que vai acontecer.

Ninguém vai voltar para casa depois do que vão fazer. Não vai haver casa para a qual voltar.

Ao longe, uma música começa a tocar.

É bela. As mãos que a tocam aperfeiçoaram suas habilidades ao longo de milhares de anos. O som viaja pelo ar frio, animado e rápido. Exclamações alegres são ouvidas, assim como o estampido rítmico de centenas de pares de pés.

Anto assente para os demais. Não precisa falar nada; eles já sabem que é hora de ir. Correm agachados, escondendo-se atrás de paredes, arbustos e árvores. Como se sentisse a aproximação dos inimigos, a música fica mais frenética, o bater de pés, mais rápido, os gritos, mais exuberantes. Logo o esquadrão de Anto chega ao topo de uma colina menos elevada, repleta de árvores, à sombra do primeiro monte. Detêm-se ali, impressionados com o que testemunham.

Há milhares de inimigos na encosta adiante. Estão espalhados em grupos, apontando com animação para as estrelas. Dançam com tanta graça, tanto êxtase! Formam círculos que se misturam e rodopiam, fluindo ao redor das rochas das quais indivíduos atléticos se jogam sem medo, mergulhando por metros, sabendo com completa certeza que os companheiros vão amortecer sua queda com um riso fácil. E as cores! Braceletes cor de bronze, joias verdes, vestes espantosamente adornadas feitas de couro humano avermelhado e osso brilhante, chapéus moldados a partir das árvores mais perigosas da Terra Gris, capas vivas tecidas com dezenas de exilados no inferno do qual os sídhes acabaram de escapar.

No centro de tudo, montado em um cavalo magnificamente decorado – o animal também feito de seres humanos –, está Morris. De tempos em tempos, a montaria grita:

– Morris! Morris! Lorde do Reino das Batalhas!

O próprio homem, repousando de forma régia sobre a criatura, acena para a multidão descontraída, como se fosse o mestre dos feéricos, e não o inverso.

Aoife sussurra no ouvido de Anto:

– Não estou vendo nenhum Portão. Você está?

– Não vai ver mesmo – diz Liz Sweeney, que fala como se estivesse prestes a vomitar. De todos no grupo, só ela esteve na presença de um Portão. – É pequeno demais pra ver se… se você não olhar direito.

– Sim. – Anto assente. – A Nessa me falou.

– Aquela vaca maldita por Crom!

Anto se enrijece, quase morde a própria língua. Liz Sweeney percebe e se afasta.

– Foi mal – diz ele.

– Deixa pra lá. Eu sei que você não me ama, Anto, mas achei que…

– Eu não amo *a Nessa*. Não tem como. Ela traiu a gente. Ela não é nada para mim.

– Por Crom, você não consegue nem coçar a bunda sem pensar nela! – Liz Sweeney está irritada. Chateada.

– Nada a ver! Olha, a gente pode falar sobre isso depois?

E ambos sabem que não haverá um depois – mesmo que houvesse, não são mais um casal.

Todo mundo finge não ter percebido.

Taaft ajeita o fuzil. Tem uma mira telescópica que ela achou em Longford e um bipé para estabilizar a arma. Ela mira num ponto na outra colina, onde Morris perambula em seu "cavalo".

– Tenho certeza de que consigo acertar daqui – diz ela. Não tocou em bebidas alcoólicas desde que saíram à caça do rei de Sligo. Nem tampouco berrou uma única ordem. Parece que ela só quer ver a morte de Morris. Ainda assim, um vestígio de sua função anterior retorna por um momento. – Escutem, garotos, vocês não devem estar aqui quando eu puxar o gatilho. Eles vão vir pra cá como um bando de formigas.

– É exatamente isso que a gente quer – diz Anto. – É o que a gente sempre quis. Estar no topo de uma colina com armas automáticas enquanto eles correm na nossa direção.

Até Aoife concorda. Até ela prefere matar a fugir.

Taaft sorri e se inclina sobre a mira do fuzil. Os demais aprontam as armas – exceto o pequeno Mitch, que diz:

– Então, gente, essa colina aqui... ela é perfeitamente redonda. Tipo, as árvores meio que disfarçam, mas mesmo assim...

Todos percebem no mesmo momento que ele está certo: estão sobre uma cadeia de Fortes Feéricos. Na verdade, estão bem no topo de um, olhando para outro, sobre o qual dançam os inimigos. Que diferença faz isso agora? Morris precisa morrer.

– Pelo Sapão – sussurra Taaft. E, sem mais aviso, puxa o gatilho.

O cavalo aterrorizado empina quando ouve o disparo.

– Meu rei! – berra ele. – Ai, meu rei!

Morris despenca no chão, um pé ainda preso no estribo feito com a carne da própria montaria. O animal o arrasta pela encosta rochosa, pelo meio de grupos de sídhes dançantes...

Eles aplaudem! É como o inimigo responde à perda de seu vassalo. Rindo! E Anto não se sente nada aliviado com a morte do traidor. Não vê nenhum sinal de que um Portão tenha se fechado, ou que sequer tenha existido.

Em vez disso, a música fica mais frenética. De repente, todos os olhos grandes e brilhantes na outra colina passam a olhar os humanos.

Um único herói, usando uma armadura de bronze que brilha à luz da fogueira mais próxima, se adianta.

– Fostes tolos, ladrões! – grita ele para a noite. – Temos mais dos vossos por perto. Vamos cumprir as promessas deles agora.

– Do que ele está falando? – pergunta Krishnan.

Taaft não se importa. Está olhando para o herói através da mira.

– Você é o próximo, queridão – murmura.

Anto percebe que há algo terrivelmente errado. Por que os sídhes não estão com medo? Eles não querem morrer aqui, e mesmo assim estão parados sob a mira das armas inimigas. Deveriam estar fugindo. Deveriam estar se defendendo.

E estão.

O ar tremula.

– Estou sentindo… – começa Mitch. – Estou sentindo…

– Eu também – sussurra Lis Sweeney.

Atrás dela, Krishnan está dobrado sobre o próprio corpo, como se estivesse sentindo dor.

De repente, Anto está vomitando no gramado – todos estão –, a cabeça girando. Lembra-se da sensação horrível que teve no Forte Feérico em Boyle, pouco antes de sua Convocação, como se o mundo estivesse se expandindo ao seu redor. Como se ele estivesse sendo virado do avesso.

Em algum lugar os sídhes comemoram, mas os humanos não conseguem dar atenção. A colina perfeitamente redonda na qual estão *muda*… Em um piscar de olhos, virou uma montanha. O aclive fica mais íngreme. E Anto precisa se agarrar, pois pedrinhas se transformam em rochas e moitas assumem o tamanho de carvalhos ancestrais. Krishnan grita; o pequeno Mitch murmura orações. Sem efeito, já que de súbito todos despencam pelo que agora é um penhasco, armas e mochilas a reboque.

Um Portão surge adiante, grande o bastante para permitir a passagem de um elefante, e todos sabem *exatamente* para onde ele leva.

– Não! Nããããããooooooo!

– Por Crom!

– Pelo amor de Deus! Por favor!

– Por favor...!

E lá vão eles! Caindo por uma encosta do outro lado, enquanto no alto espirais prateadas substituem a glória das estrelas.

Tonto e aterrorizado, na metade do monte, Anto consegue se levantar, todo arranhado pelo capim-cortante, os pulmões pesados com o ar ácido, os olhos ardendo e lacrimejando. Muito abaixo, há uma espécie de arena, onde duas pessoas batalham. Mas de que importa? Que importância tem qualquer outra coisa? Ele está *lá*. Está de volta! Oh, por Crom! Oh, por Lugh! Ele se urina, não consegue evitar. Quem conseguiria? Quem suportaria ver a Terra Gris uma segunda vez?

– Levantem! – grita Taaft. – O Portão! Ele ainda está aberto! Vamos! Vamoooos!

E é verdade. O caminho para casa está aberto no topo da colina, o céu da Terra das Muitas Cores visível.

Um grupo de feéricos corre para bloquear a passagem. Anto não sabe quantos sídhes são, mas com certeza são mais numerosos do que as balas que restam.

– Vamos acabar com eles! – grita Krishnan, a voz tremendo de terror. – Vamos acabar com todos eles!

E Anto se dá conta de que isso o deixaria satisfeito. Muito satisfeito.

O ALTAR

NESSA NÃO ENTENDE COMO PODERIA HAVER ARMAS DE FOGO NA TERRA Gris, mas percebe que uma luta começou nos aclives perto dos Portões. Vários sídhes são lançados longe pelo que talvez sejam granadas. Sons de tiro ecoam, e mais feéricos caem.

Mas outros – muitos outros – se espalham pela colina e logo vão interceptar os intrusos que entraram pelo Portão.

Dagda parece deliciado.

– Alguns dos teus amigos vieram nos visitar. Infelizmente, não vão sobreviver. Eu adoraria usufruir da companhia deles quando tu fores embora.

Ele avança na direção dela de novo, sorrindo de alegria. Chuta uma muleta quando Nessa tenta ultrapassá-lo, fazendo-a tropeçar e quase cair. A lança se projeta e a corta na parte de trás da perna. Ai, por Lugh, que dor! Que dor enorme! Mas ela consegue escapar, e se vê novamente diante do crânio gigante.

– Tu nunca vais alcançar teus amigos, se é nisso que está pensando! – exclama Dagda, contente.

Ele está certo: os braços de Nessa não têm força para carregá-la encosta acima, na direção dos humanos que surgiram. Sua respiração lembra o escapamento de um ônibus velho, e uma mistura fedorenta de suor e sangue quase a cega. Ela se apoia contra o crânio gigante. *É um altar*, pensa, *e eu sou o sacrifício*.

Os mesmos dois homens de antes estão logo atrás, parecem comentaristas de um jogo de futebol.

– Acho que ele vai matar a aleijada bem devagar.

– Mas ela durou bastante, até. Não falei que ia durar?

E, de repente, Nessa ri. Dagda se detém, tombando a cabeça imponente para um dos lados.

– Sim – diz ela para o deus. – Sim, vou morrer. Mas não sozinha. Não em vão.

O sorriso dela é tão amplo quanto o dele, bestial a ponto de abrir os cortes em seu rosto. Ah, por que não pensou nisso antes? Nessa se vira para a multidão.

Na frente, há dois humanos de pele brilhante. Os comentaristas. *Lá estão eles*, pensa ela, *imortais*. Passando por vidas terrivelmente infinitas até os sídhes cumprirem a promessa que fizeram e mandá-los de volta para casa.

Nessa estende a mão e os queima até virarem cinzas.

Tudo para.

O Portão lá em cima se fecha.

Deve haver cerca de mil pessoas na multidão sídhe – de repente, porém, como se um interruptor gigante tivesse sido pressionado, o sorriso maníaco no rosto delas se transforma em um esgar de choque e horror.

Uma promessa cumprida, disse Lassair, é poderosa, mas uma quebrada pode fazer o mundo tremer. E Nessa sente o mundo de fato tremer, como risadas na barriga de um gigante.

Um dos homens que ela matou estava usando roupas. As peças estão queimando, e Nessa aprecia a cena. Vê uma mulher perto. Outra pessoa esperando uma promessa ser cumprida.

– Não! – exclama Dagda, recompondo-se de repente. – Não!

Sídhes próximos ainda tentam se jogar na frente, mas a mulher acaba morrendo mesmo assim, e a turba inteira geme.

Nessa não chega a se vangloriar – o tremor do chão a derruba. As paredes do Caldeirão estremecem, espalhando líquido prateado para os lados, e ninguém precisa explicar à garota o que está acontecendo: os dois mundos, a Terra das Muitas Cores e a Terra Gris, presos um ao outro de forma artificial pela magia de milhares de promessas, estão tentando se separar de novo.

Não é o fim da Irlanda, mas é o fim de Dublin.

Em um píer em Dún Laoghaire, que se estende no oceano, algumas dezenas de defensores estão agachados atrás de sacos de areia. Uma mistura de chuva e neve prejudica a visão. Congela os dedos que envolvem os gatilhos, mesmo com as luvas de lã.

Alguns dos soldados ainda têm insígnias de seus regimentos presas ao uniforme: uma vaca com patas de aranha, uma raposa do tamanho de uma árvore.

– Parecem bem infantis agora, né?

– Sem dúvida – responde Karim.

Ela boceja, como se não tivesse preocupação alguma na vida, como se não tivesse perdido um monte de amigos desde Roscommon. Provavelmente vai se juntar a eles nos próximos vinte minutos.

Atrás deles, o mar bate contra a pedra antiga. Ondas se elevam de... Bom, de lugar nenhum. Se Ryan se virasse para trás (algo que ele obviamente não pode fazer, mas caso fizesse), veria que as águas fluem na direção da névoa feérica que perdura ali há vinte e cinco anos. Ele se lembra de como o litoral costumava ser. De como sua família parava no meio da noite em um mirante voltado para o Mar Irlandês, e de como o horizonte parecia se estender até o infinito.

Contudo, a atenção do homem está inteiramente voltada para a frente. Ele espreme os olhos para enxergar além de um carpete de mortos tão extenso que sabe que poderia caminhar até Cabra sem nunca pisar no chão. Mas já viu coisa pior, não? Já se sentiu pior. Uma mão pressionando sua pele como se fosse feita de argila mole e dor.

Um calafrio percorre seu corpo.

– Ryan, meu querido. – Karim suspira. – Fica calmo. Vai acabar logo. Eles estão chegando.

– Você não pode vê-los ainda!

– Nem preciso. Eu estou sentindo.

Os últimos dois membros do Esquadrão de Infestações do Norte de Leinster estão agachados ombro a ombro, em uma linha de soldados.

Alguns são de meia-idade. Outros, que ainda não fizeram nem treze anos, têm os olhos delineados e o coração partido. Mas os fuzis desproporcionais atiram tão rápido quanto o de qualquer outra pessoa. Talvez mais rápido ainda, já que têm mais a perder.

– Faraz?

Ryan não usa o primeiro nome de Karim há anos. Não desde que o último filho dos dois recebeu a Convocação e a mente da mulher… "Se recolheu" é a única expressão na qual ele consegue pensar, ainda que não combine com a ótima soldado e líder que ela é.

A mulher suspira para o próprio fuzil, como se o nome que ele sussurrou pertencesse a uma estranha.

– Eu… – O que ele poderia dizer para ela àquela altura? Ou ela para ele? "Você mandou bem?" "Ainda bem que segui você?" Em vez disso, ele apenas murmura: – Eu te amo, Faraz.

E a única resposta é:

– Eles estão chegando.

E ela está certa. Ryan também sente agora.

Não há para onde fugir além do píer. Por toda Dublin, pequenos bolsões de resistência cedem e são massacrados. Exércitos de monstros recém-formados marcham na direção de Belfast e Derry enquanto a população inteira de Galway se comprime nas Ilhas de Aran, sem ter mais para onde ir.

Karim baixa o olhar para a mira do fuzil, que cobre os nomes dos filhos tatuados no rosto. Pousa o dedo de leve sobre o gatilho. É quando Ryan vê o inimigo também. Hora de entrar em ação.

Aquele último ataque começa com uma onda de "garras". Homens e mulheres pouco alterados. São quase humanos, exceto pelo fato de que as mãos foram transformadas em ferramentas pontiagudas e a mente, modificada apenas para fazê-los desejar matar seus semelhantes.

– Fáceis de fazer, esses aí – murmura Karim.

Fáceis de matar também. Eles morrem às dezenas, caindo sobre os que estão na frente, conforme centenas de tiros experientes ceifam as fileiras. *Que desperdício!*, pensa Ryan. Mesmo para os sídhes. Eles não querem usar essas criaturas nos ataques ao norte? Por que a pressa?

Gritos começam a vir da extremidade do píer, onde jazem os feridos, pois há monstros maiores se arrastando do mar, feitos de placas de ossos e membros murchos.

De repente, Karim é erguida no ar, agarrando-se ao tentáculo enrolado no pescoço. Ryan grita, puxa a coisa que a prendeu, procura desesperadamente por uma brecha nas placas de ossos…

E de repente…

… tudo para.

Como quando, anos atrás, o videogame dava pau e congelava na mesma imagem.

A terra treme – Ryan sente na sola dos pés. As paredes do píer chacoalham, espalhando água salgada. E a coisa mais esquisita do mundo acontece: o sol sai.

Não é como se tivesse emergido das nuvens. Não há nuvens ali. Elas simplesmente desapareceram. O mar está calmo como uma piscina, e atrás do monstro que agarra Karim pelo pescoço está um navio tão grande que comportaria dezenas de construções.

– Um… transatlântico – murmura alguém.

Devagar, o monstro coloca Karim no chão, e ela respira fundo.

– Dexculpa – diz ele. – Não queria machucar voxê.

E Karim ri. Todos riem. Em choque, tremendo. Felizes. Ela se vira para Ryan e em sua voz normal, uma que ele não ouve há anos, diz:

– Eu também.

Mas o sol volta a desaparecer. As nuvens, a chuva com neve e as ondas massacrantes retornam, e os monstros gritam e atacam de novo. Como se os defensores tivessem sonhado com aquela beleza e agora precisassem pagar – com a própria vida.

Nessa levanta do chão, que volta a se estabilizar.

– Crês que isso é suficiente, ladra? – exclama Dagda. Ele não saiu do centro da arena. Seu rosto é uma máscara de fúria, mas também confusão. – Crês que três promessas quebradas podem desfazer uma eternidade de trabalho? Estamos cumprindo as promessas agora! Dezenas delas! Reforçando o poder. E há mais uma promessa… Uma que eu mesmo fiz a Conor e que será cumprida agora.

Ele caminha a passos largos na direção dela.

Nessa se joga para o lado, mas está mais fraca, e o escudo de Dagda a golpeia. Com um pisão, ele destrói as muletas. *Crec! Crec!* A lança está bem na direção da barriga dela! Nessa rola para o lado, mas tromba com as panturrilhas heroicas, com as sandálias feitas de couro humano.

– E agora… – começa ele.

Ela o acerta nas pernas com o resto do fogo que absorveu das roupas chamuscadas das vítimas. Emprega cada gota de calor que lhe resta, até o cheiro de carne queimada provocar ânsia. A dor! Dagda, mesmo sendo quem é, uiva de dor e cai de joelhos. Está em choque. Não poderia ser diferente. Qualquer um ficaria assim.

Mas ele não é humano. Ele é um deus.

– Enfim… – diz ele. – Acabou… hein? O fogo? Usaste tudo?

Ela tenta rastejar para longe, mas ele a pega pelo calcanhar e a puxa. Depois a agarra pelo pescoço e a ergue como se Nessa fosse uma boneca de pano.

Os pés de Dagda não passam de tocos carbonizados. O rosto está coberto de suor e a roupa se contorce de dor. Mas ele sorri.

Sob o som dos tiros nas colinas, Dagda pega a lança do chão e a ergue para que a garota possa vê-la de perto. Na ponta, Nessa percebe agora, há um fragmento de osso queimado e afiado, do tamanho de um polegar.

– Conor – diz o sídhe. – O que restou dele. Apenas ele feriu-te hoje.

É um momento sagrado, e todos na multidão remanescente sabem disso. Os presentes prendem a respiração, esperando o sacrifício que deve ocorrer em breve, o qual vai estabilizar a passagem entre os mundos.

Nessa não está mais com medo. Não será deformada, ao menos. Nem precisará ficar ali para sempre. *Sozinha.* Para ela, tudo vai acabar rápido. Tantos anos lutando pelo direito de viver… Por que não passou mais tempo com as pessoas que amava? Treinou dia após dia quando poderia ter passado o tempo em uma cozinha quentinha, lendo seus livros. Aprendendo mais canções, talvez. Mas será que teria encontrado Anto? Alguns beijos, isso é tudo o que viveram juntos, mas ela se lembra de que perdeu o fôlego todas as vezes, que o coração bateu desesperadamente. No refeitório, tentando esconder o sorriso; encarando uma caneca de chá para não se deixar trair pelo olhar.

Anto. Mamãe. Papai. O que acontecerá com eles depois que ela partir? Não é por si que pergunta, não mesmo! Queria ter mais fogo, mais... mais calor para lançar um último golpe por aqueles que ama.

É quando entende que pode fazê-lo. Estende a mão e toca no braço de Dagda. Como ele é quente! O corpo do sídhe transborda calor, e Nessa suga tanto quanto consegue.

Ele berra. Solta Nessa de imediato.

– Achei que você me conhecia – diz ela, abrindo um sorriso típico de Megan.

Ela o enfraqueceu, mas não a ponto de deixá-lo entre a vida e a morte. A pele dele está pálida como neve, até os lábios embranqueceram; e ele treme incontrolavelmente.

– Não tiraste tanto calor assim – resmunga. – Não o bastante para me matar.

Mas ela não precisa de tanto, não mesmo. Ele tenta atingir o rosto dela com a lança, e Nessa libera na ponta da arma todo o calor acumulado. A extremidade afiada brilha e depois... se desfaz, reduzida a uma nuvem de cinzas.

– Adeus, Conor – diz Nessa.

Pelo tempo de cinco batidas do coração, nada acontece. É como se o universo não pudesse acreditar no que ela acabou de fazer.

É quando o chão não apenas treme: ele *cede*.

Como um cavalo selvagem, como um peixe pescado pela boca, o solo chacoalha, jogando os presentes em todas as direções. Para onde se olhe, há sídhes aos berros. Alguns se agarram aos semelhantes, outros arranham o próprio rosto.

Na colina mais próxima, o Portão abre e fecha, abre e fecha. Nessa imagina que os inimigos, tanto na Terra das Muitas Cores quanto aqui, estão cumprindo desesperadamente as promessas que conseguem – mas não é o suficiente, nunca vai ser. Os mundos jamais deveriam ter ficado tão perto um do outro por tanto tempo. A pressão do descolamento se acumulou durante uma geração inteira.

Vários inimigos têm a presença de espírito de correr na direção do Portão, com a esperança de atravessá-lo em direção à beleza antes que seja tarde demais.

Mas os tiros os jogam para trás.

Nessa rasteja até a base da colina. A criatura crocodiliana está esperando por ela, sozinha no chão trêmulo e espasmódico.

– Me mata – diz o animal, as palavras quase incompreensíveis ao sair de seu focinho. – Me queima. Por favor.

– Sim – responde Nessa. – Se você me carregar até o topo daquela colina.

Os perdidos

Os alunos lutam para escapar da Terra Gris. Com balas e lâminas. Com as últimas granadas.

Anto cai sobre dois "cães", o braço gigante preso sob o próprio corpo. Garras abrem sua pele em linhas ardentes, o bafo quente dos animais em sua garganta, os dentes buscando sua jugular.

Não pela primeira vez, Liz Sweeney salva a vida dele: *blam, blam* – apenas um tiro em cada alvo, já que a munição está acabando.

Anto se levanta, golpeando um guerreiro sídhe com força suficiente para jogá-lo longe e esmigalhar as patas de uma aranha horrenda que corria na direção de Krishnan.

Algo fez os sídhes entrarem em pânico. Pouco antes, estavam no lugar similar a uma arena, assistindo ao que parecia ser uma luta. Bolas de fogo os seguem colina acima e…

O chão estremece. Anto tropeça e cai de novo. Está cara a cara com Mitch, caído na lama. Os olhos do garoto estão vidrados, sem vida. Será que Krishnan já sabe?

Mas Anto não pode contar a ele; o Portão está a uns cinquenta metros, no topo do aclive. Não parece estável, oscilando como uma lâmpada prestes a queimar. Há algo de errado com o Portão, e os sídhes também percebem isso. Disparam na direção da passagem. Passando por cima uns dos outros, pisoteando-se, debatendo-se, embolando-se.

Anto nunca viu tamanho pânico. É como se aquele fosse o último bote salva-vidas. Como se nunca mais fossem ter a chance de abrir outro Portão depois que aquele se fechasse para sempre.

Ele vê uma princesa com madeixas esvoaçantes pisar num homem caído; vê um herói em armadura de bronze cavalgar na direção da multidão montado em um cavalo com rosto humano – até que alguém fere a criatura com um toque da mão, fazendo cavaleiro e montaria afundarem em um mar de membros furiosos.

Meros humanos jamais conseguiriam abrir caminho em meio àquilo!

O grupo se detém.

– Não! – grita Aoife.

Anto também sente: o pavor nauseante ao pensar na possibilidade de nunca mais sair desse lugar. E em seguida, sem explicação, um jorro de fogo vem do lado oposto da colina e engole os sídhes. Os que não conseguem chegar até o Portão são transformados em cinzas. Outros recuam aos tropeços, queimando.

– Corram! – grita Taaft para o esquadrão. – É a nossa chance!

Anto obedece; não há tempo para nada, muito menos para pensar!

Krishnan chega ao Portão primeiro, no instante em que este se apaga. Mas então a passagem se abre em um piscar, e o garoto salta para fora da Terra Gris. Taaft se joga logo na sequência, xingando e arfando. Aoife tropeça antes de alcançar o limiar, e Liz Sweeney uiva para ela, aterrorizada. Mas, com o braço gigante, Anto pega Aoife, e os três caem juntos no outro lado.

– Ai, meu Deus! Obrigada, meu Deus! – Anto quer beijar o chão congelado. Sorve o ar puro e doce em arquejos.

– De pé! – grita Taaft. – Todo mundo de pé! Não podemos deixá-los vir atrás de nós!

Só então Anto percebe que é dia. O Portão os jogou em um ponto muito além de Sligo, em uma estrada perto do mar. O vermelho descascado da pintura de uma caixa de correspondência sugere que estão no norte da Irlanda.

– Preparem as armas! – grita Taaft. – Apontem para o Portão!

Eles obedecem, embora ninguém tenha mais do que um pente de munição sobrando. Permanecem em posição: Liz Sweeney, Aoife e Krishnan às lágrimas; um garoto com um braço enorme e uma militar dos Estados Unidos, robusta e com uma expressão de fúria no rosto. É um grupo patético e abatido. Mas mortal.

Diante deles, um buraco no mundo deixa antever sídhes em chamas se arrastando pelo capim-cortante e um céu de espirais prateadas. O Portão começa a esmorecer. Um espaço antes grande o bastante para permitir a passagem de um elefante agora é quase menor que Anto.

– Estou vendo uma! – grita Liz Sweeney.

Ela aponta a arma, mas Anto a empurra para o lado – mesmo sem entender muito bem por que faz isso, já que há uma inimiga parada bem ali. Uma garota sídhe. Se bem que… Se bem que não é exatamente uma sídhe, é? Ou não era, que seja.

Nessa está tão bonita quanto nas lembranças febris de Anto. Talvez mais. O corpo dela treme de exaustão. Cada músculo – ela tem consciência de todos eles – treme como um filhote de pássaro que caiu do ninho! *Ai, por Crom! Ai, por Lugh!* A pele brilhante, retalhada, sangra em todos os pontos. Está a apenas dois passos dele. Dali a menos de um segundo, ela vai cruzar a passagem e Anto vai poder tomá-la nos braços, sentir o cheiro de sua pele e ouvir sua risada. "A gente vai pra Donegal", ela vai dizer. "Adotar uns cachorros. Você vai ver." "Deixe-me cuidar dos seus machucados antes. Deixe-me te beijar. Deixe-me esquecer de tudo."

Tão perto…

Mas Taaft está ainda mais perto. Bem ao lado dele.

– A garota é uma traidora, moleque. Você está vendo, não está? Ela se tornou um deles. Ela precisa morrer.

– Ela envenenou você, Anto – diz Liz Sweeney.

Sim! Essa é a palavra. Ele foi envenenado. Se não, como explicar a dor massacrante no peito? A sensação de um punho apertando-o pelo pescoço?

O Portão continua encolhendo. Agora está na altura do peito dele, de forma que Nessa, às lágrimas, parece uma criança. Ela sabe que eles não vão deixá-la passar, sabe muito bem disso. Não importa se foi ela que afastou os sídhes do Portão com seu fogo e assim salvou os amigos. Não importa que ela tenha o poder de queimar o grupo inteiro, se quiser. A única coisa que conta é que ela é um *deles*.

Mas será que é?

– Sai do caminho! – insiste Taaft.

Anto se lembra da mulher sídhe no parque. Do que ela disse quando achou que Liz Sweeney queria comer a sua comida. "Crês que se pareceres conosco serás poupada depois da Conquista?"

É nesse momento que Anto entende que Nessa não é uma traidora. É apenas a comida que a faz parecer com uma. Ela poderia ter transformado Aoife em cinzas na Terra Gris também, porém não tocou na garota. É claro que é inocente! Sempre foi melhor e mais forte do que ele em todos os quesitos. Intensa em seu amor, de forma que nada que o inimigo fizesse seria capaz de convencê-la a machucar Anto, ou os pais dela, ou sua bela Donegal! Nada!

Se fosse culpada, não seria capaz de olhar nos olhos dele como está fazendo agora: parece embargada por um nó apertado de amor e tristeza. Não implorando, como uma covarde faria – como uma traidora faria. Porque ela sabe, sem dúvida, que quem come na terra dos feéricos não pode voltar para casa. Está em todas as histórias.

Mesmo que o esquadrão a deixasse passar, as autoridades não acreditariam nela. Não poderiam permitir que vivesse. Nem seus antigos camaradas o fariam. Taaft atiraria nela no instante em que Anto se afastasse, e, se ela não o fizesse, Liz Sweeney é que abriria fogo. Simplesmente não há tempo para persuadi-los a mudar de ideia antes que o Portão se reduza a nada.

Assim, Nessa vai ficar na Terra Gris, pagando pelos pecados que nunca cometeu. Caçada para sempre por sídhes vingativos em uma Convocação eterna.

Os companheiros de Anto mudam de posição, procurando um ângulo para atirar.

Eu poderia matá-los, pensa o rapaz, *com meu braço. E a Nessa poderia voltar pra casa.*

Mas o antigo Anto está despertando. O anterior, que se horrorizava com o sofrimento animal. Que, uma vida atrás, tinha se colocado entre um esquadrão de infestações e um touro gigante ferido. Aquele Anto era digno de ser amado, mesmo por uma criatura tão mágica quanto Nessa.

Ele é incapaz de ferir os amigos.

Em vez disso, então, os lança longe com um movimento do braço gigante e mergulha na direção do portal.

E desaparece num lampejo final.

Os sobreviventes ficam encarando o que agora não passa de um muro de jardim, sem acreditar que continuam ali. Ninguém fala nada. Ninguém se move. Sofreram tantas perdas horríveis que se perguntam: se tudo terminou, se tudo terminou mesmo, não deveriam estar comemorando? Conquistaram esse direito.

Há uma atmosfera de primavera no ar. Os pássaros a percebem e a anunciam com estrépito, buscando galhinhos para construir os ninhos. Aqui e ali, um broto de campainha-branca irrompe, tímido, do meio da relva.

Taaft pigarreia depois de um tempo.

– Vamos, molecada. Vamos achar comida.

Mas então Aoife gira no lugar e solta um berro. Aponta com o dedo trêmulo para o mar, onde algo imenso paira no horizonte.

– O que...? – balbucia. – O que é aquilo?

Por um tempo, Taaft apenas encara a cena, com uma expressão de choque.

– Aquilo – diz enfim – é a Escócia.

E é a coisa mais linda que qualquer pessoa viu em vinte e cinco anos.

Entre os mortos

Antes de serem banidos, os seguidores da deusa Danú amavam tanto a Irlanda que chamavam o lugar de "Terra das Muitas Cores". É fácil entender o porquê em dias ensolarados como este, com rosas brotando entre as pedras e a grama do verde mais intenso que existe.

Aoife observa os turistas estrangeiros caminhando por entre os túmulos do que costumava ser a Escola de Sobrevivência de Boyle. Ela acha estranho que as pessoas queiram visitar o lugar, porque fora do país ninguém acredita no que aconteceu ali. Ou, ao menos, é o que dizem.

Mesmo décadas após a invasão sídhe, as pessoas procuram explicações para o fato de que a população da ilha envelheceu vinte e cinco anos em um único dia – assim como suas construções, maquinários e vegetação. E não conseguem encontrar uma lógica. Cientistas enchem seus discursos com termos como "buracos de minhoca" e "matéria escura". Dizem que foi uma pane cósmica. Que vão *provar* que nada semelhante vai acontecer de novo. É impossível.

Ainda assim, contraditoriamente, quase ninguém migrou para o país, mesmo com a oferta de terras cultiváveis, férteis e abandonadas.

Turistas, no entanto, sempre o visitam. Aoife já foi apresentada a trabalhadores da indústria do entretenimento em busca de detalhes gloriosos. Já ouviu falar de caçadores de monstros que perseguem lendas por colinas e charcos para os quais as criaturas fugiram. Também soube de gente mais comum, que visita as ruínas e os cemitérios, como aquele, rindo das histórias contadas pelos guias e tirando selfies em frente aos Fortes Feéricos.

– Vovó? – diz uma garotinha. Aoife olha para Mary, com seus cachinhos morenos e bochechas tão vermelhas que a menina poderia se camuflar em meio a um monte de maçãs. – A senhora *prometeu* que ia ouvir minha história.

– E eu vou, benzinho, eu vou. Só preciso me sentar. Ai, por Crom, meu quadril! Espera aí. Aaaah, muito melhor. Por Lugh! – Aoife jamais gostou de crianças; Mary, porém, a neta da esposa, é um tesouro. – Pronto, agora só vou recuperar o fôlego, mocinha.

– Mocinha! Ninguém mais fala "mocinha", vovó! Já volto! – acrescenta ela, animada. – Não sai daí, hein?

E corre para longe, dando a Aoife a chance de pegar a garrafa térmica e servir uma xícara de chá a si mesma. Quem diria que ela envelheceria? Ao seu redor está a última morada daqueles que não tiveram a mesma oportunidade.

Perto dela, sob a escultura de uma lua, jaz Nabil. Foi a sargento Taaft que recuperou os ossos dele de Longford, e agora repousa a seu lado.

De frente para ambos, sob uma grande placa que explica seu lugar na história, Alanna Breen foi enterrada, e ainda recebe flores. O professor de caça não teve a mesma sorte; suas acomodações – uma cova rasa, uma placa enferrujada – são muito mais modestas. Era um cara bacana... Qual era o nome dele mesmo? Não importa. Faz muito, muito tempo. "Era uma vez, muito tempo atrás..." Como nas histórias que as pessoas ainda contam em todos os países do mundo, exceto na Irlanda.

– Mary? – chama a mulher. – Mary? Me ajuda a levantar – pede. A garotinha corre para ajudar a vovó a ficar de pé. – Traz minha garrafa térmica também, benzinho. Você arrasa.

Elas caminham até a área do cemitério onde foram sepultados os alunos. Como já é tradição, Aoife faz questão de desviar os olhos do túmulo de Conor. Mas ainda se lembra da noite bizarra em que flagrou os sídhes cavando e roubando os ossos do jovem. Ninguém nunca soube lhe explicar o que raios foi aquilo. E decerto, a essa altura, a explicação se perdeu para sempre. Ah, não importa. Pois existe outra lápide pacífica, repleta de rosas silvestres em flor.

– Me dá a garrafa térmica, benzinho, por favor.

– Eca! Vovó! Você está jogando chá num túmulo!

– Acho que ela ia gostar. Não havia ervas de verdade na época. E ela foi o meu primeiro amor, sabia? Não se esqueça disso. Nunca. Talvez algum dia você também me traga um chazinho.

– Eca! Agora vem. Vamos até as ruínas. A senhora prometeu. Vou te contar minha história!

– Claro, mocinha. Claro.

É mais um dos contos sobre "pessoas brilhantes" que, mesmo à luz do dia, assustam qualquer pessoa que seja velha o bastante para se lembrar dos sídhes e da Convocação.

Alguns inimigos permaneceram na Terra das Muitas Cores quando os últimos Portões se fecharam, mas em poucas semanas sua pele e seus olhos voltaram ao normal. Já não possuíam poderes nas mãos – e de toda forma, quando não estavam fugindo para sobreviver, passavam os dias encarando o céu e as árvores.

Ainda assim, as lendas persistem entre as gerações mais jovens.

– Nunca vi esse povo mágico – diz Mary.

Graças a Deus, pensa Aoife.

– Mas a Alexandra, da minha sala, já viu. Ela se perdeu na floresta, e dois deles a ajudaram a achar o caminho de volta.

– Eles... eles... não tentaram matá-la, então?

– Ah, não! Eles sorriram e a ajudaram a voltar pra casa.

– Entendi. E como eles eram, exatamente? Lindos, é? Perfeitos?

Mary nega com a cabecinha, fazendo os cachos balançarem.

– Nada perfeitos, vovó. O homem tinha um bração. Tipo, enorme mesmo! E a mulher andava de um jeito estranho, e... Vovó? Está tudo bem? Vovó?

Aoife seca uma lágrima do rosto.

– É só uma história, benzinho. Sinto muito por não acreditar. É que... é que ela me fez lembrar de algumas pessoas que eu conhecia. Tudo neste lugar me faz lembrar delas.

Será que aqueles dois realmente encontraram um jeito de retornar? Em sua longa vida, Aoife nunca conheceu ninguém mais determinado do que Nessa. Não ficaria surpresa se soubesse que a garota acabou comandando a Terra Gris, ou encontrando outros Portões que levassem a sabe-se lá que outros mundos.

– Mas ela os viu, vovó! Um monte de gente viu. Eles resgataram...

– Já chega, mocinha. Veja, chegamos!

Do outro lado das árvores que cercam o cemitério, as ruínas da escola jazem cobertas de hera. Mesmo o ginásio, que sobreviveu ao incêndio de Conor, se deteriorou. Dezenas de turistas caminham no entorno, enquanto um guia conta a história do ataque – uma narrativa que agora é conhecida como "A noite dos traidores".

– A gente pode ouvir, vovó?

– *Você* sim, benzinho. Eu só quero tomar o resto do meu chá.

– Já?

– E por que não? Estou exausta.

Mary corre até o guia turístico e se espreme entre os estrangeiros.

Aoife apoia as costas contra o tronco e sente o cheiro da árvore. *Ainda viva*, pensa. *Obrigada, Deus. Ou deuses. Enfim.* Ela teve uma vida incrível, e agora, com uma nova geração crescendo sem nunca ter conhecido o horror, o país inteiro voltou a florescer, há juventude e beleza para onde quer que se olhe. Há tempo para se divertir. Há tempo para apreciar os jardins e para se aconchegar à meia-noite sob o céu magnífico.

Aoife não sabe por que a invasão terminou como terminou, com os portões se fechando de forma tão súbita. *Quem salvou a gente?*, se pergunta. *Quem me salvou e me devolveu a vida?*

Quem quer que você seja: eu te amo. Quem quer que você seja, desejo uma alegria tão profunda quanto a minha.

Entediada com as histórias antigas, Mary já está correndo de volta.

AGRADECIMENTOS

NA MAIOR PARTE DAS VEZES, A CONTINUAÇÃO DE UM LIVRO É ESCRITA em resposta ao entusiasmo de quem o leu – então, pra começo de conversa, estes agradecimentos são dedicados a qualquer pessoa que leu *A Convocação.* Vocês são demais. Vocês me mantêm avançando, me mantêm interessado. As resenhas cinco estrelas de quem amou o livro, as resenhas de uma estrela de quem ficou com medo de que os netos lessem a história – todos vocês me fizeram querer escrever *A Invasão*. A vocês, meu grande... não, meu *gigantesco* obrigado.

Os funcionários da David Flickling Books me apoiaram a cada passo desta jornada. Especialmente Bella, que me fez encarar a realidade, e David, que me puxou para o outro lado, para a poesia. Caro me alimentou. Rosie me encorajou. Bron e Phil, Simon e Anthony passaram graxa nas pecinhas emperradas que ninguém vê, enquanto Emma Draude empurrou sem parar.

Nos Estados Unidos, a Scholastic me fez voar de um lado pro outro em um tapete mágico feito de amor. Colocaram tanto entusiasmo em tudo que faziam que o recurso ficou em falta no restante do mundo. Foram todos heroicos, mas por enquanto quero agradecer nominalmente a Jennifer, Nick, Lori e Nancy pelas boas-vindas e pelo tratamento carinhoso de um livrinho abandonado soprado para eles a partir do outro lado do oceano. Também quero estender os meus mais sinceros agradecimentos a Lizette, Emily, Christopher e Sam.

Como sempre, tenho dívidas de sangue e lágrimas com meus leitores beta: Carol, Doug e Iain. Não é legal quando alguém faz você colocar os pés no chão com um puxão, mas eles fazem isso com muito tato, e os machucados acabam sarando.

Aproveitando o ensejo, quero agradecer a Talya Baker, "a Águia", que retornou como minha preparadora de texto de primeira classe. Fui poupado de muitas vergonhas!

E o que dizer de todas as pessoas que trabalham em livrarias e bibliotecas e empurraram *A Convocação* pra gente que só estava dando uma olhadinha? Conheci dezenas de vocês, mas nunca fiz a coisa certa – beijar seus pés. Sem vocês, não sou ninguém.

Também não sou ninguém sem família e amizades. Muito amor para os BwB, os quais eu sempre procurava em momentos de necessidade, assim como para os organizadores de convenções como a TitanCon – onde pessoas compram livros pra ler ou usar como armas.

Enfim, me permita expressar minha admiração e meu amor por toda a população da Austrália e da Nova Zelândia. Não vou falar por quê, mas, se algum leitor deste livro conhecer alguém da Down Under, por favor, pague um café para essa pessoa em meu nome.

GLOSSÁRIO

Agência de Recuperação | Uma equipe de agentes que examina os adolescentes que não sobreviveram à Convocação.

O Caldeirão | Uma equipe mítica que pode curar todos os ferimentos, até mesmo a morte.

Clipe-Clope | Apelido criado pela Távola Redonda para se referir a Nessa.

A Convocação | O evento em que um adolescente da Nação é transportado para a Terra Gris e tem apenas três minutos e quatro segundos para sobreviver enquanto é caçado pelos sídhes.

Escola de Sobrevivência de Boyle | Uma das escolas onde adolescentes são treinados para lutar contra os sídhes e sobreviver à Convocação.

Estradas Feéricas | Caminhos secretos pelos quais os sídhes viajavam pelo país durante a noite.

O livro das conquistas | A história de como os sídhes foram aprisionados na Terra Gris. O livro foi escrito mil e quinhentos anos depois dos eventos descritos nele e supostamente contém elementos falsos.

Sídhe | Uma raça de criaturas aprisionadas para sempre pelos irlandeses na Terra Gris.

A Solitária | Celas de punição para estudantes da Escola de Boyle.

Távola Redonda | Um grupo de adolescentes comandado por Conor Geary.

Terra Gris | O lugar para onde os sídhes foram banidos para viver sem cor alguma.

Terra das Muitas Cores | O lugar onde os sídhes viviam originalmente, também conhecido como Irlanda.

Os Testemunhos | Os relatos dados pelos jovens que voltaram vivos da terra dos sídhes.